사서의 일

사서의 일

1쇄 발행 2021년 2월 10일
3쇄 발행 2022년 1월 3일

지은이 양지윤
펴낸이 정홍재

펴낸곳 책과이음
출판등록 2018년 1월 11일 제395-2018-000010호
대표전화 0505-099-0411 **팩스** 0505-099-0826
이메일 bookconnector@naver.com
Facebook · Blog /bookconnector
Instagram @book_connector

ISBN 979-11-90365-14-7 03810

책값은 뒤표지에 있습니다.
잘못 만들어진 책은 구입하신 서점에서 교환해드립니다.

책과이음 • 책과 사람을 잇습니다!

사서의 일

양지윤 지음

작은도서관의
광활한 우주를 탐험하고 싶은
당신을 위한 안내서

책과이음

도서관의 시간은 늘 비슷비슷하게 흘러간다. 드문드문 이용객이 오가며 책을 빌리거나 반납하고, 방과 후 학생들이 열람실에서 사각사각 연필 소리를 낸다. 때로는 아이 둘이 소파에 나란히 앉아 그림책을 나눠 읽는가 하면, 정기적으로 이런저런 모임과 강의가 열린다. 어찌 보면 단조롭기 짝이 없는 이 공간의 입구 한쪽을 차지한 데스크에 앉아 종종 나는 이런 생각을 한다. 도서관이 마치 광활한 우주 같다고.

　인간의 상상력으로는 가늠하기 힘들 만큼 광막한 우주는 늘 정지해 있는 듯 보이지만 지금도 조금씩 팽창하고 있다고 한다. 끝도 없이 거대해져가는 우주에는 무수히 많은 천체가 존재한다. 생성하는 별이 있듯 소멸하는 별도 있다. 천체는 끊임없이 태어나고 움직이고 폭발하고 사라진다. 도서관이라는 우주도 마찬가지다. 한정된 틀 안에 갇혀 있지만 사실 도서관은 계속해서 변화하는 중이다. 항상 똑같은 붙박이 풍경처럼 보여도 찬찬히 들여다보면 예전과 다르다. 정기적으로 신간이 들어오고, 이따금 폐기 절차를 거쳐 사라지는 책도 있다. 서가에 자리 잡은 책들은 사람의 손에서 손으로 옮겨가며 끊임없이 도서관 안팎을 드나들기도 한다. 나는 이곳에서 '지혜의 집'이라는 자그마한 왕복선을 조종하며 책으로 가득한 우주를 탐험한다.

이 책을 쓰는 동안 오래전 땅속 깊이 묻어둔 타임캡슐을 꺼내 마주하는 심정이었다. 기대와 두려움이 뒤섞인 마음으로 뚜껑을 열었는데, 막상 그 안을 들여다보니 잊고 지낸 지난 세월이 겹겹이 쌓여 있는 듯한 느낌. 책등에 쌓인 먼지를 훑듯, 오래전 내 마음 한구석에 내려앉은 기억을 골라 문장으로 써 내려가는 날이 이어졌다. 지구를 덮친 바이러스로 일시 정지 상태에 가까웠던 한 해를 버틸 수 있었던 건, 이 우주를 가득 채워준 책과 사람과 그들이 기꺼이 내게 들려준 이야기 덕분이었다. 아마 그들이 없었다면 이 책은 나오지 못했을 것이다. 문득 이 새카만 우주에서 홀로 외롭다고 느낄 때가 있다. 그때마다 나는 지나간 페이지를 찾아 넘기며 어느 행성엔가 두고 왔을 당신의 이야기를 생각한다. 이제 그 이야기를 들려줄 차례다.

차 례

프롤로그 __ 4

PART 1   근심하는 나날

거짓말 같은 채용 통보 __ 12

설렘은 온데간데없이 사라지고 __ 18

새 옷과 남의 옷 __ 25

무늬만 사서 __ 30

그해 겨울 __ 44

작은 책도둑 __ 51

PART 2   새로운 시작

아득한 우주로 __ 58

사랑하는 나의 앤 __ 64

책과 아이와 고양이 __ 75

마음이 쉬는 공간 __ 81

도서관 텃밭의 방울토마토 __ 87

한여름 밤의 그림자극 __ 91

PART 3 작은 것들의 의미

새로운 봄 __ 100

얼굴 빨개지는 사서 __ 106

작은도서관의 가능성 __ 114

사서들의 점심 식사 __ 119

솔개그늘만큼의 행복 __ 124

애착의 크기 __ 129

작은 토끼의 위로 __ 137

자그마한 존재들 __ 144

PART 4 일 상 의 여 행

마법의 다이얼은 없지만 __ 154

오해와 의심 사이 __ 160

책도장을 파는 장인 __ 169

우연과 필연 __ 177

도서관 여행하는 법 __ 183

쓸데없는 강박 __ 194

종이책 읽기의 즐거움 __ 200

소박한 글쓰기 __ 205

PART 5   사 서 의   일

관내 분실에 대처하는 법 __ 212

도서관의 기억 __ 218

개인의 취향 __ 223

소심한 운영 계획 __ 228

희크라테스 __ 234

책의 발견 __ 246

일본어 수업 __ 250

쑥쑥 일본어 클럽 __ 256

PART 6   오지 않은 날들

도서관 운영 평가 __ 262

장서 점검 __ 272

꾸준한 취미 __ 278

상실 후에 얻는 것들 __ 282

어떤 낮과 어떤 밤 __ 292

지금은 기다리는 시간 __ 299

KF94 마스크 __ 305

빗나가는 예상 __ 311

동백꽃과 함께 __ 316

추천사 **나만 알고 싶었던 앤의 다락방** | 이주연 __ 322

에필로그 __ 327

PART 1

근심하는 나날

거짓말 같은 채용 통보

2010년 4월 1일 만우절 아침, 거짓말 같은 채용 통보를 받았다. 전화 속 목소리는, 오랫동안 도서관이 닫혀 있었으니 편한 복장으로 와서 대청소부터 시작하면 좋겠다는 말을 덧붙였다. 나는 집 안의 온갖 청소도구를 챙겨서 떨리는 마음으로 동두천행 버스에 올랐다. 면접 날에 이어 두 번째 동두천 방문이었다.

며칠 전에는 일부러 동네 도서관에 들렀다. 서가에서 책을 고르는 척하며 데스크에 앉아 있는 사람을 힐끔힐끔 훔쳐봤다. 마우스를 오른손에 쥔 채 컴퓨터 화면을 바라보는 여자가 사서인 듯했다. 나는 적당한 책을 골라 여자 앞으로 다가갔다. 회원증과 책을 내밀자 여자가 나를 흘끗 바라보더니 능숙한 손놀림으로 바코드를 스캔했다. 미소가 바싹 말라버린 그 얼굴을 향해 나는 이렇게 말을 걸고 싶었다. 저도 이제 도서관에서 일해요. 그러면 왠지 여자가 미소를 지어줄 것만 같았다.

창밖으로 낯선 시골 풍경이 휙휙 지나갔다. 오늘부터 내가 도서관 사서라니. 머릿속에는 서가로 빼곡한 도서관에서 책을 정리하는 평화로운 풍경이 그려졌다. 실로 오랜만에 가슴이 쿵쾅거렸다. 버스에서 내려 도서관으로 이어진 아파트 사잇길을 걷고 있으니 절로 콧노래가 흘러나왔다. 앞으로 수없이 걷게 될 이 길이 벌써부터 친근하게 느껴졌다.

교감 선생님은 봄볕 같은 목소리를 지닌 분이었다. 하나로 단정하게 묶은 긴 은발이 인상적이었다. 그녀는 내 손을 잡아끌며 교장실로 안내했다. 나는 초등학교에 갓 입학한 1학년이 된 기분으로 딱딱한 소파에 앉아서 교장 선생님의 기나긴 당부 말씀을 들었다. 예컨대 이런 말들.

"책은 한 권이라도 분실되면 큰일 나요. 그러면 양 선생이 다 물어줘야 하거든. 뭐, 차분해 뵈니 걱정 안 해도 되겠구먼."

"만에 하나라도 저녁에 도서관에서 무슨 일이 생기면 바로 뛰쳐나와야 해. 알았죠? 물론 그럴 일은 없을 테니 걱정할 건 없고. 껄껄껄."

조금은 벙찐 표정으로 주뼛주뼛 인사하고 밖으로 나오니 교감 선생님이 내 등을 쓰다듬듯 톡톡 두드리며 말했다.

"오늘은 도서관 청소만 하고 집에 가도록 해요. 앞으로 자기가 일할 공간이니 말끔하게 청소하는 게 좋겠지?"

교무부장 선생님을 따라 본관을 빠져나왔다. 수업이 한창이어서 교정은 텅 비어 있었다. 운동장을 가로지르니 인조 잔디로 뒤덮인 축구장이 보였다. 그 모퉁이에 둥근 지붕의 자그마한 건물이 외따로 서 있었다. 오늘부터 내가 일하게 될 작은도서관 '지혜의 집'이었다.

교무부장 선생님은 열쇠 하나를 건네주고는 바삐 본관으로 되돌아갔다. 멀어지는 뒷모습을 바라보고 있자니 왠지 외딴 섬에 홀로 남겨진 듯한 기분이 들었다. 푸른 유리문을 마주하고선 채 나는 잠시 숨을 골랐다. 이 안에서 잠자고 있을 책들과의 첫 만남을 앞두고, 새 학기 아이들을 맞이하는 초짜 선생님처럼 한없이 떨렸다. 그렇게 한참을 멀뚱히 서 있다가 마침내 열쇠를 돌리고 문을 열었다.

로비로 들어서니 오른쪽 벽에는 커다란 창문 아래로 열두 칸짜리 신발장이, 왼쪽 벽에는 남녀 화장실이 각각 한 칸씩 자리를 차지하고 있었다. 신발장에는 군데군데 거미줄이 늘어져 있었고 칸칸이 들어 있는 검정 실내화는 먼지로 수북한 상태였다. 성인 보폭으로 네 걸음 정도 앞으로 걸어가자 투명한 유리문이 지이잉 소리를 내며 반으로 갈라졌다. 오호, 이런 작은 도서관에 자동문이라니. 모세의 기적 같은 문을 통과하자 드디어 지혜의 집이 본모습을 드러냈다.

오른쪽 벽을 따라 쭉 이어진 창문 너머로 푸른 축구장이 보였다. 입구 바로 왼쪽에는 기역 자 모양의 데스크가 놓여 있었다. 앞으로 내가 앉아 일하게 될 자리였다. 널찍하니 퍽 훌륭했다. 정중앙을 차지한 베이지색 소파 뒤로는 양면 5단 서가들이 도미노처럼 죽 늘어서 있었다. 슬라이딩 5단 서가와 단면 2단 서가가 도서관의 벽을 빈틈없이 채웠고, 소파 왼쪽으로 움푹 들어간 공간에 열람석이 있었다. 데스크 뒤편으로 이어지는 별도의 공간에는 잡지 서가와 CD 장식장이, 그 안쪽으로 좀 더 들어가면 열람용 컴퓨터 책상들이 다닥다닥 놓여 있었다.

기대 이상이었다. 아무래도 '작은' 도서관이니 서가 몇 개에 자그마한 책상이나 하나 있겠거니 했는데 자동문이라니. 소파라니. 기역 자형 데스크라니! 오래 사용하지 않은 탓에 도서관은 전체적으로 회색빛을 띠었지만, 먼지만 걷어내면 본래의 색을 되찾을 것 같았다. 나는 팔을 걷어붙이고 창문을 열어젖혔다.

책머리에 쌓인 먼지를 털어내는 작업부터 시작했다. 내 방에

서 챙겨 온 먼지떨이로 각 단에 일렬로 늘어선 책머리들을 훑어
냈다. 먼지들이 칙칙한 바람을 풀풀 날리며 뒤엉겨 나왔다. 이
간단한 작업만으로도 서가가 한층 환해진 느낌이었다. 장장 한
시간에 걸쳐 책들의 회색 모자를 벗겨주었다. 서가를 훑는 동안
흥미로운 제목의 책이 자주 눈에 띄었다. 당장 책장을 펼쳐보고
싶은 마음이 컸지만, 앞으로의 즐거움을 위해 미뤄두기로 했다.

　다음은 바닥 청소. 열람실 구석에서 발견한 원통 모양의 이
동식 진공청소기는 너무 낡아서 흡입구의 솔이 모두 휘어진 상
태였다. 어쩔 수 없이 빗자루로 바닥을 쓸었다. 긴 시간 허리를
숙인 채 60평 가까이 되는 공간을 짤막한 수수비로 쓸어냈더니,
허리가 아파서 한동안 소파에 앉아 숨을 돌려야 했다. 휴대폰
액정을 보니 벌써 세 시간이 훌쩍 지나 있었다. 이렇게 마냥 앉
아 있다간 해가 진 뒤에도 청소가 끝나지 않을 것 같았다.

　바닥 물걸레질을 할 차례였다. 나는 기합을 넣듯 크게 "으
쌰!" 하고 일어서서 대걸레를 빨기 위해 화장실로 갔다. 그러나
세면대 외에는 걸레를 빨 수 있는 수도꼭지가 따로 없었다. 어
쩔 수 없이 바가지로 양동이에 물을 받아 걸레를 빨았다. 바닥
을 닦다가 걸레에서 구정물이 나올 지경이 되면 다시 화장실로
가서 양동이에 물을 채우고 걸레 빨기를 반복했다. 그 과정을
여러 차례 거친 뒤에야 바닥 청소가 끝났다. 나는 쉬지 않고 곧

장 로비와 신발장, 화장실 청소를 이어나갔다.

밖을 보니 어느새 해가 뉘엿뉘엿 기울고 있었다. 운동장에서 뛰놀던 아이들도 하나둘 집으로 돌아가고, 교직원들도 모두 퇴근했는지 본관 건물은 쥐 죽은 듯 조용했다. 도서관의 해묵은 때를 벗겨내는 데는 꼬박 일곱 시간이 걸렸다. 두세 시간이면 끝나겠지 싶은 생각에 청소도구만 덜렁덜렁 들고 온 터라, 청소를 마친 뒤 나는 거의 탈진 상태가 되었다. 대충 내부 청소는 끝냈다. 서랍 안이나 서가의 책들은 앞으로 차근차근 정리하면 된다. 나는 주섬주섬 청소도구를 챙겨서 도서관을 나서려다 뒤돌아 다시 한 번 내부를 둘러봤다. 제법 말끔해진 모습이었다. 온몸은 땀범벅에다 눈은 따끔거리고 팔과 다리에는 기운이 하나도 없었지만, 앞으로 이 공간에서 책에 둘러싸여 지내게 되리라 생각하니 가슴이 벅차올랐다.

아파트 사잇길을 되돌아와 버스정류장으로 향했다. 아침처럼 콧노래는 흘러나오지 않았다. 머릿속에는 그저 빨리 집에 가서 밥을 먹고 싶다는 생각뿐이었다. 30분 가까이 기다린 끝에 버스를 타고, 다시 그만큼의 시간을 들여 집으로 돌아왔다. 허겁지겁 밥을 두 그릇째 비운 뒤 나는 일찌감치 침대에 누웠다. 내일부터 본격적으로 사서의 나날이 시작된다. 천근만근인 몸으로 그런 생각을 하다 까무룩 잠이 들었다.

설렘은 온데간데없이 사라지고

만화 속 세상은 무엇이든 아름답다. 꿈틀꿈틀 징그러운 애벌레도 쓰레기통을 뒤지는 시궁창 쥐도, 만화로 표현되면 그저 귀엽게만 느껴진다. 어릴 적 나는 TV 만화영화 〈플랜더스의 개〉를 즐겨보곤 했는데, 할아버지와 네로가 허름한 식탁 앞에 앉아 빵을 먹고 있는 모습을 볼 때면 늘 군침이 돌았다. 그림의 떡, 아니 빵은 무척 맛있어 보였다. 도톰하게 부푼 탄색 빵의 표면에 아로새겨진 열십자 모양의 자국이 식욕을 자극했다. 네로가 한 입씩 빵을 떼어 먹을 때마다 대체 저 빵은 어떤 맛일까, 상상의 나래를 펼치곤 했다. 어른이 된 뒤 유럽으로 여행을 갔을 때 드디어 네로가 먹던 것과 외관이 무척 흡사한 빵을 먹을 기회가 생겼다. 오랜 상상과 달리 빵은 딱딱하고 질겼다. 다디달 것이란 내 기대를 저버리고 빵에서는 짭조름한 맛만 났다. 우적우적 빵을 씹으며 나는 만화 속 세상과 현실은 다르다는 사실을 새삼 깨달았다. 그리고 어떤 일이든 기대가 크면 실망 또한 크다는 오랜 진리도.

도서관 대청소를 마치고 사서로 정식 출근한 첫날부터 나는 갈팡질팡하기 시작했다. 열쇠는 어제 받아두었다. 그런데 도서관으로 바로 출근해야 할지, 아니면 첫날(이나 마찬가지)이니 먼저 교무실에 들러서 인사를 해야 할지 헷갈렸다. 일본 유학과 이런저런 방황으로 세월을 보낸 뒤 3년 만에 다시 뛰어든 사회생활이었다. 도서관 앞에서 잠시 고민한 끝에 나는 교감 선생님을 먼저 찾아뵙기로 했다.

도서관 개방 시간은 오후 1시부터 9시까지여서 내 출근 시간은 다른 직원들의 점심시간이었다. 교무실로 들어섰더니 선생님들이 각자의 자리에 앉아 무표정한 얼굴로 컴퓨터 화면을 들여다보고 있었다. 교감 선생님은 자리를 비운 상태였다. 왠지 학창 시절의 기분이 들어 긴장이 되었다. 나는 어색함을 무릅쓰고 가장 친절해 보이는 여자 선생님 앞으로 다가갔다. 기척을 느꼈는지 그녀가 고개를 들었다. 동그란 은테 안경 속 서글서글한 눈동자가 나를 쳐다봤다. 어색한 미소를 지으며 지혜의 집 사서라고 말하자, 그녀가 살짝 미소 지으면서 기다리고 있었다고 말했다. 도서관을 담당하는 강 선생님이었다.

지혜의 집은 학교에서 위탁 운영하는 작은도서관이었다. 그러다 보니 도서관 담당 선생님이 따로 있었고, 예산은 행정실에서 관리했다. 도서관에 필요한 물품이나 정기 도서 구입은 모두 강 선생님이 도맡고 있었다. 나는 그저 도서관을 지키며 대출·반납 업무와 청소, 장서(도서관이 수집하여 보관하는 자료) 관리만 하면 된다고 했다. 그리고 일주일에 한 번씩 출근부를 작성하여 사인을 받아야 했다. 결재 순서는 강 선생님, 행정실장, 교감, 교장 순이었다. 예전 사서는 그만둔 지 이미 한 달이 지난 상태여서 인수인계해줄 사람이 없으니, 궁금한 점이 있으면 자기에게 물어보라고 했다. 강 선생님의 조곤조곤한 설명을 들으며 어쩐 일인지 가슴이 답답해져왔다. 오랜만에 시작한 사회생활이어서 그런 거라고 스스로를 납득시키며, 나는 시종일관 웃는 얼굴로 열심히 고개를 끄덕였다. 때마침 들어온 교감 선생님이 내게 이런 말을 건넸다.

"도를 닦는 마음으로 지내다 보면 시간이 금방 갈 거예요."

도를 닦는 마음이라니. 머리꼭지에 물음표가 생겼지만 나는 적당히 웃으며 인사한 뒤 도서관으로 돌아왔다.

운동장 쪽으로 난 창문의 커튼을 모두 올리고 데스크 앞에 앉았다. 본격적인 도서관 업무의 시작이었다. 무엇부터 해야 할지 몰라서 일단 컴퓨터를 켰다. 모니터 가장자리에는 예전 사서가 남기고 간 메모지들이 덕지덕지 붙어 있었다. DLS(학교도서관에서 사용하는 대출·반납 프로그램)의 아이디와 패스워드라든가 출입구 보안 시스템 관련 비밀번호 등이 적혀 있었다. 동글동글한 글씨였다. 왠지 예전 사서는 다정한 사람일 것 같았다. 직접 만나서 인수인계를 받았다면 좋았을걸.

노란 메모지를 멍하니 바라보는 사이 모니터에 바탕화면이 떴다. 텅 빈 화면 속에 별 모양의 파일이 하나 있었다. 제목은 '사서 선생님께'였다. 파일을 클릭하자 한글파일 여러 개가 저장되어 있었다. 각 파일에는 '장서 점검'이며 '연체자 목록' '도서관 운영일지' '참고사항' 등의 제목이 달려 있었다. 그중 '참고사항' 파일을 열어보았다. 내용은 편지 형식으로 되어 있었다. 인수인계를 직접 하지 못해 미안하다는 말부터 시작해서, 화장실 청소 방법, 반납함 열쇠 위치, 저녁 시간에 우르르 몰려오는 학교 축구부 아이들 관리에 대한 주의사항 등이 세세하게 적혀 있었다. 계약 기간 만료를 앞둔 그녀는 지금 이 자리에 앉아 다음에 올 사서를 위해 열심히 이 글을 쓰고 있었을 것이다. 사실 이렇게까지 할 의무는 없었을 텐데 그 세심한 배려가 고마웠다.

파일을 하나둘 열어 읽다 보니 어느새 운동장이 텅 비었다.

점심시간이 끝난 모양이었다. 문을 연 지 한 시간 가까이 되었는데 아직 도서관을 찾는 이는 없었다. 지혜의 집은 학교 울타리 안에 있었지만, 일반인에게도 개방된 도서관이었다. 도서관 건물 바로 뒤에 붙어 있는 자율방범대 앞에는 지혜의 집 간판과 함께 학교 울타리 사이로 난 작은 여닫이문이 있었다. 아이들은 학교 정문과 후문 대신 이 문으로 자주 드나들었다. 하교 시간이 되면 아마 이 문을 이용하는 아이들이 지나가다 도서관에 들를지도 모른다.

도서관 운영일지에는 이용객 수가 몇 명인지 적는 칸이 있었다. 첫날부터 0명으로 적는 일이 없기를 바라며, 나는 도서관 구석구석을 파악해나갔다. 서가에는 어떤 책들이 꽂혀 있는지 하나하나 둘러보고 장서 목록을 모아놓은 도서원부도 뒤적여 봤다. 1인 체제로 운영하다 보니 따로 점심시간이 없었기 때문에 근무 시간은 8시간이었다. 일반 직장인보다 일하는 시간이 한 시간 적은 셈이다. 그런데도 도서관의 시간은 더디게 흘러갔다. 학교 종이 여러 번 울린 뒤 하교하는 아이들로 운동장이 북적였다. 예상대로 지혜의 집 뒷문을 이용하는 아이들이 여럿 있었다. 나는 조금 두근거리는 마음으로 데스크에 앉아 누군가 들어오길 기다렸다. 얼굴은 모니터로 향한 채 두 귀는 쫑긋 열고. 그러나 아무리 기다려도 도서관 문은 열리지 않았다.

어느덧 해가 저물고 어둠이 찾아왔다. 모두가 집으로 돌아간 저녁, 널찍한 학교 안에 불 켜진 곳이라곤 지혜의 집뿐이었다. 낮 동안에는 평화로워 보이던 학교 풍경이, 어둠에 휩싸이자 으스스한 이야기 속 무대로 탈바꿈했다. 문득 첫날 교장 선생님이 농담처럼 던졌던 한마디가 떠올랐다.

"만에 하나라도 저녁에 도서관에서 무슨 일이 생기면 바로 뛰쳐나와야 해. 알았죠? 물론 그럴 일은 없을 테니 걱정할 건 없고. 껄껄껄."

바람에 출입구 문이 덜커덩 소리를 낼 때마다 내 심장은 바짝 쪼그라들었다. 쥐 죽은 듯 고요한 도서관. 시곗바늘은 저녁 8시를 향해 간다. 인기척이라곤 내가 만들어내는 소음뿐. 이 낯선 동네에 아는 사람은 단 한 명도 없다. 느려터진 컴퓨터 화면 안에서 하릴없이 돌아가는 모래시계를 바라보며, 나는 앞으로 내게 닥칠지도 모를 무수한 위험 상황을 상상하기 시작했다. 운동장은 암흑에 휩싸인 바다 같다. 이따금 탁, 틱, 툭 하는 소리가 들린다. 이러다 갑자기 시커먼 사람이 휙 들어오기라도 하면! 그렇게 끝없는 불안과 상상 속에서 첫 퇴근 시간을 맞았다.

몇 번이나 문단속을 한 뒤 서둘러 도서관을 나섰다. 불 꺼진 도서관은 버려진 폐허처럼 보였다. 어김없이 30분 가까이 기다린 끝에야 집으로 가는 버스가 왔다. 창가 의자에 앉아 휙휙 지나가는 어둠을 바라보는데 뱃속에서 꼬르륵 소리가 났다. 그러고 보니 출근해서 물 한 모금 마시지 않았다. 엄마가 싸준 도시락도 가방에 그대로였다. 언제 누가 들어올지 모른다는 불안감에, 좀체 도시락 뚜껑을 열 수 없었다. 어차피 아무도 오지 않았는데. 이럴 줄 알았다면 마음 편히 도시락이라도 까먹을걸.

출근길, 도서관에 온 아이들을 맞이하고 이용객이 찾는 책을 선뜻 골라주는 내 모습을 기대하며 버스에 올랐다. 퇴근길 버스 안에서 나는 그 기대가 와장창 깨졌다는 사실을 깨달았다. 사서로 첫발을 내민 오늘 내가 한 일이라곤, 시간이 어서 지나가길 기다리며 온갖 위험한 상상에 가슴 졸인 것뿐이었다.

식탁 앞에 앉아 다 식어버린 도시락을 펼쳐놓았다. 엄마에겐 일이 너무 바빠 먹지 못했다고 둘러댄 뒤, 떡처럼 뭉쳐진 밥을 꾸역꾸역 먹었다. 아무 일도 하지 않았는데 피곤했다. 영문 모를 가슴속의 답답함도 여전했다. 앞으로도 이런 나날이 계속되는 건가. 강 선생님에게 주요 업무는 모두 맡긴 채, 난 그저 도서관만 지키고 있으면 되는 건가. 지난밤의 설렘은 온데간데없이 사라지고, 묵직한 납덩이 같은 무기력함이 어느새 그 자리를 차지하고 있었다.

새 옷과 남의 옷

강산이 변한다는 세월 동안 꾸준히 입어온 옷이 한 벌 있다. 친구를 기다릴 겸 백화점에 들어갔다가 세일 가판대에서 구매한 만 원짜리 회색 티셔츠. 넓은 품과 엉덩이를 살짝 덮는 기장이 마음에 들어 자주 입고 다녔다. 이젠 목도 늘어나고 옆구리 부분은 박음질이 터져서 작은 구멍까지 났지만, 나는 여전히 이 티셔츠를 즐겨 입는다. 외출 후 집으로 돌아오면 이 옷으로 갈아입고 나서야 비로소 집에 왔다는 실감을 하게 된다. 위아래 세트로 된 귀여운 홈웨어를 샀다가도 결국 다시 이 옷으로 돌아오고 만다. 입은 듯 안 입은 듯 편안한 느낌을 도저히 포기할 수 없어서다. 새 옷 또한 시간이 지나면 편해지기 마련이지만, 도통 그 기간을 견뎌내기가 힘들다. 옷 한 벌에도 이토록 까탈을 부리는 터라, 사회에 나가서 적응하는 데도 남보다 시간이 배는 더 걸린다. 무언가에 적응한다는 건 어색함을 떨쳐내는 일이다. 혼자서 일하는 도서관일지라도 예외는 아니다.

첫날을 기다림으로 허탈하게 보낸 뒤, 다행히 다음 날부터 아이들이 하나둘 도서관에 얼굴을 내밀기 시작했다. 짧은 점심시간이 끝날 무렵 잠깐 들러 인사하고 가는 아이부터 방과 후 화장실에 가려고 도서관에 들어오는 아이, 학원 차를 기다리며 숙제를 하려고 들른 아이, 친구와 함께 들어와 미로 같은 서가 사이를 숨바꼭질하듯 돌다가 가는 아이 등등 저마다 지혜의 집을 찾는 이유는 다양했다.

몇몇 아이들은 새로 온 도서관 선생님에게 호기심을 드러내기도 했다. "선생님 몇 살이에요?" "어디 살아요?" "선생님 부자예요?" "남자친구 있어요?" 아이들은 지극히 사적인 질문도 무람없이 쏟아냈다. 당황스럽고 난감하면서도 그 순수함이 귀여웠다. 소파에 앉아 그림책을 보면서 쉴 새 없이 내게 책의 내용을 이야기해주는가 하면, 느닷없이 가족 자랑을 하는 아이도 있었다. "울 아빠는 사장님이에요"라거나, "오빠가 이번에 전교 회장이 됐어요"라거나. 놀랍도록 생명력 넘치는 이 작은 존재들과 어우러지기 위해선 아무래도 시간이 필요할 것 같다는 생각이

들었다.

    방과 후가 지나면 재잘재잘 떠드는 소리도 수도꼭지를 잠근 것처럼 뚝 끊기고 도서관 안에는 적막이 감돌았다. 곳곳에 아이들이 남긴 흔적, 이를테면 몰래 버린 사탕 껍질과 소파 위에 널린 책과 아무렇게나 벗어놓고 간 실내화를 치우고 나면 더는 할 일이 없었다. 밤 9시까지 책을 뒤적이다가 퇴근할 뿐이었다. 그런 날이 이어졌다. 내가 하는 일이라곤 도서관을 지키고 앉아 아이들을 맞이하고 이따금 대출과 반납 업무를 하고 운영일지를 작성하는 것. 그 외에는 아무것도 하지 않는 나날. 새 옷을 입었는데 아무리 시간이 지나도 도무지 내 옷처럼 느껴지지 않는 기분이 지속되었다. 계속 남의 옷을 입고 있는 것 같았다. 하루에도 몇 번씩 '내가 여기서 뭘 하는 거지' 하는 생각이 들었다. 그렇게 일주일을 보낸 뒤, 나는 도서관 담당인 강 선생님에게 전화를 걸었다. 지금의 상황을 설명하며 무엇이든 하고 싶다고 말했더니, 이런 대답이 돌아왔다.

    "아무것도 안 하셔도 돼요. 적응 기간이라 생각하고 편하게 지내세요. 책 분실되지 않게 관리만 잘 해주시면 됩니다. 화장지나 복사용지 같은 비품이 필요하면 저한테 말씀해주시고요."

    전화를 끊고 한동안 멍하니 앉아 있었다. 그제야 가슴속 답답함의 실체가 선명히 모습을 드러냈다.

처음 강 선생님을 대면하고 앞으로의 업무에 관한 이야기를 들을 때 스멀스멀 솟아나던 답답함. 그것은, 내가 사서로 채용되었음에도 무늬만 사서일 뿐 결과적으로는 도서관 관리자에 지나지 않는다는 사실에 대한 어렴풋한 자각에서 비롯된 감정이었다. 사서이면서 나는 수서(사서가 직접 선별하여 구매하거나 기증을 통해 입수한 자료를, 검수 및 회계, 정리 과정을 거쳐 도서관에 들이는 작업)를 할 수도, 도서관 프로그램을 운영할 필요도 없었다. 그저 도서관 문을 열고 폐관 시간까지 자리를 지키기만 하면 되었다.

계약 기간은 2년. 그 이후 재계약이 되면 무기계약으로 전환된다. 하지만 이곳을 거쳐간 사서들은 다들 두 해를 보낸 뒤 도서관을 떠났다. 저마다 사정이 있었겠지만, 어쩌면 아무것도 할 수 없는 무기력한 나날을 견디다 못해 떠난 이도 있지 않았을까. 과연 나는 여기에서 얼마나 버틸 수 있을까. 그럭저럭 2년을 버텼다고 치자. 그동안의 사서들이 그러했듯 나도 여길 떠나야 하는 건가. 그럴 가능성이 커 보였다. 한편으로는, 이렇게 수동적으로 일해야 한다면 무기계약으로 전환된다 한들 무슨 의미가 있을까 싶었다. 머릿속으로는 계속 변화가 필요하다고 생각하면서도 정작 어디부터 시작해야 할지 갈피를 잡을 수 없었다.

첫날, 도를 닦는 마음으로 지내면 된다던 교감 선생님의 말이 무슨 뜻인지 이제야 알 것 같았다. 내가 입은 옷은 새 옷이 아니었다. 남의 옷을 어색하게 걸치고 있는 것뿐이라는 사실이 명확해진 순간이었다.

무늬만 사서

도서관에서 일한 지 한 달이 지났다. 외따로 떨어진 환경에서 일하는 것도 제법 적응이 되었고 업무도 손에 익었다. 그래 봤자 대출과 반납 처리를 하고 책을 정리하고 틈틈이 도서관 청소를 하고 일주일에 한 번씩 행정실과 교무실, 교장실 순으로 돌며 도서관일지와 출근부에 결재 도장을 받는 것이 전부였지만. 결재를 받으러 갈 때마다 교감 선생님은 내게 안부 비슷한 말을 건네곤 했다. "일은 할 만해요?" "혼자 심심하죠?" "저녁에 별일은 없었고?" 마지막에는 어김없이 이 말을 덧붙였다. "그저 도를 닦는 일이라고 생각해야 마음이 편해."

도를 닦는다. 종종 나는 도서관에 혼자 앉아서 입버릇과도 같은 교감 선생님의 이 말을 곱씹어보곤 했다. 내가 상상할 수 있는 도를 닦는 방법은, 산속 깊은 곳 폭포수 앞 바위에 양반다리를 하고 앉아 눈을 감고 기도하는 것이다. 목적은 무엇인가. 마음속 잡념과 번민을 없애고 평온을 얻기 위함이 아닐까. 하지만 내겐 딱히 잡념이나 번민 따위는 없었다. 사서로 열심히 일해보겠다는 의지만 있을 뿐. 그런데 정작 진짜 사서의 일은 시키지 않고 자꾸만 도를 닦으라고 한다. 가만히 앉아서 시간만 보내면 된다고 한다. 난 도를 닦고 싶은 마음 따위 없는데.

　지혜의 집 평일 개관 시간은 오후 1시부터 9시까지이고 주말은 오전 9시부터 오후 6시까지(2021년 이후 평일 개관, 오전 9시부터 오후 5시까지 운영으로 변경됨)였다. 휴관일은 월요일과 화요일. 평일마다 늦잠을 자며 느긋한 오전을 보내는 나를 보고 오빠와 언니는 부러움 섞인 목소리로 말했다. "한량이 따로 없네." 한량인 나는 오전 11시쯤 아침 겸 점심을 먹고 정오에 집을 나선다. 남들에겐 점심시간이기에 버스 안은 한가하기 짝이 없다. 이어폰을 꽂은 채 음악 서너 곡을 듣다 보면 도서관 근처 버스정류장에 도착한다. 버스에서 내려 아파트 사잇길로 접어들기 전, 간이 테이블을 차려놓고 포교 활동에 한창인 교인 한 명이 내게 재빨리 다가오며 말을 건다. 손에는 믹스커피가 담긴 종이컵이 들려 있다. 다정히 웃으면서 무슨 말인가를 건네지만, 이어폰을 꽂은 나로선 그의 말이 들릴 턱이 없다. 예수님 믿고 구원받으세요. 대충 그런 말이겠지. 나는 적당히 손을 휘휘 저으며 간절한 눈빛을 무시한 채 도서관으로 향한다.

운동장에는 점심을 먹은 아이들이 뛰놀고 있다. 널따란 잔디구장에서 남자애들은 대부분 축구를 하고 여자애들은 놀이터에서 구름사다리를 타거나 쭈그리고 앉아 모래를 가지고 논다. 그 모습을 바라보면서 20분쯤 일찍 도서관 문을 연다. 먼저 출근부에 출근 시간을 기록한 뒤 컴퓨터 전원을 켠다. 블라인드를 모두 올려 창문을 열고 빗자루로 로비와 현관 앞을 쓸고 나면 개관 준비 완료다. 집에서 챙겨 온 믹스커피를 한 잔 타서 소파에 앉아 그제야 한숨 돌린다. 과연 몇 명이나 도서관에 올까. 엄마가 오늘은 도시락 반찬으로 뭘 싸줬을까. 서른씩이나 돼서 매번 엄마에게 도시락을 부탁하기도 미안한 일이니, 편의점에서 간단히 먹을거리를 사 오는 편이 나으려나. 그러다 문득 반납함을 확인하지 않았다는 걸 깨닫는다.

벌떡 일어나 도서관 입구에 놓인 반납함을 열어 책이 있는지 확인한다. 기대와 달리 안은 텅 비어 있다. 도서관이 닫혀 있던 기간에 회수되지 않은 책은 무려 100권이 넘었고, 그중에는 한 달 이상 장기 연체된 책도 많았다. 연체자 대다수는 사동초등학교 학생들이었다. 아이들은 무엇이든 깜빡하는 데 선수라서, 반납하려고 책가방에 책을 챙겼다가도 그대로 집에 돌아가기 일쑤다. 전화를 걸어보면 대부분 학생의 어머니나 할머니가 받아서, 아이에게 꼭 반납하라고 일러두겠다며 대신 사과한다. 전화한 다음 날이면 연체된 책 대부분이 반납된다. 뻘쯤함을 무릅쓰고 부지런히 연체자들에게 전화를 돌린 덕분이다.

문제는 극소수의 장기 연체자다. 처음 연체를 알리는 전화를 하면 아이의 보호자는 일단 책의 행방을 확인해보겠다고 말한다. 그렇게 며칠을 기다리다가 책이 돌아오지 않으면 다시 전화를 건다. 그때부터 무한 발뺌이 시작된다.

"우리 애한테 물어보니까 이미 반납을 했다던데요?"

"하지만 도서관에 반납된 책이 없는데요."

"잘 찾아보세요. 우리 애는 거짓말 안 해요. 분명히 했대요."

"혹시 아이가 언제 반납했다고 하던가요?"

"요일은 기억이 안 나는데……. 등굣길에 도서관에 들러서 선생님한테 직접 반납했다던데요. 다시 찾아보세요."

"아……, 오전에 저한테 반납했다는 말씀이시죠?"

"네. 반납 누락된 거 아닌가요? 저번에도 그런 적 있었던 것 같은데."

"저기, 어머니. 도서관 개관 시간은 오후 1시라서요. 오전에는 문을 안 여는데……."

"네?" 잠시 침묵이 흐르다가, "아, 오후라고 그랬나? 암튼 반납했대요. 다시 찾아보세요." 이때부터 상대방의 목소리에 짜증이 묻어난다.

"그럼, 어머니. 저도 도서관에 책이 있는지 확인해볼 테니 어머니도 다시 찾아봐주시겠어요?"

"아이참, 반납했다니까 그러시네. 일단 알겠어요. 지금 제가 좀 바빠서요." 그러곤 전화를 뚝 끊어버린다.

혹시나 하는 마음에 다시 서가를 꼼꼼히 훑으며 찾아봐도 책은 보이지 않는다. 다음 날, 다시 전화를 걸어보지만 이젠 연결조차 되지 않는다. 수화기 너머로 나른한 신호음만 하염없이 이어지다가, 나중에 다시 걸어달라는 기계음으로 넘어간다. 분실 반납으로 처리하고 싶은 마음이 굴뚝같지만, 책 한 권이라도 분실되면 안 된다던 교장 선생님의 단호한 말이 머릿속을 맴돈다.

일단 이 건은 미뤄두기로 한다. 간혹 나중에라도 책을 찾으면 반납함에 슬쩍 넣어놓고 가는 일이 있기 때문이다. 그럴 땐 오랫동안 못 보던 친구를 다시 만난 것처럼 책이 그렇게 반가울 수가 없다. 내게 허락된 몇 안 되는 도서관 업무 중에서 가장 골치 아픈 일이 바로 '연체자에게 전화하기'다.

밤사이 반납된 책들을 정리하고 나면 더는 할 일이 없다. 도서관의 인터넷은 이 나라가 IT 강국이라는 말이 무색할 만큼 느

려터져서 대출·반납 프로그램을 돌리기에도 벅차다. 쉬는 시간
이나 방과 후 들르는 아이들이 도서관에 머무는 평균 시간은 20
분 내외. 지혜의 집이 생긴 지도 4년이 다 되어간다는데(2006년
9월에 개관함), 정작 여기가 도서관이라는 사실을 아는 동네 주
민은 드문 듯했다. 이곳을 이용하는 주민은 어쩌다 들르는 사동
초등학교 학부모들이 대부분이었다. 듬성듬성 아이들이 드나
들고 이따금 학부모 몇몇이 오가는 것도 오후 5시 정도까지. 그
이후에는 개미 한 마리 보이지 않는다. 밤 9시까지 쭉 도서관 안
에, 이 적막한 초등학교 안에 나 혼자다. 이때 본격적으로 '도를
닦는 시간'이 찾아온다.

　도서관 창 너머로 보이는 아파트에 하나둘 불이 들어온다.
그 노란 불빛 아래에 둘러앉아 도란도란 이야기를 나누는 이름
모를 가족의 모습을 떠올리며 도시락을 꺼낸다. 몇 주 동안의
경험 덕분에 이 시간에는 아무도 도서관에 오지 않으리란 사실
을 안다. 그런데도 젓가락이 부산히 움직인다. 혹시라도 귀갓길
에 도서관을 찾을지도 모를 누군가를 의식하면서. 삼키듯 식사
를 마치고 양치질을 하러 화장실에 간다. 봄이라곤 하지만 여전
히 수돗물은 차갑다. 세면대 옆 벽면에 온수장치가 붙어 있지만,
이미 고장 난 지 오래인 듯 새카만 먼지만 쌓여 있다. 겨울에는
손을 어떻게 씻지. 조금은 먼 겨울을 어렴풋이 걱정해본다.

자리로 돌아와 컴퓨터 화면을 확인한다. 벌써 수십 분째 모래시계만 돌아가고 있다. 평소 인터넷 속도가 나무늘보였다면 오늘은 달팽이 수준이다. 한동안 멍하니 모래시계를 바라보다가, 자리에서 벌떡 일어나 서가로 향한다. 도를 닦는 데는, 즉 시간을 보내기에는 독서만큼 좋은 것도 없지. 게다가 난 사서다. 아무리 무늬만 사서일지라도 내가 근무하는 도서관에 어떤 책들이 소장되어 있는지 정도는 기본적으로 알아야 하니까. 그렇게 생각하니 조금씩 의욕이 되살아나는 기분이었다.

서가를 쭉 둘러보았다. 도서원부에서 확인한 장서 수는 대략 5,000권쯤이었는데, 그 숫자가 무색할 만큼 군데군데 비어 있는 곳이 많았다. 이곳의 주 이용객이 초등학생인 데다 초등학교 선생님이 수서를 도맡아 하는 까닭에, 장서의 비율은 아동도서 쪽으로 지나치게 편중되어 있었다. 비록 근무한 지는 얼마 되지 않았지만, 그동안 지켜본 바로는 자주 들락거리는 아이들보다 가끔 들르는 성인들의 대출 비율이 훨씬 높았다. 물론 반납은 말할 필요도 없고. 성인도서의 비율을 높일 필요가 있겠다는 생각이 들었다. 그러자 한숨이 절로 나왔다. 이게 다 무슨 소용이란 말인가. 수서는 내 업무가 아닌데. 그나마 되살아나려던 의욕이 다시 꺾이면서 무기력함이 고개를 당당히 쳐들고 이렇게 말하는 것 같았다.

'쓸데없는 생각은 집어치우고 넌 그냥 도나 닦아. 적당히 시간이나 보내다 갈 것이지, 무슨 생각이 그렇게 많아?'

나는 일본 문학이 나란히 꽂힌 서가에서 추리 소설 한 권을 골라 들고 자리로 돌아왔다. 도를 닦는 데 추리 소설만큼 좋은 것도 없으니까.

이름과 성의 앞 글자를 따서 '미미 여사'란 애칭으로 불리며 일본 추리 소설의 여왕으로 군림하는 미야베 미유키의 《모방범》 1권을 펼친다. 어쩌다 보니 시간 부자가 되어버렸기에 일부러 3권짜리 시리즈물을 골랐다. 아침의 공원, 산책 중이던 강아지 로키가 쓰레기통에서 여자의 잘린 손목을 발견하는 장면부터 이야기가 시작된다. 처음부터 너무 섬뜩하다. 왠지 컴컴한 창문 너머로 누군가 쳐다보고 있는 듯한 기분이다. 일단 책을 내려놓고 창가로 가 블라인드를 모두 내린다. 밖은 이토록 깜깜한데 도서관 안은 지나치리만치 밝다. 추리 소설 속에서라면 무척 불리한 상황이다. 어둠 속에 숨어 있는 적에겐 내 모습이 잘 보이지만, 난 적이 어디에 있는지 가늠조차 하기 힘들다. 추리 소설을 읽다 보니 '늦은 저녁, 도서관 안에 혼자 앉아 책을 읽는 여자 사서'야말로 사냥하기 쉬운 먹잇감이나 마찬가지라는 생각이 든다. 아무래도 저녁에 추리 소설을 읽는 건 그만두는 편이 좋을 것 같다.

추리 소설은 낮에 읽기로 하고 재미있는 책이 없나 다시 서
가를 둘러본다. 깔깔 웃으며 읽을 만한 책이 필요하다. 오기와라
히로시의 《벽장 속의 치요》가 눈에 들어온다. 기모노를 입고 벽
장에서 빼꼼 몸을 내미는 귀여운 꼬마의 모습이 표지에 그려져
있다. 왠지 유쾌한 내용일 것 같다. 자리로 돌아와 책을 펼친다.
여러 편의 단편으로 이루어진 소설집이다. 표제작인 〈벽장 속의
치요〉를 읽어 내려간다. 직장에서 잘리고 여자친구에게도 차인
청년 게이타가 주인공이다. 백수인 처지라 돈이 궁색했던 게이
타는 지나치게 저렴한 어느 맨션으로 이사한다. 새집에서의 첫
날, 욕실에서 나오다가 기모노를 입은 꼬마와 마주치는 게이타.
잠깐만, 이 꼬마 뭐지? 불안한 마음으로 책의 뒤표지를 봤더니
이런 문장이 적혀 있다.

*백수 청년과 꼬마 유령의 아찔한 동거, 그녀의 벽장 속 사생활
이 궁금하다!*

아무래도 이 책 역시 낮에 읽어야 할 것 같다. 기껏 골라온 책
들을 옆으로 치워놓고 다시 컴퓨터 화면을 바라본다. 모래시계
는 여전히 규칙적으로 돌아가고 있다. 또다시 머릿속에서 고개
를 쳐드는 생각 하나. 대체 난 여기에서 뭐 하고 있는 거지.

남의 옷을 걸치고 있을 뿐이란 걸 깨달은 이후, 모든 상황을 긍정적으로 받아들이려 노력했다. 오랜만에 뛰어든 사회생활이었기에 인간관계에 대한 걱정도 살짝 했지만, 일주일에 한 번 학교로 결재를 받으러 갈 때를 제외하곤 학교 사람들과 마주칠 일이 거의 없었다. 학교 안에 별도로 도서관이 있어서 책을 빌리러 지혜의 집을 찾는 교직원도 드물었다. 정해진 시간에 출근해서 혼자 일하다가 적당한 틈에 밥을 먹고 퇴근하면 되었다. 도서관이라는 보기 좋은 울타리 안에서 책을 만지며 보내는 시간이 딱히 즐겁거나 신나진 않아도 그럭저럭 견딜 만했다. 첫 직장에 비하면 도서관 생활은 천국이나 다름없다고 스스로를 다독였지만, 마음은 쉽사리 따라와주지 않았다.

첫 직장은 모 카드회사였다. 일본 유학을 떠나기 직전까지 나는 VIP 담당 부서에서 일했다. VIP 고객의 일반 상담은 물론이고 여행사 업무까지 병행했기에, 항공사에서 쓰는 예약 발권 프로그램인 토파스(TOPAS)를 따로 익혀야 했다. 도스 화면에서 암호와도 같은 명령어를 입력하여 항공권을 발권하거나 예약된 건을 변경하고 취소하는 일은 무척 까다로웠다. 혹시라도 좌석이나 항공편을 잘못 예약했다가는 고객의 무시무시한 민원은 물론이고 히스테리로 충만한 매니저에게 엄청난 질책을 들어야 했으니, 당시 내가 느꼈던 업무 스트레스는 어마어마했다. 한창 생기 넘치는 20대 중반의 나이였음에도 때늦은 사춘기가 찾아온 것처럼 얼굴이 온통 스트레스성 여드름으로 뒤덮여 있었다.

그 시절에 비하면, 도서관에는 신경질적인 매니저도 없고 대출·반납프로그램인 DLS는 몇 번의 사용만으로 기능 대부분을 익힐 만큼 쉬웠다. 입맛이 있든 없든 정해진 시간에 동료들과 우르르 식당으로 몰려가 점심을 먹을 필요도, 퇴근 후 꼭 참석해야 하는 회식도 없다.

그러나 분명 몸은 훨씬 편해졌는데 마음은 오히려 무거워진 기분이었다. 잡념에 휩싸일 틈 없이 바삐 돌아가던 20대의 직장인 시절로 되돌아가고 싶다는 생각마저 들었다.

어느덧 퇴근 시간이 되었다. 나는 컴퓨터와 전등을 끄고 짐을 주섬주섬 챙겨 도서관을 나왔다. 버스를 타고 집으로 돌아오는 내내 우울한 마음이 가시지 않았다. 이대로 집에 들어가긴 싫었다. 같은 아파트 단지에 사는 사촌 언니에게 버스정류장 앞 치킨호프로 나오라고 호출했다. 야외 테이블에 앉아 치킨과 맥주를 시켜놓고 지나가는 자동차들을 멍하니 바라보고 있는데 사촌 언니가 슬리퍼를 질질 끌고 나타났다. '사촌'이라는 수식어만 붙었을 뿐 그는 내게 친언니나 다름없는 존재였다. 기분이 울적하거나 고민이 있을 때면 나는 사촌 언니를 불러서 푸념을 늘어놓곤 했다. 치킨이 나오길 기다리고 있는데, 때마침 퇴근하고 돌아온 친언니가 자리에 합류했다. 맥주를 한 모금 마신 뒤 사촌 언니가 본론을 꺼냈다.

"무슨 일 있냐?"

순간 눈물이 왈칵 쏟아졌다. 부지런히 닭다리를 뜯던 친언니가 눈을 동그랗게 뜨고 날 쳐다봤다. 얘가 왜 이래, 하는 눈빛으로. 사촌 언니는 잔을 내려놓고 말없이 내 등을 토닥여주었다. 나는 눈물을 훔치면서 꾹꾹 누르고 있던 속내를 털어놓았다. 무기력한 도서관의 시간을 견디기가 힘들다고. 학교 안의 사람들은 저마다 바쁘게 업무를 하며 하루를 알차게 보내고 있는데, 나만 딱히 하는 일 없이 뒤처지는 기분이 든다고. 무늬만 사서인 것 같은 내 모습이 초라하게 느껴진다고. 꼴사납게 눈물 콧물을 쏟아가며 하소연을 했다. 옆에서 가만히 듣고 있던 친언니가 중얼거렸다.

"솔직히 난 네가 부럽다. 집에서 직장도 가깝고, 혼자 편하게 일하잖아. 매일 몇 시간씩 전철 타고 출퇴근하는 게 얼마나 힘든데. 그냥 좋게 생각하고 다녀. 뭘 그리 복잡하게 생각해?"

"그건 네 입장이고. 난 이해가 된다. 사람마다 중요하게 생각하는 가치가 있잖아. 그게 얘한텐 성취감인 거야. 도서관 업무에서 내가 뭔가를 이루어가고 있다는 걸 느껴야 하는데, 그게 전혀 없잖아. 그래서 자꾸만 무력감이 생기는 거지."

사촌 언니 말이 맞았다. 나는 어떤 일이든 성취감을 느껴야 앞으로 나아갈 수 있는 인간이었다. 카드회사에 다니던 시절, 업무에 쫓기면서 주변 사람들과 좋은 관계를 유지하기 위해 애쓰는 일은 늘 스트레스였다. 하지만 그 시절에는 성취감이 있었다. 우수사원으로 뽑히는가 하면, 실적을 인정받아 해외 연수를 다녀오기도 했다. 내가 노력한 만큼 성취감을 느낄 수 있는 일이었기에 무력감에 휩싸일 틈이 없었다.

사표를 던지고 유학길에 올랐을 때는 지긋지긋한 업무에서 해방되었다는 기쁨이 컸다. 첫 직장에서의 기억은 얼굴의 여드름과 함께 점차 사라져갔다. 그런데 몇 년이 흐른 지금, 나는 다시 그 시절을 그리워하고 있었다. 동료와의 수다를, 회식에서 먹었던 삼겹살을, 눈이 빠지도록 들여다보던 도스 화면을.

눈물을 멈추고 맥주를 홀짝이는 내게 사촌 언니는 말했다.

"당장 바꿀 수 없는 현실은 그냥 받아들여. 일단 주어진 업무만 열심히 하면서 앞날에 대해 차근차근 생각해봐. 지금이야 일한 지 얼마 되지 않아서 할 일이 없다지만, 연차가 쌓일수록 네가 할 수 있는 일은 점점 더 늘어날 거야. 어쩌면 지금이 너한텐 다른 미래를 준비할 기회가 될 수도 있어."

치킨을 다 먹고 조금은 알딸딸한 기분이 되어 집으로 돌아오는 길. 어찌 됐든 이 시간을 잘 보내는 것만이 지금의 내가 할 수 있는 최선이라는 결론에 이르렀다. 2년이라는 한정된 시간 동안, 내가 할 수 있는 일이 무엇인지 곰곰 생각해보았다. 도서관의 장서를 모조리 읽어낼 수도, 여러 취미에 도전해볼 수도 있다. 이참에 줄곧 마음에 품어왔던 번역 공부를 시작해볼까. 그렇게 도서관의 시간을 내 방식대로 잘 보내다 보면 언젠간 이 레이스의 반환점에 다다를 날이 올 것이다. 그곳에서 기다리고 있을 다음 사서에게 내가 쥔 배턴을 건네주기만 하면 레이스는 끝이 난다. 그 순간이 올 때까지만 이 무력감을 견뎌내자고, 나는 다시 한 번 마음을 다잡았다.

그해 겨울

학창 시절 좋아했던 과목은 지구과학이었다. 딱히 과학에 재능이 있다거나 담당이 잘생긴 총각 선생님이라서 그랬던 건 아니다. 사실 대륙이동설이니 암석 분류법이니 하는 내용은 지루하기 짝이 없었다. 수업 내용 중에서 유독 내 마음을 끌어당긴 부분은 천체였다. 행성과 항성의 차이를 알게 되고 지구형 행성과 목성형 행성을 구분하는 법을 배우는 일은 무척 재미있었다.

'초신성'은 내가 가장 좋아한 천문학 용어였다. 수명을 다한 별이 갑작스레 죽음을 맞이할 때 평소보다 수억 배에 이르는 밝기로 빛나는 현상. 별의 일생 중 마지막 단계에 발생하는 이것을 초신성이라 부른다고 했다. 평생 모아온 빛을 한순간에 분출한 뒤 차가운 중성자별이나 암흑의 블랙홀로 변해가는 과정이,

내게는 무척 아름다우면서도 쓸쓸하게 다가왔다. 초신성을 알게 된 이후, 밤하늘에서 유달리 밝은 빛을 뿜어내는 별을 발견할 때면 좀처럼 눈을 떼지 못했다. 곧 스러질 듯 위태위태하게 흔들리며 빛나는 저 별이 마치 초신성 같았다. 한없이 별들을 올려다보던 어느 밤에는 지금 내 눈앞에서 빛나는 별이 이미 사라져버린 존재일지도 모른다는 사실을 새삼 깨달았다. 그 밤은, 한 지인의 갑작스러운 죽음을 알게 된 날이기도 했다.

사서가 된 지 겨우 두 주쯤 지났을 무렵이었다. 한 달 동안 닫혀 있던 도서관 문이 열리자, 쉬는 시간이면 호기심 가득한 표정의 아이들이 하루에도 여러 차례 고개를 내밀었다. 자동문이 지~잉 열릴 때마다 나는 어색하게 웃는 얼굴로 인사했다. 그러면 카랑카랑한 목소리로 "안녕하세요!" 하며 인사하는 아이도 있었고, 빤히 내 얼굴을 쳐다보다 도망치듯 운동장으로 사라지는 아이도 있었다. 아직은 나도 아이들도 서로를 탐색하는 기간이었다.

그날은 아침부터 봄비가 추적추적 내렸다. 비에 젖은 운동장 풍경을 멍하니 바라보고 있는데 자동문이 반으로 갈라졌다. 이제는 습관이 되어버린 웃는 얼굴로 고개를 돌렸더니 한 여자가 미소 지은 채 서 있었다.

민정희 선생님은 영양사였다. 학교에서 일한 지 여러 해여서 학교 사정에 대해 빠삭했다. 선생님은 환영 선물이라며 우유와 단팥빵을 들고 왔다. 나는 오물오물 빵을 먹으며 선생님이 알려 주는, 이를테면 누구는 입이 가벼우니 말조심해야 한다거나 누구와 누구는 사촌이라거나 하는 등의 정보에 열심히 귀 기울였다. 그녀는 무척 활력이 넘치는 사람이었다.

그날 이후 민 선생님은 자주 도서관에 놀러 왔다. 올 때마다 항상 이런저런 먹을거리를 챙겨 왔다. 그녀는 도서관에서 일하게 된 이후 처음으로 내게 호감을 보인 사람이었다. 일주일에 한 번씩 학교에 가서 결재를 받을 때를 제외하곤 내가 교직원들과 마주칠 일은 거의 없었다. 어쩌다 복도에서 마주치는 선생님들은 바쁜 업무 탓인지 내가 인사를 건네면 묵례로 답하며 급히 지나치곤 했다. 민 선생님은 그 속에서 내게 다정한 말을 건네주는 최초의 동료였다.

민 선생님은 이직을 위해 사회복지사 시험을 준비하고 있었다. 그래서 도서관에 올 때마다 문제집이나 자료 등을 복사하곤 했다. 원래 교무실에서 복사를 했는데 어떤 선생님이 자꾸 눈치를 준다고 했다.

"누구누구 씨라고 부르면서 종이 좀 아껴 쓰라고 어찌나 잔소리를 해대는지. 선생님이란 호칭은 절대 안 붙인다니까. 기분

나쁘고 치사해서 안 가잖아."

"그런데 왜 이직하시는 거예요?"

"밥하는 거 지겨워서." 내뱉듯이 툭 대답하고 나서 그녀는 한숨을 내쉬었다. "양쌤도 한 살이라도 더 젊을 때 다른 직장 알아봐요. 비정규직으로 일한다는 게 만만치 않거든. 여기저기 눈치볼 일도 많고. 내가 봤을 땐 이 도서관에서 2년 이상 일하는 건 힘들어요."

입사한 지 얼마 지나지 않은 터라 나는 비정규직이니 계약 만료니 하는 부분에 대해 진지하게 생각해본 적이 없었다. 기본적으로 2년 계약이며 그 이후 무기계약으로 전환해줄 수 있다는 말은 얼핏 들어 알고 있었다. 하지만 내 머릿속에서 그 문제는 아득한 미래의 고민거리로 분류된 채 한쪽 구석에 치워진 상태였다. 나는 그저 민 선생님이 늘어놓는 푸념이나 열심히 듣고 있을 뿐이었다. 만약 민 선생님이 자기 이야기만 해댔다면 금세 지치고 말았을 테지만, 그녀는 나의 안부를 살피는 일 또한 잊지 않았다.

도서관에서 첫 가을을 맞이했을 무렵이었다. 볕이 잘 들지 않는 도서관에는 유독 추위가 빨리 찾아왔다. 천장에 달린 히터는 상층의 공기만 따뜻하게 해줄 뿐이어서, 나는 수족냉증에 시달리고 있었다. 바닥이 돌로 되어 있다 보니 특히 발이 너무 시렸다. 털실내화를 신어도 발은 도통 따뜻해지지 않았다. 복사를 하러 온 민 선생님에게 발이 시려 죽겠다고 했더니 다음 날 그녀는 자신이 쓰던 소형 난로를 가져왔다.

"급식실이 따뜻해서 난 별로 쓸 일이 없으니 양쌤 줄게요. 매번 복사하는 것도 미안하니까."

그러고는 며칠 뒤 전기방석까지 가져다주었다. 여자는 엉덩이를 따뜻하게 해야 한다면서. 그 덕분에 나는 혹독한 도서관의 첫겨울을 잘 견딜 수 있었다. 빨갛게 빛나는 난로 앞에서 민 선생님의 온기 어린 마음을 느끼면서.

그해 겨울방학이 시작된 뒤 한동안 민 선생님을 볼 수 없었다. 그녀의 안부가 궁금했지만, 방학 기간에는 급식실 운영을 하지 않아서 그런 모양이라고 생각했다. 책을 빌리러 오는 선생님들도 없었다. 내게 학교 소식을 전해주던 사람은 오직 민 선생님뿐이었기에 개학할 때까지 나는 도서관에 고립된 채 지냈다. 난로를 켤 때마다 그녀가 생각났지만, 먼저 연락할 생각은 하지 못했다.

그러다 도서관에서 두 번째 봄을 맞이했다. 새 학기가 시작되자 운동장은 다시 아이들이 뛰노는 소리로 시끌벅적해졌다.

학교 홈페이지에 들어가니 다시 급식을 시작하는지 새로운 식단이 올라와 있었다. 하지만 민 선생님은 여전히 도서관을 찾지 않았다. 사회복지사 시험에 합격해서 학교를 그만둔 건지도 모른다는 생각이 들었다. 그녀의 이직 성공이 기뻤지만, 작별 인사도 하지 않은 채 떠났단 사실에 내심 섭섭한 마음이 들었다.

그러던 어느 날, 어느 선생님 한 분이 책을 빌리러 왔다. 서가에서 책을 고르는 그에게 나는 넌지시 민 선생님의 안부를 물어보았다. 그러자 그가 아무렇지 않은 목소리로 이렇게 말하는 것이었다.

"민정희요? 죽었잖아요, 지난겨울에. 처음에는 감기에 걸린 줄 알았는데 증상이 심해져서 입원했다가 사흘 만에 죽었대요. 무슨 급성 바이러스인지 뭔지, 암튼 그게 원인이었다나 봐요. 죽었어요, 민정희."

그 선생님은 민 선생님의 이름을 거리낌 없이 내뱉었다. 여전히 시선은 책에 고정한 채.

처음 초신성이라는 용어를 들었을 때 나는 그것이 막 태어난 별을 뜻하는 말인 줄 알았다. 하지만 지구과학 선생님이 설명해주는 초신성의 정의는 전혀 달랐다. 그것은, 지금까지 모아온 모든 빛을 폭발하며 사라지는 일. 무척 쓸쓸한 정의였다. 하지만 더욱 마음이 쓰였던 건, 초신성이 폭발함으로써 그제야 눈에 보이는 별도 있다는 사실이었다. 별은 머나먼 광년 너머에 분명 존재하고 있지만, 평소 우리는 인지하지 못하고 있다가 과거가 되어버린 별의 마지막 순간에야 그 존재를 알아차리고 만다.

민 선생님이 이미 과거의 사람이 되어버렸다는 사실을 알게 된 그 밤, 나는 베란다로 나갔다. 황사로 뿌옇던 나날이 이어지더니 그날은 하늘이 청청해서 별이 잘 보였다. 나는 유독 밝게 빛나는 별 하나를 바라보았다. 지금 내 눈앞에서 빛나는 저 별이 어쩌면 이미 과거의 별일지도 모른다는 생각이 들었다. 날카로운 초승달 모서리에 찔린 것처럼 가슴이 아팠다. 문득 어느 뮤지션이 했던 말이 떠올랐다. 사람과 사람 사이의 관계가 초신성과 닮았다던 말. 당시에는 갸우뚱했는데 이제야 어렴풋이 그 뜻을 알 것 같았다. 민 선생님의 죽음을 인지하고 나서야 나는 그녀가 내게 얼마나 다정한 동료였는지 새삼 깨달았다.

그해 겨울이 끝날 무렵 난로는 수명을 다했다. 나는 고물을 수집하는 어르신에게 난로를 건넸다. 작은 수레가 점점이 멀어져 시야에서 사라질 때까지 나는 그 모습을 계속 바라보며 서 있었다.

작은 책도둑

오랫동안 책 다루는 일을 업으로 삼다 보니 나도 모르게 생겨난 편견이 하나 있다. '소설을 원작으로 만든 영화치고 책만큼의 감동을 주는 작품은 별로 없다'는 것. 만약 보고 싶은 영화가 소설을 원작으로 만든 것이라면 먼저 책부터 읽고 보는 쪽을 선호한다. 영화는 그다음에 볼 것. 이것이 내 나름의 규칙이다. 그런데 얼마 전 한 영화를 보며 이 규칙이 와장창 깨졌다.

제2차 세계대전을 배경으로 펼쳐지는 영화 〈책도둑〉은 책을 훔칠 수밖에 없었던 어느 독일인 소녀에 대한 특별한 이야기다. 깜찍한 책도둑 리젤은 어린 남동생의 장례식에서 처음 책을 훔친다. 그녀에게 책은 어두운 시절을 버틸 수 있도록 힘을 주는 부적이자 새로운 세상을 꿈꾸게 하는 통로나 마찬가지다. 리젤이 두 번째로 책을 훔치는 곳은 차가운 어둠이 내려앉은 광장 한복판이다. 나치 정권은 국민들을 세뇌하기 위해 멋대로 불온 서적이라 정한 책들을 광장에 모아 불태우고, 리젤은 불씨에 타 들어가는 책 한 권을 잽싸게 품 안으로 숨긴다. 나치의 위협조 차 책을 향한 그녀의 열정을 막을 수 없었던 것이다. 그리고 이 제 리젤은 본격적으로 책을 훔치기 시작한다. 나치를 피해 자신 의 집 지하실에 숨어 지내는 유대인 친구 맥스를 위해서.

마을 시장의 서재에 몰래 들어가 책을 훔치는 리젤을 조마조 마한 마음으로 지켜보면서, 불현듯 나는 도서관에 찾아왔던 어 린 '책도둑'이 생각났다.

사방이 책으로 둘러싸인 풍경이 어색하기만 하던 시절, 내 신경은 온통 도서관 분위기 조성에 쏠려 있었다. 한동안 사서가 없이 열려 있던 탓인지 아이들은 천둥벌거숭이처럼 도서관 안 을 헤집으며 돌아다녔고, 저녁 시간이 되면 방황하는 청소년들 이 하나둘 도서관 주변으로 모여들었다.

모두에게 좋은 인상을 심어주고 싶었던 나는 시종일관 웃는 얼굴로 아이들을 대했다. 그러자 처음에는 주뼛거리던 아이들 이 차츰 대담해지기 시작했다. 한번은 책 한 권을 펼쳐놓고 커 다란 목소리로 수다를 떨고 있는 여자애들에게 주의를 주었더니, 자리를 거칠게 박차고 일어나 책을 휙 던지며 나가버리는 것이었다. 순식간에 일어난 일이라 나는 어떤 대응도 하지 못한 채 망연자실한 표정으로 바닥에 널브러진 책을 바라봐야 했다. 어느 저녁에는 시험공부를 하러 온 중학생 커플이 도서관 구석에 나란히 앉아 애정행각을 벌이는가 하면, 축구부 아이들이 떼로 몰려와 검색용 컴퓨터를 점령하고는 단체로 야한 사진을 훔쳐보다가 걸린 적도 있었다. 그럴 때마다 나는 새빨개진 얼굴로 "도서관에서 무슨 짓이야!" 하며 허둥지둥 아이들을 쫓아버리기에 급급했다.

얼마 후 이웃 동네의 초등학교에 근무하는 사서 J가 도서관에 놀러 왔다. 나보다 서너 살은 어린 친구였지만 사서 4년 차 베테랑이었던 그는, 내게 도서관의 전반적인 업무에 대해 꼼꼼하게 가르쳐주는 든든한 지원군이었다. 나는 그간의 사건들을 이야기하며 도통 아이들을 통제하기 힘들다고 하소연을 늘어놓았다. 내 이야기를 곰곰이 듣고 있던 J는 잔뜩 힘이 들어간 목소리로 이렇게 조언해주었다.

"아이들한테 절대 만만하게 보여서는 안 돼요. 눈에 힘을 주고 웃음기 하나 없는 얼굴로 주의를 줘야 말을 듣는다니까요. 조금이라도 도서관 안에서 떠드는 걸 봐줘서도 안 되고요."

J가 다녀간 이후, 나는 그의 말을 머릿속에 되새기며 엄격한

사서 선생님이 되고자 노력했다. 살짝 건드리기만 해도 웃음보가 터지는 아이들에게 절대 정숙을 강조하는 나날이 이어졌고, 그렇게 도서관 분위기도 점차 잡혀가는 느낌이었다.

한바탕 아이들이 도서관을 휩쓸고 지나간 어느 오후. 나는 여기저기 어지럽혀진 책들을 정리하는 중이었다. 소파에는 개미처럼 까만 뒤통수의 두 아이가 나란히 앉아 책을 읽고 있었다. 그렇게 10여 분쯤 흘렀을까. 한 아이가 자리에서 벌떡 일어났다. 아이는 내가 서 있는 서가를 향해 "안녕히 계세요" 하고 인사한 뒤 도서관을 나서려 했다. 유달리 예의 바른 목소리. 서가에 책을 꽂던 나는, 순간 아이의 목소리에서 어떤 긴장감 같은 것을 감지했다.

"잠깐만!"

잔뜩 날이 선 목소리로 아이를 불러 세운 뒤, 나는 성큼성큼 걸어가 앞을 가로막고 섰다. 유독 불룩 솟아오른 아이의 배로 눈길이 갔다. 나는 당장 배 안에 숨긴 것을 꺼내라고 말했다. 아이는 두려움이 가득한 눈빛으로 나를 올려다보았다. 얼음땡 놀이를 하다가 얼음이 되어버린 듯한 모습이었다. 나는 (J에게 배운 대로) 두 눈에 잔뜩 힘을 준 채 "어서!"라고 말했다. 마치 "땡!"이라는 말을 들은 것처럼, 그제야 아이는 주춤주춤 허리춤에 감춘 것을 꺼냈다. 자그마한 양손에는 번쩍번쩍 광택이 흐르는 표지가 붙은 책 한 권이 들려 있었다. 최근 아이들이 서로 차지하려 드는 신간 만화책이었다. 책을 휙 낚아챈 나는 말없이 아이를 내려다보았다. 아이는 더듬더듬 입을 열었다.

"집에서 읽고…… 다시 가져다놓으려고…… 했어요."

금방이라도 눈물이 쏟아질 듯한 표정이었다. 거기에 아랑곳하지 않고 나는 메마른 목소리로 아이의 학년과 반, 이름을 물었다.

오랜 시간이 흐른 뒤 영화 속 책도둑 리젤을 통해, 비로소 나는 당시 아이의 상황을 어렴풋이 가늠해보게 되었다. 어쩌면 아이는 며칠 동안 그 책을 읽을 기회만 엿보았을지도 모른다. 그러다 드디어 그 순간이 찾아왔고, 제 손에 책이 들어오자 독차지하고 싶은 욕심이 생겨났을 것이다. 하지만 만화책 종류는 도서관 규칙상 대출이 불가능했고, 결국 아이는 책을 훔칠 수밖에 없었으리라. 오로지 도서관 분위기 조성에만 혈안이 되어 있던 나는, 아이의 심정은 헤아려주지 못한 채 '도둑질'이라는 행위 자체에만 온 신경을 쏟았다. 그리고 서가에 책을 순서대로 꽂아 넣듯 기계적으로 아이의 신상을 적어 교무부장 선생님에게 넘겼을 뿐이다.

지하실에 고립된 채 지내는 맥스를 위해 시장의 서재에서 책을 훔치는 리젤. 물론 그녀는 다 읽은 책을 제자리에 몰래 가져다놓는 일도 잊지 않는다. 단짝 루디는 그녀를 책도둑이라 부르지만, 리젤은 말한다. 자신은 그저 책을 빌려 읽는 것뿐이라고. 그 장면에서 다시금 아이의 말이, 다시 가져다놓으려 했던 여린 그 목소리가 내 기억 속에 되살아났다. 그날 이후 아이는 더 이상 도서관을 찾지 않았다.

책도둑이 찾아왔던 당시, 내 안에는 한겨울 고드름처럼 차갑고 뾰쪽한 마음만 삐쭉삐쭉 돋아나 있었다. 그 마음 끝에 찔려 상처받은 아이는 도서관을 멀리하는 어른으로 자라났을지도 모른다.

영화를 보는 내내 머릿속에 부질없는 생각이 자꾸만 맴돌았다. 만약 그때로 다시 돌아갈 수 있다면. 그럴 수 있다면, 나는 아이의 머리를 부드럽게 토닥이며 말하고 싶다. J의 조언 따위는 상관없이, 내가 낼 수 있는 최대한 다정한 목소리로, 그 책이 그리도 갖고 싶었냐고.

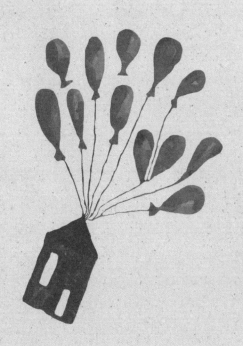

PART 2

새로운 시작

아득한 우주로

어릴 적 내 꿈은 우주인이었다. 48킬로그램이나 되는 우주복을 걸친 채 끝없이 펼쳐진 암흑 속을 유영하며 우주선이나 인공위성을 수리하는 모습은 무척 경이로워 보였다. 그들의 일터인 우주는 금세라도 위험한 상황에 빠질 수 있는 최악의 시나리오가 수천 개나 존재하는 곳이다. 자칫하다간 영영 우주미아가 될지도 모른다. 우주선과 끈으로 연결된 우주복을 입고 유영을 하던 우주인이 어떤 사고로 끈이 떨어지면서 적막 가운데 홀로 남겨지는 상황. 영화에서 한 번쯤은 봤을 법한 장면이다. 그러나 우주인은 이러한 위험을 무릅쓰고 안락한 우주선에서 나와 유영한다. 주어진 임무를 완수하기 위해. 그 모습이 꽤 멋져 보였다. 그러나 우주인이 되기 위해 갖춰야 하는 어마어마한 자격

요건을 알게 된 뒤 나는 조용히 꿈을 접었다.

그래도 우주를 동경하는 마음은 지금도 여전해서, 나는 자주 밤하늘을 올려다보며 우주를 상상하거나 영화 〈인터스텔라〉를 수도 없이 돌려 보곤 한다. 그때마다 어김없이 이런 생각이 든다. 우주에서의 삶과 지구에서의 삶이 별반 다를 바 없다고. 살다 보면 내게도 종종 그들과 비슷한 순간이 찾아오기 때문이다. 안락한 우주선을 뒤로한 채 아득한 우주로 나가야 하는 순간이.

2012년, 어느덧 계약 종료 시점이 다가왔다. 도서관 레이스의 끝에서 나는 다음 사서에게 배턴 터치를 하기 위해 반환점으로 달려갔다. 그런데 뜻밖에도 그곳은 반환점이 아니라 새로운 시작점이었다. 내 손에 건네진 근로계약서에는 '무기계약'이란 글자가 선명히 찍혀 있었다. 지난 2년 내내, 이 이어달리기의 마지막 주자가 나일 거라곤 짐작조차 하지 못했는데.

도서관에서 계속 일할 수 있게 되면서 내 상황도 급변하기 시작했다. 가을에 새로 부임한 교장 선생님이 지혜의 집 운영을 내게 일임했다. 그저 대출과 반납 업무를 하면서 책이 분실되거나 훼손되지 않도록 도서관을 지키는 일만 해왔던 내게, 드디어 제대로 된 사서의 일이 주어진 것이다. 수서라든가 도서관 프로그램 운영이라든가 사업비 정산 같은 주요 업무들이.

교장 선생님은 도서관 이용자 수가 늘어나도록 힘써야 한다고 강조하는 한편, 매달 도서관 행사를 기획하여 진행하길 권하며 적극적으로 내 등을 떠밀기 시작했다. 책임져야 할 일이 갑작스레 늘어났다. 남의 옷을 입은 것 같던 나날이 지나가고, 나는 다시 새 옷으로 갈아입게 되었다. 비록 우주복처럼 무겁고 버거웠지만, 시간이 흐르면 이번에는 진짜 내 옷이 되리란 걸 알 수 있었다. 안락했지만 심심했던 우주선을 뒤로하고, 2년 만에 나는 밖으로 나왔다. 이번에야말로 진짜 사서로서, 도서관이라는 우주를 제대로 유영하기 위해.

프로그램 기획이 시급했다. 아무래도 혼자 꾸려가는 작은도서관이다 보니 근처에 있는 시립도서관이나 꿈나무도서관처럼 매달 다채로운 프로그램을 동시에 운영하기는 어려웠다. 게다가 해마다 예산 부족에 시달리는 터라, 되도록 많은 돈이 들지 않는 방향으로 프로그램을 기획해야 했다. 당시만 해도 지혜의 집을 찾는 이용자는 사동초등학교 학생이 대부분이었다. 자연스레 프로그램 대상도 초등학생으로 맞춰졌다.

첫 달 목표는 도서관에 드나드는 아이들이 많아지도록 하는 것이었다. 일단 책을 반납하지 않은 채 도서관에 발길을 뚝 끊어버린 아이들을 대상으로 '캔디데이' 이벤트를 열기로 했다. 도서관에 와서 연체된 책을 반납하면 사탕을 선물로 주고 다시 책을 빌릴 수 있도록 연체를 풀어주는 식이었다. 첫 이벤트는 성공적이었다. 예상대로 사탕을 싫어하는 아이는 거의 없었다.

도서관을 이용하는 아이들이 조금씩 늘면서 학부모들도 하나둘 찾아오기 시작했다. 아이의 하교 시간을 기다리며 도서관에서 책을 읽는 어머니들이 가장 많았다. 아동도서 위주의 장서에 변화를 줄 필요가 있었다. 기존에 8 대 2였던 아동도서 대 성인도서 비율을 6 대 4로 좁혔다. 아동도서의 경우 전집류는 지양하기로 했다. 품이 들더라도 충실한 단행본을 선별하여 한정된 서가를 채워나갔다.

이용자 수는 서서히 늘었지만, 여전히 책을 빌려 가는 사람은 적었다. 대출을 늘리기 위해 '독서 쿠폰제'를 시행했다. 커피숍에서 한창 유행하던 커피 쿠폰처럼 독서 쿠폰을 만들어서, 책을 한 권 빌릴 때마다 도장을 하나씩 찍어주었다. 일정한 수만큼 도장을 모은 사람에게는 소소한 선물을 증정했다. 아이든 어른이든 독서 쿠폰제에 대한 반응이 꽤 좋았다.

어린 시절 학교 앞 문방구에서 뽑기를 하던 추억을 떠올리며 독서 뽑기판도 만들었다. 대출 누적 권수가 열 권 이상이 되는 아이들에게 뽑기를 할 수 있는 기회를 주었다. 뽑기 속에 감춰진 선물은 연필 한 자루나 수첩, 사탕처럼 소소한 것이었지만 아이들의 반응은 폭발적이었다. 물론 뽑기 중에는 '꽝'도 있어서 그것을 뽑은 몇몇 아이들은 울음을 터뜨리기도 했다. 그 모습이 순수하고 귀여워서 몰래 초콜릿이나 사탕을 아이 손에 쥐여주기도 했다.

그 밖에도 서가에 꽂힌 책 속에 보물 쪽지를 숨겨두거나, 이용자들에게 청구기호(숫자와 문자의 조합으로 이루어져 각 책의 물리적 소재를 알려주는 기호)로 책 찾는 법을 알려주기 위해 '청구기호 찾기' 이벤트를 열었다. 크리스마스 시즌에는 이용자들이 직접 소원을 적어 만든 오너먼트를 트리에 꾸미기도 했다.

매달 새로운 프로그램을 기획하는 일이 쉽지 않았지만, 내가 노력한 만큼 도서관은 점차 활성화되어갔다. 아무도 펼쳐보지 않은 채 누렇게 바래가던 새 책들에 점점 이 사람 저 사람의 손때가 묻기 시작했다. 내가 사서로서 제 몫을 해내고 있다는 생각이 들자, 지난 2년 동안 가슴속에 쌓여 있던 답답함도 점차 사라져갔다.

그러던 어느 날, 학교도서관으로 와달라는 교장 선생님의 호출을 받았다. 지역주민에게 개방된 지혜의 집과 달리, 학교 내 도서관은 소속 학생들에게만 개방된 공간이었다. 그런데 그곳에는 사서가 없어서 선생님 중 한 명이 교과목 외에 도서관 업무까지 담당해야 했다. 실질적으로 도서관을 운영하는 사람은 자원봉사 어머니들로 이루어진 '도서보람교사'였다. 내 아이가 다니는 학교였기에 어머니들은 매일 두 명씩 돌아가며 쉬는 시간마다 우르르 몰려오는 학생들에게 책을 빌려주고 반납된 도서를 서가에 정리하는 일을 기꺼이 해내고 있었다. 학교도서관으로 갔더니 올해 새로 지원한 도서보람교사 어머니들과 교장 선생님이 둘러앉아 담소를 나누고 있었다. 그 앞에 서서 내가 어색한 자기소개를 마치자, 교장 선생님이 만면에 웃음을 띤 채 입을 열었다.

"도서관 업무를 하시다가 궁금한 점이 있으면, 여기 지혜의 집 사서 선생님에게 물어보시면 됩니다. 앞으로 지혜의 집뿐만 아니라 학교도서관 운영도 적극적으로 지원해줄 예정입니다."

난 그저 어색한 표정으로 웃으며 서 있었다. 앞으로 일어날 일은 짐작조차 하지 못한 채, 어서 이 상황이 끝나길 바라면서. 그리고 며칠 후, 느닷없이 교장 선생님으로부터 학교도서관과 지혜의 집 도서관을 동시에 맡아 운영하라는 지시를 받았다. '지혜의 집'이라는 커다란 보따리를 짊어지고 있는데, 이제 머리 위에 '학교도서관'이라는 광주리까지 이게 된 셈이었다. 그렇게 두 도서관을 오가는 생활이 시작되었다.

사랑하는 나의 앤

당시에는 몰랐다가 수십 년이 흘러 진실을 알게 되는 경우가 종종 있다. 어릴 적 즐겨 보던 만화영화 시리즈도 그중 하나다. 초등학교 시절 일요일 아침이면 눈곱이 들러붙은 눈으로 텔레비전 앞에 앉아 〈엄마 찾아 삼만 리〉를 꼭 챙겨 봤다.

어린 소년 마르코가 엄마를 찾아 기나긴 여행에 나서는 이야기가 너무 슬퍼서, 만화를 보는 내내 나는 눈물 콧물을 쏟아야 했다. 당시에는 그저 마르코의 엄마가 멀리 떨어진 마을로 일하러 간 거라고만 생각했는데, 나중에야 마르코는 이탈리아 소년이었고 엄마가 일하러 간 곳은 대서양 건너의 아르헨티나였다는 걸 알게 되었다. 그러고 보니 마르코가 증기선을 타고 바다를 건너는 장면이 어렴풋이 떠오른다. 고작 아홉 살짜리가 혼자 대서양을 건너 엄마를 찾으러 다닌다니. 게다가 갖은 고생 끝에 겨우 찾아간 곳엔 늘 엄마가 없었다. 마르코는 수없이 헛걸음을 하고 나서야 겨우 엄마와 재회한다. 만화 주제가는 또 어찌나 애절한지.

무엇보다도 내가 놀랐던 건 이 만화가 일본 원작이라는 사실 이었다. 제목에서부터 토속적인 느낌이 물씬 풍겼기 때문일까. 나는 〈엄마 찾아 삼만 리〉가 우리나라에서 만든 작품이라고 믿 어 의심치 않았다. 수십 년이 흐른 뒤 〈미래소년 코난〉이나 〈메 칸더 V〉 〈은하철도 999〉 같은 만화의 국적이 모두 일본으로 밝 혀졌을 때도 놀라기는 했지만, 토종 만화라 철석같이 믿고 있었 던 〈엄마 찾아 삼만 리〉마저 일본에서 만든 만화라는 사실을 알 았을 때는 일종의 배신감마저 들었다. 주말마다 쏟은 내 눈물 콧물 돌려줘, 하는 심정이었다고나 할까.

그러나 이 모든 것을 초월할 만큼 나를 깜짝 놀라게 한 만화 는 〈빨강 머리 앤〉이었다. 초등학교 6학년 시절, 오후 6시 반이 되면 나는 텔레비전 앞에 딱 붙어 앉아 스피커에서 흘러나오는 오프닝 곡을 가성의 목소리로 따라 불렀다. 지금도 가사 하나 틀리지 않고 외우는 〈빨강 머리 앤〉의 만화 주제가였다. 1분 남 짓한 노래가 끝나면 다정한 성우의 내레이션과 함께 수채화풍 의 따뜻한 이야기가 펼쳐졌다. 좀 더 자라 사춘기가 되었을 무렵에는 원작 소설을 읽으며 만화 속 장면들을 떠올리곤 했다. 《빨강 머리 앤》은 내가 가장 좋아하는 만화이자 소설이었다. 어른이 된 뒤에도 거듭 만화를 돌려 보고 소설을 여러 번 되풀이해 읽을 만큼 나는 앤에 푹 빠져 있었다. 그러다 학교도서관에 파견 업무를 나가게 된 지 얼마 지나지 않았을 무렵, 《빨강 머리 앤》에 대한 새로운 사실을 알고 나는 소스라치듯 놀라고 말았다.

지혜의 집 평일 운영 시간은 오후 1시부터 9시까지였는데, 파견 업무가 시작된 뒤에는 학교도서관으로 출근해 오후 4시까지 일했다. 지혜의 집 운영 시간이 3분의 1로 줄어든 셈이었다. 파견 근무 시간은 고작 세 시간뿐이었지만, 지혜의 집과는 다른 체계로 움직이는 도서관에서 낯선 서가 사이를 오가며 일하는 것은 생각보다 고됐다. 지혜의 집으로 돌아오면 마치 타국에 있다가 고향에 돌아온 듯한 기분이 들며 긴장이 탁 풀렸다.

학교도서관에서 근무하게 되자 좋은 점도 있었다. 혼자 떨어져 일하다 보니 학교 내에서 알고 지내는 이가 거의 없었는데, 평일마다 학교도서관에 드나들게 되면서 마음 맞는 동료들이 생겨난 것이다. 그들은 종종 학교 소식을 전해주고, 도서관에서 제대로 밥도 못 챙겨 먹을 것 같다며 이런저런 간식을 갖다주기도 했다.

휴일인 월요일과 화요일을 제외하면, 실질적으로 내가 학교 도서관에서 근무하는 날은 수요일부터 금요일까지 사흘뿐이었다. 게다가 초등학교의 특성상 오전 시간에 집중적으로 아이들이 몰려서 오후 3시 무렵이면 도서관은 무척 한가해졌다. 오전 동안 봉사해준 도서보람교사 어머니와 배턴 터치를 한 뒤, 여기저기 어지러이 널린 책들이나 서가에 잘못 꽂힌 책을 정리하고 나면 딱히 할 일이 없었다. 학교도서관의 주요 업무는 도서관 담당 선생님이 도맡아 하고 있었다. 내게 주어진 업무는 도서보람교사 어머니들이 돌아가고 난 뒤의 도서관을 지키는 것, 그리고 한 달에 한 번 프로그램을 기획하여 진행하는 것뿐. 그런데 정작 아이들이 도서관에 몰리는 오전은 내 근무 시간이 아니었다. 실질적으로 나는 프로그램 기획만 했고, 진행은 담당 선생님과 도서보람교사 어머니들이 도맡았다.

사정이 이렇다 보니 학교도서관에서 근무하는 세 시간은 더디게 흘러갔다. 책을 정리하고 서가 이곳저곳의 먼지를 털어내고 이따금 학원 차를 기다리는 아이에게 그림책을 읽어주어도 시계의 분침은 좀처럼 앞으로 나아가지 않았다. 도서관 옆 복도로는 선생님들이 바삐 오가고, 책에 관심이 많은 교장 선생님은 수시로 도서관에 들렀다. 이곳은 학교의 한복판이었다. 속 편하게 책이나 읽고 있을 순 없었다. 나는 본격적으로 학교도서관의 서가를 탐색하기 시작했다.

지혜의 집보다는 장서량이 월등히 많았다. 1969년에 학교가 설립된 이래 장서 정리를 한 번도 한 적이 없었는지, 오래된 헌책방 골목에나 가야 만날 법한 '2단 세로쓰기'로 된 한자투성이 전집들이 서가의 하단을 터줏대감처럼 지키고 있었다. 아이들뿐만 아니라 선생님들도 거들떠보는 일이 없을 것 같은 책들. 게다가 책등(책을 서가에 꽂았을 때 전면에서 보이는 부분으로 책 제목이 적혀 있음)이 떨어져나가고 내지가 훼손된 책도 수두룩했다. 나는 담당 선생님에게 폐기해야 할 책이 많아 보인다고 슬쩍 운을 띄웠다. 그러자 선생님은 한숨을 푹 내쉬었다.

"교장 선생님이 책 폐기는 절대 안 된다고 하셔서요. 신간은 계속 들어오는데 오래된 책 때문에 서가가 거의 포화상태예요. 골치 아파 죽겠어요."

먼지로 만든 듯 퀴퀴한 냄새를 풍기는 오래된 장서 중에는 흙 속에 파묻힌 진주 같은 책들이 더러 있었다. 《이상한 나라의 앨리스》 초판본처럼 절판되어 시중에선 구입하기 힘들 것 같은 책들과 마주칠 때면 나도 모르게 작은 탄성이 터지곤 했다.

한바탕 책 정리를 끝내고 잠시 자리에 앉아 숨을 돌리고 있던 어느 날이었다. 고학년쯤으로 보이는 한 여자아이가 슬그머니 도서관에 들어왔다. 아이는 말없이 꾸벅 인사한 뒤 곧장 문학 분야 서가로 갔다. 무거워 보이는 책가방을 메고 실내화 주머니를 한 손에 꽉 움켜쥐고 있었다. 그렇게 한참을 서서 서가를 살펴보는가 싶더니 내게 다가와 조심스레 입을 열었다.

"선생님, 《빨강 머리 앤》 어디 있어요?"

마치 동지를 만난 것처럼 미소가 절로 지어졌다.

"어머, 《빨강 머리 앤》 좋아하는구나. 나도 앤 진짜 좋아하는데. 잠깐만."

지혜의 집 못지않게 느려터진 학교도서관 컴퓨터로 도서 검색을 해보았다.

총 0건이 검색되었습니다.

설마 이 무수한 장서 가운데 이 소설이 없을 리가 없는데. 나는 띄어쓰기도 다시 해보고 '빨강'을 '빨간'으로도 바꿔가며 검색해보았다. 그러나 여전히 화면에는 아무런 자료도 검색되지 않았다. 똘망똘망한 눈으로 내 손가락만 바라보는 아이에게 괜히 미안했다. 지혜의 집에는 있는데. 아쉽게도 이곳은 나의 홈그라운드가 아니었다.

"책이 없네. 미안해서 어쩌지?"

아이는 살짝 미소 지은 채 다시 꾸벅 인사하고 돌아갔다. 무거운 가방을 메고 기껏 도서관에 왔다가 빈손으로 돌아가는 아이의 뒷모습을 보자니 내가 더 아쉬웠다. 나도 저 나이 무렵부터 앤을 좋아했었지. 담당 선생님에게 《빨강 머리 앤》도 수서 목록에 포함해달라고 말해야겠다. 그런 생각을 하면서 나는 늘 그랬듯 서가 탐색에 들어갔다. 문학 서가에는 어떤 책들이 꽂혀 있는지 들여다보다가 구석 위쪽으로 눈을 돌렸을 때였다. 하얀 바탕에 초록색 글씨가 새겨진 책들이 주르륵 꽂혀 있는 모습이 눈에 들어왔다. 시리즈물인가. 나는 좀 더 가까이 다가가 책등을 유심히 살폈다. 익숙한 알파벳 네 자로 된 제목, 그것은 바로 'ANNE'이었다.

아이가 찾던 책의 실물을 발견하자 절로 탄식이 터져 나왔다. 영어 제목으로도 검색해봤어야 했는데. 한편으론 이런 생각도 들었다. 아무리 영어가 세계 공용어라고 해도 한국 초등학교 도서관이라면 한국어로 등록하는 게 우선 아닌가. 자료를 등록했을 누군가에게 슬쩍 책임을 떠넘기며 서가에서 책을 꺼냈다.

첫 장을 펼치자 '앤을 읽으며 모드를 생각하며'라는 소제목의 꽤 긴 서문이 실려 있었다. 소설이 쓰이게 된 배경과 작가 루시 모드 몽고메리의 삶에 관한 이야기였다. 배경이 된 캐나다 프린스에드워드아일랜드의 수채화 같은 풍경 사진뿐만 아니라 몽고메리와 그의 가족사진도 여러 장 수록되어 있었다. 그동안 전혀 알지 못했던 비화들이었다.

나는 서가 앞에 선 채로 후루룩 서문을 읽어나갔다. 그다음 펼쳐질 소설의 내용은 이미 수없이 읽은 터라 잘 알고 있었다. 그런데도 '린드 부인의 놀라움'이라는 첫 번째 소제목이 눈에 들어온 순간 가슴이 뭉클해져왔다. 당장이라도 자리에 앉아 소설 속에 빠져들고 싶은 마음을 억누르며 다시 서가에 책을 꽂았다. 그런데 'ANNE'이라고 적힌 책이 왜 이렇게 많을까. 총 열 권이나 되는 책이 'ANNE'의 제목을 단 채 꽂혀 있었다. 내가 알기로 소설은, 퀸즈 아카데미를 졸업한 앤이 애번리로 돌아와 자신이 졸업한 학교에서 교편을 잡으며 살아가는 장면에서 끝난다. 그것치곤 책의 권수가 너무 많았다. 의문을 품은 채 한 권 한 권 살펴보다가 나는 그만 깜짝 놀라고 말았다. 소설의 마지막 장을 덮을 때마다 늘 상상하곤 했던 앤의 일생이 그 안에 오롯이 담겨 있었기 때문이다.

20여 년이 넘도록 내가 알고 있었던 앤은 극히 일부에 불과했다. 그 뒤로 앤의 이야기가 더 존재하고 있었다. 앤이 결혼해서 아이를 낳고 그 아들과 딸들이 성장해나가는 이야기를 이제껏 모른 채 살아왔다니. 앤과 길버트가 과연 사랑의 결실을 보았을지 상상하곤 했던 지난날이 떠올랐다. 이제 그 내용을 직접 두 눈으로 확인할 수 있다고 생각하니 솟구치는 기쁨을 주체할 수 없었다. 앞으로 읽을 앤의 새로운 이야기가 이토록 많다는 사실이 도저히 믿어지지 않았다.

그날 이후 학교도서관으로 파견 근무를 나가는 일이 조금은 즐거워졌다. 문을 열고 도서관에 들어가 도서보람교사 어머니들과 인사를 나누는 일은 여전히 어색했지만, 서가의 한쪽 구석에 자리를 차지한 채 수많은 이야기를 품고 있을 앤 시리즈를 생각하면 마음이 설렜다. 어쩌면 앤을 찾으러 올 아이들이 또 있을지도 몰랐기에, 나는 전산에 입력된 책의 제목을 '빨간 머리 앤(ANNE)'으로 바꾸고 키워드에 '빨강 머리' '앤'을 추가했다. 그리고 학교도서관에 올 때마다 새로운 에피소드를 한 꼭지씩 읽어나갔다.

소설가 무라카미 하루키는 에세이 《장수 고양이의 비밀》에서, 평생을 두고두고 읽을 수 있고 아무 데나 펼쳐 읽어도 감동이나 깨달음을 주는 책을 '반려책'이라 말하며 스콧 피츠제럴드의 《위대한 개츠비》를 꼽는다. 그리고 어느 작은도서관 사서는 학교도서관의 구석진 서가에서 'ANNE'이라는 초록 글자와 마주한 뒤 그 책이 인생의 반려책이 될 운명이란 걸 예감한다.

그해 생일, 받고 싶은 선물이 무엇인지 묻는 언니에게 나는 앤 시리즈를 사달라고 말했다. 책값을 확인하고 예상 밖의 가격에 도끼눈을 뜨면서도 언니는 순순히 책을 선물해주었다. 서가에서 앤 시리즈를 발견한 그날로부터 벌써 몇 년이 흘렀다. 여전히 난 소설의 결말을 모른다. 당장 후루룩 읽어버리고 싶은 마음과 조금씩 아껴가며 읽고 싶은 마음이 팽팽하게 대립하고 있지만, 늘 승자는 후자 쪽이다. 책을 펼치는 순간 정신없이 이야기에 빠져들다가도, 줄어든 분량에 화들짝 놀라며 황급히 브레이크를 밟는다. 어떨 때는 1권부터 되돌아가 읽기도 한다. 아무리 되풀이하여 읽어도 도통 질리지 않으니, 적어도 내게 앤 시리즈는 반려책으로서 자격이 충분한 소설이다.

후일담이지만, 몇 년 뒤 새로운 교장 선생님이 부임하자 드디어 학교도서관 장서의 폐기에 대한 허가가 떨어졌다고 한다. 담당 선생님은 도서보람교사 어머니들과 협업하여 이용 가치가 상실됐다고 판단되는 책들을 색출해냈다. 창고에 척척 책 꾸러미가 쌓여갔다. 서가도 새로 바꿔서 칙칙했던 실내 분위기가 조금씩 밝아졌다. 담당 선생님은 속이 후련하다고 했다. 조금은 휑해진 서가를 바라보며 나는 왠지 아쉬운 마음이 들었다. 한창 서가를 탐색하던 시절, 오래된 고서를 찾는 재미가 쏠쏠했는데. 수십 년 동안 서가를 지키며 학교의 역사와 함께해온 무수한 책들이 창고로 쫓겨났고 일부는 폐기 수순을 밟았다. 그리고 무엇보다 안타까웠던 건 앤 시리즈도 거기에 포함되었다는 사실이다. 그 대신 서가에는 예쁜 일러스트로 치장된 자그마한 양장본의 《빨강 머리 앤》이 꽂혀 있었다. 앤의 어린 시절이 담긴 그 책을 읽을 아이 중 누군가는, 어쩌면 나처럼 오랜 시간이 흐른 뒤에야 앤에 관한 더 많은 이야기가 존재한다는 사실을 깨닫게 될지도 모르겠다.

책과 아이와 고양이

도서관 안에서 듣는 빗소리는 먹먹하다. 장마철이면 천장과 벽에서 비가 새는 통에 여러 차례 방수공사를 했을 만큼 낡은 건물이지만, 창문 하나는 기가 막히게 두텁고 튼튼한 탓이다. 창문을 닫아놓으면 운동장에서 뛰노는 아이들 웃음소리는 머나먼 골짜기에서 울리듯 아득하게 들린다. 웬만한 장대비 소리도 도서관 창문을 통과하면 가랑비로 뒤바뀐다. 마치 방음 페달을 밟은 채 연주하는 하늘의 피아노 소리 같다. 때로 책장 넘기는 소리나 누군가의 웃음소리가 이에 가세하면, 어김없이 나는 작은 행복을 느낀다. 작은도서관에서 일하는 사람이라면 분명 한 번쯤은 느꼈을 행복이라고 감히 말하고 싶다.

그날은 아침부터 추적추적 보슬비가 내렸다. 너른 운동장 곳곳에는 자그만 웅덩이가 생겨났다. 비 오는 토요일이라 교정은 물론이고 도서관도 썰렁했다. 나는 데스크에 앉아 문서작업을 하다가 이따금 창밖으로 고개를 돌려 하늘을 구경했다. 붓을 살짝 찍으면 회색 물감이 묻어나올 정도로 하늘은 잿빛을 띠고 있었다. 멍하니 창밖을 바라보고 있는데, 갑자기 자동문이 열리더니 그 사이로 한 여자아이가 고개를 쑥 내밀었다. 토요일 아침이면 책을 읽으러 오는 초등학생 자매 중 언니 주은이였다. 주은이는 안으로 들어오지 않은 채 뭔가 할 말이 있다는 듯 나를 쳐다보았다. 동생 다은이는 신발장 앞에서 작은 상자 하나를 들고 서 있었다. 자동문이 자꾸만 닫히려다 주춤하며 다시 열리기를 반복했다. 웃으며 무슨 일이냐고 묻자, 자매는 그제야 도서관 안으로 후다닥 들어왔다. 다은이가 상자를 데스크 위에 조심스레 올려놓았다. 그때 안에서 희미한 기척이 들렸다. 고양이 울음소리였다.

사정은 이러했다. 책을 읽으러 도서관에 오던 길, 자매는 놀이터 미끄럼틀 아래에서 고양이를 발견했다. 새끼고양이였다. 누가 버려두고 간 건지 방랑벽 있는 어미가 잠시 자리를 비운 건지는 알 수 없었다. 그저 자매의 눈에는 바들바들 떨고 있는 작은 고양이가 너무 안쓰러울 따름이었다. 다은이가 고양이를 지켜보고 있기로 하고, 언니 주은이는 재빨리 집으로 뛰어가 상자 하나를 가져왔다. 냉장고에서 우유 한 팩을 챙기는 일도 잊지 않았다. 계절은 이른 봄이었고 비까지 내려서 공기는 다소 쌀쌀했다. 고양이를 따뜻한 곳으로 데려가야 했다. 그래서 자매는 무작정 도서관으로 온 것이었다.

사실 도서관은 동물 출입 금지였다. 강아지를 데리고 책을 빌리러 오는 단골 한 분도, 늘 출입구 손잡이에 강아지를 묶어놓고 혼자 들어온다. 한번 예외를 두기 시작하면 규칙은 서서히 깨지기 마련이다. 특히 지혜의 집처럼 작은도서관은 사소한 규칙 하나에 분위기가 좌지우지된다. 그렇다고 선뜻 원칙대로 처리하기도 쉽지 않았다. 단칼에 거절하기엔, 기꺼이 수고를 마다하지 않고 고양이를 돌보려는 자매의 마음씨가 퍽 예뻤다.

나는 조건을 내걸고 고양이가 잠시 도서관에 머무는 것을 허락했다. 상자 안에서 꺼내지 않아야 하며, 만약 다른 사람이 오면 곧장 고양이를 데리고 나가야 한다는 조건이었다. 기뻐서 까르르 웃는 자매를 보니 덩달아 내 기분도 좋아졌다. 늘 그렇듯 아이들의 웃음은 금세 주변을 밝게 물들인다. 우중충한 바깥과 달리 도서관 분위기는 한층 밝아져 있었다.

나는 자매를 데리고 구석으로 갔다. 다은이가 상자를 열자 비릿한 내음이 코를 덮쳤다. 안을 들여다보니 삼색털 고양이가 작은 몸을 잔뜩 웅크린 채 떨고 있었다. 나는 고양이가 우유를 마실 수 있도록 종이컵을 얕게 잘라 상자 구석에 넣어주었다. 주은이가 우유를 따르며 말했다.

"야옹아, 배고팠지. 우유 먹어."

마치 대답이라도 하듯 고양이가 야옹 울더니 코를 실룩였다. 하지만 좀처럼 우유 쪽으로 고개를 내밀지 않았다. 다은이가 아기단풍처럼 붉어진 손으로 등을 쓰다듬어도, 고양이는 웅크린 채 가만히 있을 뿐이었다.

"야옹이가 편히 먹게 우리가 비켜주자."

내 제안에 자매는 고개를 끄덕이고는 서가로 가서 책을 골랐다. 둘은 소파에 나란히 앉아 책을 읽으면서, 틈틈이 고양이가 들어 있는 상자 쪽을 쳐다봤다. 데스크로 돌아와 그들의 모습을 바라보고 있자니, 소설《빵과 수프, 고양이와 함께하기 좋은 날》이 떠올랐다.

하나뿐인 가족이었던 엄마가 갑작스레 죽자, 아키코는 유산으로 물려받은 건물 1층에 식당을 연다. 샌드위치와 수프 세트를 파는 자그마한 가게다. 그로부터 얼마 뒤, 아키코는 건물 옆 틈새에서 흙투성이가 된 채 울고 있는 고양이를 발견한다. 안쓰러운 마음에 고양이가 건강해질 때까지만 돌봐줄 생각이었던 아키코. 하지만 어느새 정이 담뿍 들어버려 결국 자기가 키우기로 결심한다. 그리하여 고양이 타로는 그녀의 유일한 가족이 된다. 가게에서는 정성스레 샌드위치와 수프를 차려내고, 집에서는 타로와 함께 놀아주며 일상을 보내는 아키코. 이처럼 특별할 것 없는 평범한 나날에서도 그녀가 문득 행복을 느끼는 순간은 있다. "머리에 따스한 햇살을 받으며 꼬박꼬박 졸고 있는 타로를 바라볼" 때.

단조로운 패턴으로 굴러가는 도서관 안에서 나 역시 행복을 느끼는 순간이 있다. 예컨대 이런 날이다. 밖에는 조용히 비가 내리고, 도서관 안에는 책을 읽는 두 아이가 있다. 한 명은 소파에 배를 깔고 엎드린 채, 또 한 명은 무릎을 세운 채. 종종 책장 넘기는 소리와 함께 작은 웃음소리가 새어 나온다. 게다가 이번엔 특별한 손님까지 와 있다. 한쪽 구석에서 웅크린 채 숨 쉬고 있는 또 하나의 생명. 어쩌면 텅 빈 도서관에서 혼자였을 토요일 아침, 비와 함께 찾아와준 자매와 고양이 한 마리. 고요하고 평화로운 그들의 모습을 보며 나는 생각한다. 이 순간이야말로 '책과 아이, 고양이와 함께하기 좋은 날'이라고.

얼마쯤 시간이 흘렀을까. 구석에서 희미하게 할짝거리는 소리가 들려왔다. 책에서 고개를 든 주은이가 엎드려 누워 있는

다은이의 다리를 툭 건드렸다. 자매는 책을 내려놓고 슬금슬금 상자 쪽으로 다가갔다. 궁금한 나머지 나도 조용히 뒤따라갔다. 상자 안을 힐끔 들여다보니, 어느새 종이컵이 말끔히 비워져 있었다.

며칠 후, 다시 도서관을 찾은 자매에게 고양이의 안부를 물었다. 그날 미끄럼틀 아래에 고양이를 상자째 두고 집으로 돌아가 후다닥 점심을 먹은 뒤 다시 와보니, 고양이는 온데간데없고 덩그러니 상자만 남아 있었다고 했다. 시무룩한 표정의 자매에게 나는 목소리에 힘을 주어 말했다. 어쩌면 둘 덕분에 기운을 차린 야옹이가 어미를 찾아 나선 건지도 모른다고. 분명 어미를 만나 어딘가에서 잘 지내고 있을 테니 걱정하지 말라고. 자매는 고개를 살짝 끄덕이고는 쪼르르 서가 쪽으로 달려갔다.

마음이 쉬는 공간

내 친구 단단은 고3 시절 한 영화를 보며 사서가 되고 싶었다고 고백했다. 한국인이 좋아하는 일본 영화의 상위권에 늘 당당히 올라 있는 영화. 바로 〈러브레터〉였다. 이 영화를 떠올리면 머릿속에 아련한 피아노 선율이 자동으로 재생되면서 한 장면이 그려진다.

눈부신 설원을 쓰러질 듯 뛰어가는 여주인공 와타나베 히로코. 잠시 후 멈춰 선 그녀가 두 손을 입가에 동그랗게 모은 채 애타게 외치는 한마디, "오겡끼데스까!". 어쩌면 이 대사는 우리나라에서 제일 유명한 일본어일지도 모른다. 히로코가 아득한 능선 너머로 "잘 지내시나요"라는 뜻의 이 대사를 되풀이하며 안부를 묻는 상대는, 오래전 산악사고로 죽은 애인 후지이 이츠키다. 그리고 또 한 명의 후지이 이츠키가 있다. 히로코의 애인과 중학교 동창이자 동성동명인 여자 이츠키. 죽은 애인의 중학교 앨범을 보던 히로코는 이츠키(여)의 주소를 애인의 옛 주소로 착각하여 편지를 보낸다. 이에 이츠키(여)가 장난스레 답장하면서, 조금은 기묘한 펜팔을 매개로 첫사랑의 잔잔한 동화가 펼쳐진다.

중학교 시절 같은 반이었던 두 이츠키는, 동성동명이라는 이유로 항상 놀림받기 일쑤였다. 급기야 반 친구들의 농간으로 둘은 나란히 도서부원까지 맡게 된다. 이때부터 영화에서는 끊임없이 도서관 장면이 등장한다. 대출·반납 업무를 하며 데스크에 앉아 책을 정리하는 이츠키(여). 아무도 읽지 않는 책의 대출카드에 본인의 이름을 적으며 자랑하듯 그녀에게 보여주는 이츠키(남)의 장난스러운 모습. 열린 창틈으로 불어오는 바람에 휘날리는 새하얀 커튼. 그 사이로 언뜻언뜻 보이는 이츠키(남)의 우수에 찬 얼굴. 사춘기 소년과 소녀 사이에 오가는 순수한 감정들.

바로 이 장면을 보며 단단은 사서의 꿈을 키웠다고 말했다. 동성동명이라는 운명 같은 장난의 주인공인 두 사람이 방과 후에 만나는 장소인 도서관. 단단은 자신도 사서가 되어 영화 속 주인공들처럼 누군가에게 애틋한 공간을 만들어주고 싶었다고 수줍게 말했다. 오래오래 도서관에 머물면서, 그런 두근거리고 설레는 마음들을 계속 들여다보고 싶었다고. 도서부원으로 일했던 경험 덕분인지 이츠키(여)는 시립도서관의 사서가 되었고, 단단 역시 꿈을 이뤄 현재 도서관에서 일하며 자신의 로망을 펼쳐나가고 있다.

나 역시 고3 시절 〈러브레터〉를 봤지만, 단단처럼 사서가 되고 싶다는 생각을 한 것은 아니었다. 이츠키(여)가 도서관 서고에서 먼지 가득한 책들을 한가득 들고 옮기며 서가를 정리하는 장면에서는 오히려 '사서도 꽤 힘든 직업이구나' 하고 생각했다. 다만 이 영화를 통해 도서관이란 장소, 특히 대형도서관이 아닌 학교도서관처럼 자그마한 공간에 대해 호감을 갖게 된 것만은 사실이다.

도서부원인 이츠키(남)가 학교에서 주로 시간을 보내는 곳은 도서관이다. 그는 늘 도서관 업무는 뒷전으로 한 채 서가 구석에 앉아, 때로는 창가에 서서(마치 여자 관객의 마음을 다 빼앗아주겠다는 듯한 표정으로) 책을 읽거나 대출카드에 낙서를 할 뿐이다. 학교 안에서 학생들의 왁자지껄한 소리가 닿지 않는 유일한 공간인 도서관은, 말이 없고 사람과의 관계에 서툰 이츠키(남)가 마음 편히 머물 수 있는 장소다. 질풍노도의 시기를 보내던 열아홉의 나는, 내게도 저런 곳이 하나쯤 있으면 좋겠다고 생각했다. 누구의 방해도 없이 혼자 머물 수 있는 공간이.

단단의 수줍은 고백을 들은 뒤 나는 〈러브레터〉를 다시 보았
다. 이 영화를 처음 보던 시절의 나로서는 전혀 상상하지 못했
을, 자그마한 공간을 지키는 사서가 되어. 영화 속 도서관 장면
을 여러 번 되감아 보면서, 나는 앞으로 지혜의 집을 찾아올지
도 모를 무수히 많은 이츠키들을 상상했다. 열아홉 시절의 내가
마음 둘 공간을 바랐던 것처럼, 어쩌면 지혜의 집이 누군가에게
그런 장소가 되어줄 수 있을지도 모른다. 작은도서관이기에 나
는, 이곳을 찾는 사람들을 일인칭 시점으로 바라보며 그들의 취
향을 보다 가까이에서 살필 수 있다. 이는 단순히 사서와 이용
자의 관계를 넘어, 내 집을 찾아온 친구처럼 그들을 대할 수 있
다는 뜻도 된다. 그리고 어쩌면 영화 속 이츠키(여)처럼, 이 공간
에서 생겨날 작은 이야기들을 어딘가에 존재할 히로코에게 전
해줄 날이 찾아올지도 모른다. '작은'이라는 수식어에 방점이 찍
혀 있는 공간이기에 가능한 일들이다. 영화 〈러브레터〉는 고등
학생이었던 단단에겐 사서의 꿈을, 초짜 사서였던 내겐 작은도
서관의 미래를 꿈꾸게 해주었다.

사서로 일한 지 정확히 5년이 되던 겨울, 나는 휴가를 얻어

홋카이도로 여행을 갔다. 그 섬에는 〈러브레터〉의 촬영지로 유명한 고장, 오타루가 있었다. 홋카이도에 가는 김에 오타루에도 잠깐 들를 생각이라고 말했더니, 단단은 당사자인 나보다 더 설레며 자신의 몫까지 돌아보고 오길 신신당부했다. 영화 촬영지의 대부분은 오타루 운하 쪽에 몰려 있었다. 나는 4박 5일의 여정 중 하루를 할애하여 운하 부근을 둘러보기로 했다.

점심 무렵 오타루 역에 도착했다. 2월도 막바지에 이른 시기였지만 여전히 이곳은 한겨울 분위기에 머물러 있었다. 거리 곳곳에는 내 키를 능가하는 하얀 눈의 장벽들이 쌓여 있었다. 그 사이를 걷고 있자니 설국의 미로를 헤매는 듯한 착각이 일었다. 나는 가방에서 지도를 꺼내 미리 표시해둔 영화 촬영지를 살펴보았다. 총 일곱 군데에 동그라미 표시가 되어 있었다. 저녁에 다른 일정이 잡혀 있었으므로 일단 꼭 가보고 싶었던 장소부터 둘러보기로 했다. 내 발걸음은 자연스레 운하 서쪽으로 향했다. 이츠키(여)가 사서로 일하던 도서관이 있는 쪽이었다.

영화에서는 도서관으로 나왔지만, 실제로는 어느 우편선 회사의 옛 건물이었던 곳. 현재는 박물관으로 쓰이는 그 고풍스러운 건물을 마주한 순간, 내 머릿속에서는 어김없이 영화음악이 재생되었다. 눈앞에 보이는 건물은 영화에서 봤던 것보다 훨씬 선명한 색채를 띠고 있었다. 건물 한쪽으로 난 하얀 문과 계단을 발견했을 때는 코끝이 찡해지기까지 했다. 당장이라도 이츠키(여)가 문을 열고 나와 계단에 앉아서 히로코의 편지를 펼쳐볼 것만 같았다. 영화 속 장면이 눈앞에서 재현되고 있기라도 한 것처럼, 나는 오래도록 멍하니 그곳을 바라봤다.

이 도시에 와보니 굳이 지도에 표시해 온 장소를 일일이 돌아볼 필요가 없겠다는 생각이 들었다. 오타루 역에 내린 순간부터 눈에 보이는 모든 거리가 내게는 〈러브레터〉의 장면들처럼 느껴졌기 때문이다. 오타루 우체국 앞에 붙박은 듯 서 있는 빨간 우체통을 발견했을 때는, 히로코에게 편지를 부치던 이츠키(여)의 모습이 맴돌았다. 하얀 눈으로 뒤덮인 메르헨 교차로에 섰을 때는, 자전거를 타고 가다 휙 뒤돌아보는 이츠키(여)와 그 모습을 바라보는 히로코의 얼굴이 떠올랐다.

거추장스러운 지도를 가방에 쑤셔 넣은 뒤 나는 자유로이 거리를 거닐었다. 그 순간만큼은 자신이 이츠키(여)라 상상하면서. 오르골 음색이 들려오는 거리를 걷다, 나는 우연히 들른 공방에서 아로마 향초 두 개를 샀다. 하나는 단단에게 선물하고 나머지 하나는 내가 갖기로 했다. 냄새는 기억을 발현한다는 말처럼, 오타루가 그리워질 때면 향초를 켜두고 순백의 거리를 거닐던 순간을 추억하기 위해.

도서관 텃밭의 방울토마토

해마다 봄이 되면 도서관 앞 텃밭은 교직원들로 복작인다. 겨우내 황량했던 땅은 바지런한 손길 덕분에 단정한 이랑으로 탈바꿈한다. 이랑마다 주인이 정해지면, 각자의 텃밭에 이름을 쓴 푯말을 꽂은 뒤 취향대로 모종을 심는다. 올해도 봄이 되자 '보건실'이란 푯말이 꽂힌 이랑에는 상추가, '6학년'의 이랑에는 고추, '1학년'의 이랑에는 토마토가 심겼다. 이제 쉬는 시간이나 점심시간, 방과 후가 되면 아이들은 삼삼오오 짝을 이뤄 조리개에 물을 가득 담고 나와 모종에 물을 줄 것이다. 벌써 보건실 이랑의 상추가 제법 자라, 얼마 전에는 텃밭에서 수확한 상추로 직원들이 점심을 먹었다고 했다. 텃밭을 바라보고 있으면, 학교란 공간에서는 무엇이든 쑥쑥 자라난다는 생각이 든다. 아이든 채소든.

텃밭에서 가장 인기 있는 채소는 방울토마토다. 관리도 쉽고 다른 작물에 비해 수확물도 월등히 많은 데다 열매가 맺기 전에는 자그마한 노란 꽃까지 피어나니, 방울토마토는 눈도 즐겁고 입도 행복하게 해주는 텃밭의 복덩이나 마찬가지다. 한여름 뙤약볕 아래에 주렁주렁 매달린 방울토마토를 보고 있으면, 내 기억 한편으로 아련히 떠오르는 한 여학생이 있다.

아이는 수업이 끝나면 혼자 도서관에 와서 수줍게 인사하고 조용히 책을 읽다 돌아가곤 했다. 텅 빈 한낮의 도서관 안에서 아이와 나는 각자의 책을 읽으며 이따금 함께 꾸벅꾸벅 졸기도 했다. 기억 속 그날도 아이는 어김없이 홀로 도서관에 왔다. 그런데 평소와 달리 내 앞에 서서 머뭇거리며 계속 주머니 속의 손을 꼼지락대는 것이었다.

"무슨 할 말 있어?"

잠시 망설이던 아이는 결심한 듯 주머니에서 무언가를 꺼내며 작게 말했다.

"이거, 도서관 앞에 있는 밭에 심어도 돼요?"

아이가 불쑥 내민 손에는 방울토마토 씨앗 봉투가 들려 있었다. 시장에서 꽃 파는 할머니에게 샀는데 좁은 화분보다 밭에 심으면 좋을 것 같다며 아이는 수줍게 웃었다. 그 얼굴이 한낮의 따스한 햇살 같아서, 아이의 미소를 거름 삼으면 토마토가 한층 잘 자랄 것 같다는 생각이 들었다.

나는 읽던 책도 제쳐둔 채 아이와 함께 밭으로 나가 씨앗을 심었다. 사실 밭일이라곤 전혀 해본 적이 없었다. 과연 이런 식으로 심어서 싹이 트기나 할지 걱정스러웠다. 내 염려와는 아랑곳없이, 아이는 옆에서 부지런히 호미질을 하며 씨앗을 심고 있었다. 나는 일단 자연의 힘을 믿어보기로 했다.

그날 이후, 아이가 도서관에 오면 우리는 함께 밭에 나가 물을 주면서 싹이 돋았는지 텃밭을 유심히 둘러봤다. 그러던 어느 날 드디어 가느다란 새싹이 땅을 뚫고 나왔다. 기쁜 나머지 아이와 나는 서로 손을 맞잡고 폴짝폴짝 뛰었다. 아이가 큰소리로 웃는 모습을 본 적은 그날이 처음이었다. 우리는 쑥쑥 커가는 새싹을 바라보며 토마토가 주렁주렁 열릴 날을 기다렸다. 그러다 도서관을 찾는 아이의 발길이 점점 뜸해졌다. 당시 아이는 고등학교 3학년이었고 나 역시 도서관 행사 준비로 바빠서 토마토에 신경 쓸 겨를이 없었다. 자연스레 텃밭은 내 관심에서 멀어져갔다.

여름방학이 시작된 지 얼마 지나지 않았을 무렵이었다. 도서 관 단골인 한 꼬마가 불룩해진 양쪽 주머니를 손으로 누르며 뛰 어 들어와 소리쳤다.

"선생님, 이것 좀 봐요! 애기토마토 엄청 많죠! 저쪽 밭에서 따 왔어요. 우리 같이 먹어요."

꼬마의 주머니 속에는 새빨간 방울토마토가 잔뜩 들어 있었 다. 예전에 아이와 내가 심었던 건가. 용케 잘 자라서 열매를 맺 었다는 생각과 함께, 이 소식을 들으면 기뻐할 아이의 모습이 떠올랐다. 그날 나는 아이에게 메시지를 보냈다.

토마토 방울방울 잔뜩 열렸는데, 안 오면 내가 다 따 먹는다!

며칠 후, 나는 오랜만에 도서관에 온 아이와 밭에 나가 방울 토마토를 땄다. 비닐봉지에 한가득 담긴 빨간 열매를 보고 방긋 웃는 아이의 볼이 꼭 잘 영근 토마토 같았다. 우리는 햇살이 익 혀놓은 따뜻한 토마토를 사이좋게 나누어 먹었다. 열매가 유독 달고, 맛있었다.

한여름 밤의 그림자극

인생의 숱한 사계절을 지나다 보면 유독 선명한 이미지로 각인되는 시절이 있다. 특정 장면만 오려서 모아놓은 스크랩북처럼 강렬했던 순간들이 고스란히 기억 속에 수집되는 것이다. 어릴 적 이웃집 텃밭에서 서리한 무를 덥석 깨물었을 때 입안에 번지던 흙의 향이라든가, 들판에 앉아 쑥을 캘 때 내 코를 간질이던 강아지풀의 촉감 같은 것들. 기억이 만들어내는 스크랩북은 오감을 가리지 않는 까닭에 더 생생하게 다가온다. 그래서인지 자꾸만 스크랩한 기억을 꺼내 펼쳐보고 싶어진다.

일본 유학 시절, 여름이 막바지에 이를 무렵이면 나는 빼먹지 않고 불꽃놀이를 보러 갔다. 섬나라인 탓에 그곳의 여름은

지독히도 습하고 끈적끈적했다. 더위에 유독 취약했던 내가 여름을 견딜 수 있었던 건, 이 계절이면 앞다퉈 열리는 축제의 피날레가 항상 불꽃놀이였기 때문이다.

나는 친구들과 함께 여름밤의 불꽃놀이를 즐기러 나갔다. 우리는 인파로 들끓는 축제 현장보다 그곳에서 조금 떨어진 곳, 이를테면 근처의 육교 난간에 기댄 채 바라보는 불꽃을 더 좋아했다. 주변 소음이 적은 만큼 육교 위에서는 불꽃이 터지는 소리까지도 오롯이 즐길 수 있었다. 불꽃이 '펑' 터지는 순간이면 장날마다 "뻥이요!"를 외치며 뻥튀기를 만들던 아저씨가 떠올랐다. 여름밤을 튀겨내듯, 공중으로 쏘아 올린 불꽃들은 후끈한 열기를 머금고 하늘 곳곳으로 알알이 터져나갔다. 근처에 있는 누구든 고개를 들기만 하면 화려하게 채색된 밤하늘의 풍경을 두 눈에 담을 수 있었다. 그렇게 사계절을 두 번 지나오면서 일본에서의 불꽃놀이는 내 이십 대 시절의 여름 이미지로 스크랩된 채 기억 속에 저장되었다. 그리고 내겐, 스크랩해놓은 여름의 순간이 하나 더 있다.

지혜의 집은 초등학교 옆에 붙어 있는 도서관이다 보니 방학마다 아이들을 대상으로 한 다양한 프로그램을 운영한다. 근무 초창기에는 혼자서 이 공간을 꾸려가기도 벅차서, 정기적으로 프로그램을 운영하는 일은 꿈도 꾸지 못했다. 기껏해야 한 달에 한 번 일회성 행사를 하는 정도였을까. 사서가 되어 생애 처음으로 오게 된 동두천이 낯설기도 했고, 지금보다 더 젊고 소심했던 나는 이 도시와 사람들에게 온전히 마음의 문을 열지 못했다. 사실 학교 안에서 동료라 부를 만큼 제대로 이야기를 나눠본 이도 없었고. 늘 한 발짝 떨어진 곳에 서서 이방인이라는 방어막을 두른 채 도서관을 오갔다.

2013년 어느 봄날, 교육청에서 열리는 도서관 연수에 참여하게 된 나는 늘 그렇듯 혼자 교육 장소로 향했다. 주뼛주뼛 강의실 문을 열고 들어서는데 누군가 내 이름을 불렀다. 고개를 드니 낯익은 얼굴이 방긋방긋 웃으며 내게 손을 흔들고 있었다. 김 선생님이었다. 그녀는 지혜의 집이 자리한 학교 본관의 도서관에서 도서보람교사로 자원봉사를 하는 학부모였다. 얼마 전 봄 학기가 시작될 무렵 학교도서관에서 만나 서로 잠깐 인사를 나눈 적은 있지만 그뿐이었다. 김 선생님은 마치 친구 대하듯 나를 반갑게 맞으며 옆자리를 내주었다. 그 옆에 앉아 있던 박 선생님도 살갑게 말을 건네며 다과를 챙겨주었다. 그녀 또한 도서보람교사였다. 어색하고 쑥스럽긴 해도 뜻밖의 환대가 싫지 않았다. 나는 두 사람 옆에 나란히 앉아 교육을 들은 뒤 함께 점심을 먹었다. 공통 관심사인 도서관에 대해 이런저런 이야기를 나누다가 지난봄에 상연했던 '그림자극'이 화제에 올랐다.

도서보람교사는 사서가 없는 학교도서관을 위해 도서관의 기본 업무를 도맡아 하는 학부모 자원봉사자 모임이다. 학기가 시작될 무렵 가정통신문을 통해 신청자를 모집하면 뜻이 있는 어머니들이 자원하여 모인다. 어머니들은 두 사람이 한 팀이 되어 한 달에 두 번 이상 돌아가면서 도서관 봉사를 한다. 도서보람교사로서 그들이 얻고자 하는 '보람'은 딱 하나, 내 아이들이 편히 도서관을 이용하는 것. 대가를 바라지 않는 그 마음 덕분에 학교도서관은 정식 사서가 부임하기 직전까지 별 탈 없이 잘 운영되어왔다.

김 선생님과 박 선생님은 도서보람교사 활동뿐만 아니라 '리딩맘'이라는 모임을 꾸려서, 금요일 아침 독서 시간마다 저학년 반을 찾아가 그림책을 읽어주는 봉사도 병행하고 있었다. 리딩맘에 참여하는 어머니들은 다들 책을, 특히 그림책을 좋아해서 그들 중 몇몇은 일주일에 한 번 지혜의 집에 모여 독서 모임을 했다. 독서 모임 이름은 '책마루'. 책 이야기가 펼쳐지는 공간이라는 뜻이었다. 그들이 나누는 대화가 퍽 흥미로웠기에 종종 나는 도서관 일을 하면서 이야기를 몰래 엿듣기도 했다.

당시만 해도 나는 '그림책은 애들이나 보는 책'이라는 편견을 갖고 있었다. 몇 줄 되지 않는 이야기와 조금은 유치한 듯 보이는 그림만으로 한 시간 이상 열띤 대화를 나누다니. 그들의 모습이 내겐 꽤 신기했다. 물론 지금은 그림책에 얼마나 심오한 세계가 담겨 있는지 잘 알고 있지만.

'그림자극'은 리딩맘의 활동 가운데 하나였다. 그들은 아이들이 다양한 방법으로 그림책에 접근할 수 있도록 전래동화 《여우 누이》를 그림자극으로 재현해냈다. 몇 달에 걸쳐 직접 그림을 그리고 오려서 무대를 만든 뒤 각 학년을 돌며 멋진 공연을 펼쳤다. 어떤 이는 조명을 밝히고 누군가는 이야기 분위기에 따라 효과음의 볼륨을 조절하고 몇몇은 상황에 맞게 그림들을 부지런히 움직이면서. 모두 자발적으로 이루어진 활동이었다.

나도 짬을 내어 그림자극을 보러 갔다. 공연이 끝난 뒤 무대 앞에 서서 인사하는 리딩맘 회원들은 무척 행복해 보였다. 아이들을 위하는 순수한 마음이 고스란히 느껴졌다. 나는 리딩맘의 중심에서 활약하는 두 사람에게 이러한 감상을 털어놓으며, 자못 아쉽다는 듯 말을 보탰다.

"이대로 접어두기엔 아까운 공연이에요. 여름에 재상연해도 좋을 텐데요."

그러자 리딩맘의 리더를 맡고 있던 박 선생님이 대뜸 이런 제안을 하는 것이 아닌가!

"그럼 다른 분들과 상의해보고 모두 오케이하시면 지혜의 집에서도 한 번 상연할까요?"

그렇지 않아도 다가올 여름방학에 아이들을 대상으로 진행할 만한 프로그램에 대해 고민하던 차였다. 나는 한 치의 망설임도 없이 덥석 그 제안을 물었다.

방학이 한창이던 8월 첫째 주 금요일 저녁, 도서관 구석에 있는 컴퓨터실에 뚝딱뚝딱 무대가 만들어졌다. 빛을 투과하여 그림자를 비춰줄 커다란 막이 세워지고 그 뒤에 조명과 음향 장치가 꾸려졌다. 하얀 막 뒤로 기와집과 외양간, 산등성의 그림판을 비추자 전래동화의 기본 배경이 세팅되었다. 무대 앞에는 커다란 돗자리가 깔렸다. 관람객인 아이들이 앉을 자리였다. 그림자극은 총 두 차례 상연으로 기획하여 회마다 50명씩 총 100명의 신청자를 받았다. 공연 당일이 되고 보니 아이와 함께 가족 단위로 관람객이 몰려서, 사실상 100명을 훌쩍 뛰어넘는 인원이 도서관을 찾았다. 그날 이전이나 이후로 그렇게까지 많은 사람이 지혜의 집을 찾아온 적은 없었으며, 아마 앞으로도 없을 것이다. 이날 저녁, 도서관은 포화상태였다.

아이들은 돗자리에 다닥다닥 붙어 앉고 어른들은 뒤에 멀찌감치 서서 까치발을 해가며 무대에 시선을 집중했다. 스산한 기운의 대금 소리가 울려 퍼지자, 소낙비처럼 시끌시끌 쏟아지던 말소리도 비가 그치듯 뚝 끊기고 다들 그림자극에 빠져들었다. 누이로 둔갑한 구미호가 한밤중에 외양간에서 소의 간을 빼먹는 장면이 나오자, 앉은 자리에서 고개를 뒤로 돌려 엄마를 찾는 아이도 있었다.

에어컨의 기세가 꺾일 정도로 사람들이 빽빽이 들어차서 공기는 다소 후덥지근했지만, 그림자극이 연출해내는 분위기는 체감온도를 낮춰줄 만큼 으스스했다. 여우 누이가 자신의 정체를 알아차린 오빠를 추격하는 장면에서는, 아이들이 저마다 엉덩이를 들썩거리며 어서 도망가라고 소리를 질러댔다. 그림책이나 다양한 매체를 통해 이미 내용을 알고 있을 법도 한데, 아이들은 마치 처음 듣는 이야기처럼 흥분하고 가슴 졸이고 안도의 한숨을 내쉬었다.

문득 예전에 리딩맘 회원들이 공연 후 인사를 하며 짓던 표정이 떠올랐다. 그림자극을 보며 즐거워하는 아이들을 바라보고 있으니 당시 그들이 느꼈던 감정이 무엇이었는지 조금이나마 알 것 같았다. 두 차례 공연이 끝나고 모기 퇴치용 팔찌를 하나씩 받아든 채 집으로 돌아가는 아이들을 배웅하면서 나는 확신했다. 앞으로 지혜의 집에서 보낼 무수한 나날 가운데 내 기억 속에 스크랩될 도서관의 여름 이미지는 바로 이 그림자극이 되리라는 걸.

다시 조용해진 한여름 밤의 도서관에서 우리끼리 종이컵을
맞부딪히며 작은 건배를 했다. 무사히 공연을 끝마친 데 대한
자축의 의미를 담아서. 아이처럼 들뜬 표정을 한 채, 열광적이었
던 관람객의 반응이라든가 하마터면 그림자 인형을 놓칠 뻔했
던 아슬아슬한 순간에 대해 담소를 나누는 모습들이 정겨웠다.
이 도시의 사람들과 나 사이를 가르듯 스스로 둘러놓았던 이방
인이라는 방어막이, 종이컵 속 청량한 음료처럼 조금씩 투명해
지는 기분이었다. 남은 사이다를 꿀꺽꿀꺽 마시면서 나는 어렴
풋이 생각했다. 앞으로 이 도시가, 그리고 이곳에 살아가는 사람
들이 점점 좋아질지도 모르겠다고.

작은 것들의 의미

새 로 운 봄

2016년, 두 도서관을 오간 지도 어느덧 1년이 흘렀다. 오후 1시에 학교도서관으로 출근해서 시간을 보내다가 4시에 지혜의 집으로 복귀하는 생활에도 차차 익숙해졌다. 운영 시간이 8시간에서 5시간으로 단축되면서 자연스레 지혜의 집 이용자 수도 대폭 줄었다. 점심시간이나 방과 후 시간을 활용하여 지혜의 집에 들르던 학생들, 하교 시간에 맞춰 아이를 기다리며 도서관에서 책을 읽던 어머니들의 발길이 뚝 끊겼다. 매달 프로그램을 운영하며 힘겹게 도서관을 활성화해놓았는데 운영 시간이 줄자 점점 그 불꽃이 사그라지고 있었다.

지혜의 집 사서로 고용된 내게 무엇보다도 중요한 업무는, 지혜의 집이 지역의 작은도서관으로서 제대로 기능하도록 운영하는 일이었다. 이대로 두 도서관을 오가며 일하다간 지혜의 집을 찾는 소수의 이용자마저 머지않아 사라질 것 같다는 생각이 들었다.

학교도서관에서도 자리를 지키는 것 말고는 딱히 내가 하는 일이 없었다. 그렇다고 지혜의 집에서만 일할 수 있도록 해달라고 말을 꺼내기도 힘든 상황이었다. 내 근로계약서에는 '학교도서관 업무 보조 포함'이라는 사항이 명확하게 기재되어 있었으니까. 현재의 난관에서 벗어날 돌파구가 필요했지만, 도무지 적절한 방법이 떠오르지 않았다. 그렇게 어정쩡한 상태의 나날이 이어지면서 도서관 활성화를 꿈꾸는 내 안의 열정도 점차 식어갔다.

겨울방학이 시작되자 도서관의 한 해 실적을 정산하는 시기가 다가왔다. 지혜의 집은 시(市)에서 보조금을 받아 운영하기 때문에 해마다 정산서를 작성해서 제출해야 했다. 정산서에는 지난 1년 동안의 도서관 실적을 기록하는데, 거기에는 이용자 수나 대출 권수 등이 포함되었다. 그 실적에 따라 도서관 평가가 이루어지고 다음 해 보조금을 교부할지의 여부가 결정되었다. 두 도서관을 오가며 일하느라 지혜의 집 운영 시간이 절반 가까이 줄어들었으니 실적이 좋을 리 없었다. 내년에도 이 상태로 운영했다간 도서관 문을 닫아야 할 지경이었다. 게다가 사서로 근무한 지 5년째에 접어들자 내게도 슬럼프란 것이 찾아와서, 더는 이런 상황에서 일하고 싶지 않다는 생각이 들었다. 오직 지혜의 집에만 집중하고 싶었다.

지혜의 집 운영을 본격적으로 맡게 된 이후 이런저런 프로그램을 기획해왔지만, 대부분 일회성에 그쳤다. 이벤트 기간에만 일시적으로 도서관에 이용자가 몰렸고 평상시에는 대체로 한가했다. 그러다 보니 매달 새로운 프로그램을 기획해야 했는데 혼자서는 아이디어나 운영에 한계가 있었다. 게다가 프로그램 대다수는 초등학생을 대상으로 한 것들이었다. 날이 갈수록 지혜의 집을 이용하는 연령층이 높아지는 가운데, 성인 대상의 프로그램을 기획해야 했다. 일회성이 아니라 꾸준히 운영할 수 있는 지혜의 집만의 프로그램이 절실했다.

1월이 끝나갈 무렵, 나는 교장 선생님에게 종이 한 장을 내밀었다. 지혜의 집에서 자체적으로 문화 교실을 기획하여 운영하고 싶다는 내용이 담긴 기획서였다. 교장 선생님은 날카로운 눈빛으로 기획서를 훑어보았다. 나는 조심스레 입을 열었다.

"사실 오후 5시 이후에는 도서관을 이용하는 사람이 거의 없어요. 차라리 도서관의 평일 운영 시간을 앞당겨서 오전에 성인을 대상으로 문화 교실을 운영해보면 어떨까 생각해봤습니다."

"음."

고개를 끄덕이는 모습이 긍정의 제스처처럼 느껴져서 나는 얼른 말을 덧붙였다.

"개관 시간이 절반으로 줄다 보니 도서관 이용률이 너무 저조해서 걱정이에요. 도서관 실적을 위해서라도 오전에 아카데미를 운영하면서 지혜의 집에만 집중하는 편이 좋을 것 같아 드리는 제안입니다."

머릿속으로는 만약 거절당하면 도서관을 당장 그만두리라는 생각을 하고 있었다. 기획서에서 시선을 떼지 않은 채 곰곰이 내 이야기를 듣고 있던 교장 선생님은 또 한 번 고개를 끄덕이더니 이렇게 말했다.

"좋은 아이디어인 것 같군요. 이대로 잘 운영해봐요."

예상 밖의 명쾌한 수락에 맥이 탁 풀렸다. 새 직장을 알아봐야 하나 고민하던 지난날들이 바람 속의 민들레 갓털처럼 흩어져갔다. 잠시 벙찐 표정으로 서 있는 나는 아랑곳하지 않고 교장 선생님이 말을 이었다.

"일요일 오후에는 서예 교실을 운영해보면 어떨까. 노인복지회관에서 취미로 서예를 하시는 어르신들이 계시니까 혹시 자원봉사를 해주실 수 있는지 내가 한번 알아보죠."

그 뒤로 일이 척척 진행되었다. 교장 선생님의 넓은 인맥 덕분에 노인복지회관을 통해 쉽사리 서예 선생님 한 분을 섭외할 수 있었다. 봄방학이 시작될 무렵, 교장 선생님은 내게 문화 교실 운영에 대한 보도자료를 만들라고 지시했다. 홍보를 위해 지역 신문에 실을 예정이라고 했다. 다시금 내 안에서 열정이 몽글몽글 샘솟기 시작했다. 지혜의 집 복귀를 꿈꾸며 나는 열심히 보도자료를 만들었다. 몇 주 뒤 한 지역 신문의 동네 소식란에 자그맣게 기사가 실렸다.

동두천 사동초등학교 지혜의 집 도서관에서는 2016년 3월부터 지역주민과 학생들을 대상으로 문화 교실을 계획하여 운영하고 있다. 도서 분류표의 색깔 중, 초록(언어)·노랑(예술)·갈색(과학)에 해당하는 총 세 가지 주제를 담았다 하여 '삼색 아카데미'라 부른다.

삼색 아카데미의 첫 번째 색깔인 초록 교실은 성인 대상으로 진행하는 '스쿠스쿠 일본어'이다. 기초부터 차근차근 일본어를 배우며, 내 아이에게 일본어 동화책 읽어주기를 목표로 진행하고 있다. 바쁜 오전 시간에 잠시 틈을 내어 자기계발을 하러 오는 학부모들의 열의가 대단하다.

두 번째 색깔인 노랑 교실은 '묵묵(墨墨)히 서예 교실'로, 노인복지관의 협조를 받아 자원봉사 선생님이 직접 도서관에서 강의를 해준다. 지난 일요일 개강식을 하였는데 아이와 엄마가 함께 참여하는 뜻깊은 시간이었다. 일요일마다 붓글씨와 수묵화뿐만 아니라 할아버지 선생님께 삶의 지혜도 배우는 소중한 시간이 될 것이다.

세 번째 색깔인 갈색 교실은 '초등 큐브 교실'이다. 유독 이 강의가 뜻깊은 이유는 학생들의 자원봉사로 이루어진다는 점이다. 큐브의 기초부터 빠르게 패턴을 맞추는 스피드큐빙까지, 스스로 터득한 방법들을 후배에게 알려주며 선후배 간의 친목을 다지는 즐거운 시간이 되리라 기대한다.

지혜의 집 도서관은 누구라도 찾아오는 친숙한 도서관, 함께 문화생활을 즐기는 도서관이 될 수 있도록 앞으로도 많은 노력을 할 것이다.

봄이 되었다. 1년 남짓 이어온 두 집 살림을 끝내고, 마침내 나는 지혜의 집 사서로 완전히 복귀했다.

얼굴 빨개지는 사서

언제부턴가 시도 때도 없이 얼굴이 빨개진다. 장 자끄 상뻬의 동화 《얼굴 빨개지는 아이》에 나오는 마르슬랭처럼. 마르슬랭은 아무런 이유 없이 얼굴이 빨개지는 꼬마다. "그래"라는 말 한마디에도 얼굴이 새빨개진다. 정작 얼굴이 빨개져야 할 때는 빨개지지 않아서 오해를 사기도 한다. 이 꼬마와 내가 다른 점이 있다면, 나는 늘 얼굴이 빨개진다는 것이다.

부끄럽거나 당황했을 때는 말할 필요도 없고, 전혀 예상치 못한 상황에서도 뜬금없이 잘 익은 토마토가 된다. 나이를 먹을수록 이 '얼굴 빨개지는 병'은 심해져서, 급기야 눈시울이 촉촉해지는 증상까지 더해졌다. 감동을 받았다거나 슬픈 상황이 아닌데도 눈물샘에 느닷없이 경보가 울리며 펌프질이 시작된다.

그러다 보면 또 당황스러워서 얼굴이 확 달아오른다. 사정이 이렇다 보니, 여러 사람 앞에 나가 이야기하는 상황을 피하게 된다. 또 제멋대로 얼굴이 빨개지겠지. 눈가가 촉촉해지겠지. 머릿속에 이런 생각이 떠오르며 자꾸만 움츠러든다. 도서관에서 혼자 일하는 나날이 이어지면서 증세는 점점 심해졌다. 꼬마 마르슬랭이 어른이 되어서도 여전히 빨간 얼굴로 지냈듯, 아직 이 병의 치료약은 없는 모양이다. 그런데 지혜의 집으로의 온전한 복귀만 생각한 나머지, 겁도 없이 나 스스로 사람들 앞에 나서겠다고 선언하고 말았다.

2016년 '지혜의 집 문화 교실'을 시작하게 되면서 오후 1시였던 개관 시간이 오전 10시로 앞당겨졌다. 오전 시간에 누리던 여유는 사라졌지만, 그만큼 퇴근 시간이 빨라지면서 내게도 다시 저녁의 삶이 찾아왔다. 친구들과 저녁 약속을 잡을 수 있게 되었고, 집에 돌아가면 맥주를 마시며 소파에 앉아 드라마를 볼 짬도 생겼다. 이 변화가 내게는 몇 년 만에 찾아온 평화처럼 느껴졌다. 그러했기에 더더욱 머릿속은 온통 문화 교실을 성공적으로 이끌어야 한다는 생각뿐이었다.

문화 교실에서 운영하는 프로그램 중 내가 맡은 강의는 일본어 교실이었다. 사실 나는 누군가에게 일본어를 가르쳐본 적이 없었다. 일본 유학을 다녀온 뒤 스터디 모임에 나가 리더 역할을 해본 게 전부였다. 처음 문화 교실을 기획할 때 조언을 해주던 박 선생님(자원활동가이기도 한 그녀는 몇 년째 방학 때마다 지혜의 집에서 독서 교실을 진행해주고 있다)은, 안정적 운영을 위해 사서가 직접 진행하는 프로그램이 필요하다고 말했다. 당시 내가 가장 잘할 수 있는 것은 일본어였고 기초라면 충분히 가르쳐줄 수 있을 것 같았다. 그리하여 나는 목요일 오전마다 성인을 대상으로 일본어 교실을 진행하게 되었다.

도서관 SNS에 일본어 교실 참가자를 모집한다는 글을 올릴 당시만 해도 얼마나 모이겠냐 싶었다. 다섯 명만 모여도 성공이라 생각하며 온라인서점에서 일본어 교재를 고르고 있는데, 도서관 전화벨이 요란하게 울리기 시작했다. 선거철 유세 전화나 잘못 걸려온 전화가 대부분이었던 터라 이번에도 그러려니 생각하며 수화기를 들었더니 다급한 목소리가 들려왔다.

"일본어 교실 마감되었나요?"

당황한 나는 부랴부랴 메모지와 볼펜을 챙겨서 신청자의 이름과 연락처를 적었다. 어떤 식으로 수업이 진행될지 묻는 말에 조금은 버벅대며 설명한 뒤 수화기를 내려놓자 다시 벨이 울렸다. 역시나 일본어 교실 신청 전화였다. 돌림노래를 하듯 전화벨이 끊임없이 울려댔고, 결국 목표치를 훌쩍 뛰어넘어 최종 열다섯 명이 참여 의사를 알렸다. 이렇게까지 반응이 좋을 줄은 몰랐다. 확정된 명단을 손에 넣고 보니, 서서히 불안이 엄습해오기 시작했다. 내가 과연 일본어를 잘 가르칠 수 있을까. 열다섯 명이나 되는 사람들 앞에서 제대로 이야기할 수 있을까. 무턱대고 얼굴부터 빨개지면 어쩌지. 그제야 얼굴 빨개지는 병이 걱정되기 시작했지만, 이미 엎질러진 물이었다.

스쿠스쿠 일본어 교실의 첫 수업일이 다가왔다. 수업은 오전 11시부터였다. 출근하자마자 열람실 의자를 인원수에 맞게 배열하고, 새로 설치한 화이트보드 위에 마커와 지우개를 올려놓았다. 마땅한 책상이 없어서 북트럭(서가에 정리할 책을 잠시 놓아두는 이동식 수납장)을 끌고 와 교탁으로 삼았다. 텅 빈 열람석을 바라보며 모의 강의를 해보려는 찰나, 입구 쪽에서 수런거리는 소리가 들려왔다. 아직 11시가 되려면 20분이나 남았는데. 첫 수업에 참여하는 마음이란 다들 같은 모양인지 벌써 수강생들이 삼삼오오 도서관에 들어오고 있었다. 나는 허둥지둥 데스크로 돌아가 수강생들을 맞이했다. 아이를 학교에 보낸 뒤 자기계발을 하러 온 어머니들이 대부분이었다. 학교도서관에서 마주친 적이 있는 어머니도 몇 분 있었지만, 처음 보는 얼굴이 많았다. 11시가 되기도 전에 열람실 자리는 꽉 들어찼다. 정각이 되자, 나는 멱살 잡혀 끌려가는 심정으로 북트럭 앞에 섰다.

서른 개의 눈동자가 일제히 나를 바라봤다. 아내와 엄마의 얼굴은 온데간데없이 사라지고, 내 눈앞에는 호기심 가득한 표정의 학생들이 앉아 있었다. 교재와 노트를 펼쳐놓고 성실한 자세로 필기구를 손에 꼭 쥔 채. 그때 느닷없이 머릿속에서 경보가 울렸다. 이제 곧 얼굴이 빨개질 예정이야, 라고. 서서히 얼굴이 달아오르는 게 느껴졌다. 아직 난 아무런 말도 하지 않았는데! 배신감에 치를 떨며 황급히 뒤돌아서 화이트보드에 내 이름을 썼다. 최대한 천천히. 얼굴이 어서 본래 색을 되찾길 바라면서. 히라가나와 가타카나로도 썼다. 등 뒤로 어색한 침묵이 흘렀다. 겨우 진정이 된 듯하여 다시 학생들에게 고개를 돌렸다. 다행히 눈치채지 못한 것 같았다. 나는 침을 한 번 꼴깍 삼킨 뒤 간단히 내 소개를 하고 일본어 수업의 취지를 설명했다.

"이 수업의 목표는 여행 회화 습득과 일본 그림책 읽기입니다. 수업이 끝날 즈음에는 각자 독학으로 일본어 공부를 이어나갈 수 있기를 바랍니다."

여기까지 말한 뒤 다시 얼굴이 빨개질 것만 같아 서둘러 학생들에게 자기소개를 시켰다. 일본어를 배우려는 이유는 다양했다. 가족과 일본 여행을 계획하고 있다, 일본 소설을 원서로 읽고 싶다, 외국어를 배워보고 싶었다, 아이에게 엄마의 새로운 모습을 보여주고 싶다 등등. 이야기를 듣고 있으니 점점 어깨가 묵직해지는 기분이었다. 난 그저 몇 년 만에 찾아온 개인적 평화를 지키려는 방편으로 일본어 수업을 시작한 것뿐인데. 이들은 저마다 어떤 희망을 품고 이 자리에 왔다고 말하고 있었다. 가벼운 마음으로 수업하려 했던 자신이 조금 부끄러웠다. 그런 생각이 들자 또다시 얼굴이 화르르 달아올랐다.

첫 수업은 히라가나 익히기부터 시작했다. 화이트보드에 히라가나를 한 자 한 자 써서 보여주며, 각 글자에 해당하는 낱말을 함께 소리 내어 읽는 연습을 했다. 학생들은 꼬불꼬불 그림 같은 문자를 노트에 써보기도 하고 화이트보드에 적힌 내용을 휴대폰 카메라로 찍기도 하면서 열심히 수업을 들었다. 수업이 중반에 다다랐을 즈음, 맨 뒷자리에 앉아 있던 학생 한 명이 갑자기 손을 번쩍 들었다. 열다섯 명 중 유일하게 교재를 준비하지 않은 학생이었다. 무슨 질문이라도 있는지 묻는 내게, 그는 다짜고짜 불만을 터트렸다.

"히라가나 이런 거 말고, 회화나 가르쳐주면 안 돼요? 난 회화 가르쳐준다고 해서 왔는데. 이건 너무 지루하다."

아니나 다를까, 순간 얼굴이 화끈 달아올랐다. 심지에 불이 붙은 폭탄처럼 몇 초 뒤엔 펑 터져버릴 것 같았다. 이번에는 화이트보드로 돌아설 수도, 덥다며 손부채질을 할 수도 없었다. 나는 어색한 미소를 지으며 허둥지둥 이런 말들을 늘어놓았다.

"간단한 회화만 익히길 원한다면 혼자서 상황에 맞는 문장을 외우셔도 됩니다. 하지만 히라가나부터 잘 배워야 자유로운 회화가 가능하지 않을까요."

얼굴은 이미 한여름 땡볕 아래의 농익은 열매가 되어 있었다. 상대방이 아무런 대꾸도 없이 입을 꾹 다물자, 나는 다시 수업을 이어갔다.

어느새 정신을 차리고 보니 두 시간이 훌쩍 지나 있었다. 이토록 긴 시간 말을 해본 적이 없어서인지 목에서 쉰 소리가 났다. 다행히 학생 대다수가 만족감을 내비치며 돌아갔다. 굳은 표정으로 도서관을 휙 나가버린 단 한 명만 제외하고. 그 뒷모습이 자꾸 마음에 걸렸다. 빨갛게 달아오른 얼굴로 질문에 대답하는 나를 보며, 어쩌면 그는 어떤 반감을 느꼈을지도 모른다. 예상대로 그는 더 이상 수업에 나오지 않았다. 얼굴만 빨개지지 않았더라면 자연스레 웃으며 말할 수 있었을 텐데. 미숙하기만 했던 대처를, 어쩐지 나는 얼굴 빨개지는 병 탓으로 돌리고 있었다. 첫 수업의 여파로 한동안 우울한 마음이 가시지 않았다.

어떤 일이든 반복하다 보면 능숙해지기 마련이어서, 일본어 교실을 시작한 지 한 달이 지나자 수업에도 제법 요령이 붙었다. 나는 이따금 학생들에게 농담을 던질 수 있게 되었다. 여전히 얼굴은 제멋대로 빨개지곤 했지만. 그런 내 모습도 여러 차례 수업을 거듭하다 보니 차츰 익숙해졌다. 두 시간 동안 쉼 없이 떠들고 나면 온몸의 힘이 쭉 빠졌다가도, 수업이 끝난 뒤 환한 얼굴로 돌아가는 학생들을 보면 다시 기운이 생겼다.

첫 수업에서 사소한 사건을 겪은 뒤, 일본어 교실을 괜히 시작했다며 후회한 적도 있었다. 그런데 학생들의 실력이 점차 나아지는 모습을 목격하면서 나는 가슴이 벅차오르는 것을 느꼈다. 사서로 일하면서 여태 단 한 번도 느껴보지 못했던 그 감정은 분명 '보람'이었다. 남에게 배움을 전하는 데에서 느끼는 보람. 그 희열을 알게 된 덕분에 나는 수업을 계속 이어갈 수 있었다. 물론 얼굴 빨개지는 병은 여전하고, 아무리 나이를 먹어도 사람들 앞에 서는 일은 어색하고 서툴기만 하다. 그러나 한 번 맛본 보람의 맛은 좀처럼 끊을 수가 없어서, 일본어 교실에 오는 학생들이 나날이 성장해가는 모습을 자꾸만 보고 싶어진다. 그러한 까닭에 나는 매주 목요일마다 새빨간 얼굴로 교탁(사실은 북트럭이지만) 앞에 선다. 심호흡을 크게 한 번 하고, 배에 힘을 준 뒤 침을 꼴깍 삼키고.

작은도서관의 가능성

사방이 산으로 둘러싸인 내륙도시 동두천에는 특이하게도 등대가 있다. 그것도 무려 네 개씩이나. 물론 바닷가에 우뚝 서 있는 그 등대는 아니다. 캄캄한 망망대해에서 뱃길을 밝히는 일이 바닷가 등대의 역할이라면, 동두천 등대는 사람들을 지혜의 길로 안내하기 위해 존재한다. 그러한 까닭에 이 등대에는 등명기 대신 '작은도서관'이 짝꿍처럼 붙어 있다. 이곳의 이름은 '작은도서관 지혜의 등대'. 이 도서관은 동두천에 총 다섯 개가 있다(2019년 도심광장 지혜의 등대와 동두천초등학교 지혜의 등대가 문을 닫아서, 현재 총 세 곳만 운영되고 있음). 그중 세 곳이 초등학교 옆에 세워졌는데, 내가 일하는 '지혜의 집'이 여기에 속한다.

등대가 딸린 다른 네 도서관과 달리, 아쉽게도 지혜의 집에는 등대가 없다. 그 이유는 나 역시 잘 모른다. 주변에 아파트 단지가 많아서 등대를 세울 수 없었다는 이야기를 알음알음 전해 들었을 뿐이다. 그래서인지 지혜의 집은 '지혜의 등대 도서관' 중 하나로 세워졌음에도 '등대'라는 명칭을 얻지 못했다. 대신 스머프의 집처럼 동글동글 아기자기한 외관과 함께 '집'이라는 친근한 이름을 별도로 얻었다.

동두천 지혜의 등대 도서관은 브라질의 한 도시 쿠리치바의 도서관에서 영감을 받아 지어졌다. 쿠리치바 시는 빈민촌의 시립초등학교 근처마다 등대 모형의 도서관 '지혜의 등대'를 세워, 문화적으로 소외된 사람들에게 독서와 교육의 기회를 제공했다. 등대의 망루에는 밤마다 경찰관을 배치하여 '치안의 등대' 역할도 겸하도록 했다. 그래서 동두천 지혜의 등대에도 저마다 방범대가 딸려 있다. 지역주민 봉사자로 구성된 자율방범대는 마을의 치안을 위해 밤마다 방범 활동을 펼친다. 2005년 동두천초등학교 옆에 첫 등대가 세워진 이래 어느덧 15주년을 맞이한 지혜의 등대 도서관들은, 이제 동두천만의 특색으로 자리 잡았다.

공설운동장과 옛 시외버스터미널에 외따로 세워진 두 도서관과 달리, 지혜의 집처럼 초등학교 옆에 붙어 있는 도서관 세 곳은 유독 사서끼리의 유대가 돈독하다. 사동초등학교 지혜의 집, 소요초등학교 지혜의 등대, 그리고 동두천초등학교 지혜의 등대 사서 셋은 약 3년 전 '등대지기'라는 이름의 모임을 결성하여 친목을 도모해왔다. 서로의 도서관에 각자의 재능을 기부하거나 다양한 프로그램을 공유하는 등 품앗이하는 것이 모임의 취지다. 우리는 정기적으로 도서관에 모여 정보를 교환하고 작은도서관 업무의 고충을 토로하며 서로를 위무했다. 혼자서 꾸려가는 도서관이었지만, 같은 처지의 동료가 가까이 있다는 생각에 나는 힘을 낼 수 있었다.

특히 동두천초 지혜의 등대 사서인 이순정 선생님의 열정과 재능은 남달랐다. 그녀는 격주로 토요일마다 지혜의 집과 소요초 지혜의 등대를 번갈아 오가며, 아이들에게 그림책을 읽어주고 함께 만들기를 하는 등 다양한 활동을 펼쳤다. 이 선생님이 사는 곳은 은평구. 대중교통을 이용하면 족히 두 시간은 걸리는데도 토요일 아침마다 짐을 바리바리 꾸려서 전철을 여러 번 갈아타고 와주었다. 넉넉지 않은 작은도서관의 재정 사정을 잘 알고 있던 그녀였기에, 기꺼이 자신의 휴일을 반납해가며 자원봉사를 해준 것이다. 이 선생님이 강의료로 받아가는 건 아이들의 미소였다.

이 선생님의 취미는 텃밭 가꾸기였다. 봄이면 그녀는 도서관 옆 자투리땅에 이런저런 채소를 심어서, 수확할 때마다 주변 사람들에게 아낌없이 나눠주었다. 동두천초 지혜의 등대에서 등대지기 모임이 열리는 날이면 이 선생님은 밭에서 갓 딴 토마토와 직접 우려낸 구수한 차를 내왔다. 헤어질 무렵에는 우리에게 호박이며 고추며 상추를 봉지 한가득 담아 챙겨주는 일도 잊지 않았다.

무엇이든 아낌없이 퍼주는 그 마음 때문일까. 동두천초 지혜의 등대는 유달리 온기로 가득한 공간이었다. 아이들은 이곳을 무람없이 드나들었다. 학원 가는 길에 잠깐 선생님 얼굴 보러, 자전거를 타고 지나가다 목이 말라서, 운동장에서 뛰놀다 집에 돌아가는 길에. 지혜의 등대에서 아이들은 탁자 위에 놓인 토마토를 스스럼없이 집어먹으며 책과 함께 쑥쑥 성장하고 있었다.

나는 항상 이 선생님을 보면서 작은도서관의 역할에 대해 생각했다. 그녀야말로 그 역할을 충실히 해내는 사람이었다. 자그마한 공간이기에 우리는 이곳을 찾는 사람과 보다 끈끈한 유대를 맺을 수 있다. 여기에 대단한 노력은 필요하지 않다. 그저 소소한 말 한마디, 작은 마음 표시 하나면 충분하다. 때로 유대는 막 씻어 내온 방울토마토 한 알에서도 생겨나는 법이다.

두 해를 이어오던 등대지기 모임도, 이 선생님이 도서관을 떠나게 되면서 끝이 났다. 복잡하게 얽힌 도서관의 상황에 휩쓸린, 어쩔 수 없는 퇴장이었다. 그녀는 찾아오는 이가 거의 없던 공간을 아이들의 웃음소리로 가득 채우며 작은도서관의 가능성을 보여준 사람이었다. 때로는 직접 거리로 나가, 도서관 프로그램이 실린 전단지를 사람들에게 나눠주며 작은도서관 홍보에 앞장서기도 했다. 나는 그토록 열정적인 사서를 본 적이 없었다. 이 선생님은 한자리에 붙박은 채 바다를 밝혀주는 등대가 아니라, 등명기를 들고 직접 바다에 나가 배를 찾아 나서는 사람이었다.

등대지기끼리 모여 송별회를 하던 날, 이 선생님은 아쉬워하는 우리에게 씩씩한 목소리로 말했다. 언제든 재능기부를 할 테니 도움이 필요하면 불러달라고. 다정한 그 말에 우리의 눈과 마음은 촉촉해졌다. 그녀는 등대를 떠났지만 등대지기로서 만난 인연은 지금도 계속 이어지고 있다. 은평구의 여러 도서관에서 여전히 열정을 불태우고 있는 이 선생님은, 이따금 지혜의 집이나 소요초 지혜의 등대에 찾아와 특강을 해주곤 한다. 그녀는 가방 가득 챙겨 온 재미난 이야기들을 특유의 입담으로 풀어낸 뒤, 다시 가방을 아이들의 미소로 빵빵하게 채워 돌아간다. 앞으로 이 선생님이 또 어떤 이야기보따리를 들고 지혜의 집을 찾아와줄지 벌써 기대된다.

사서들의 점심 식사

이 선생님이 등대를 떠난 이후, 사실상 등대지기 모임은 해체되었다. 모임은 없어졌지만 남은 두 사람, 사동초 지혜의 집 사서인 나와 소요초 지혜의 등대 사서인 안정숙 선생님 사이는 오히려 전보다 더 끈끈해졌다. 우리는 자주 연락하면서 도서관 소식을 전하고 정보를 공유하고 갖은 고충을 나눴다. 한참 떨어진 나이 차는 동지애를 쌓아가는 데 아무런 걸림돌이 되지 않았다. 두 도서관의 위치가 꽤 떨어져 있어서 평소 만나는 일은 드물었지만 우리는 서로를 동료로서 의지했다. 도서관에서 혼자 점심을 먹을 때나 삼삼오오 퇴근하는 교직원들을 바라볼 때 나는 안 선생님을 생각하곤 했다.

혼자서 일하는 무수한 나날 가운데에도 유일하게 동료와 함께하는 날이 있었다. 해마다 열리는 작은도서관 사서 연수 때였다. 보통 1~2회로 끝나는 경우가 대부분이었지만, 지난 연수는 2주 동안 이어져서 안 선생님과 나는 연수 기간 내내 나란히 앉아 강의를 듣고 함께 점심을 먹었다.

첫날 점심시간, 우리는 근처 초밥집에 자리를 잡고 점심 특선 메뉴를 주문했다. 안 선생님이 소녀 같은 표정으로 말했다.

"연수받으러 간다고 했더니 저희 엄마가 용돈을 주셨어요. 맛있는 점심 사먹으라면서요. 이 나이에도 엄마한테 용돈 받으니 기분이 참 좋네요."

그녀는 재미있다는 듯 쿡쿡 웃으며 덧붙였다.

"그래서 연수가 끝날 때까지 양 선생님 밥은 제가 사주려고요."

그리하여 나는 2주의 기간 동안 총 6번이나 안 선생님에게 점심을 얻어먹었다. 연수가 열린 G도서관 근처의 맛집 탐방을 하듯, 우리는 매일 식당을 바꿔가며 함께 밥을 먹었다. 그녀는 항상 메뉴 선택권을 내게 넘겼다. 교육 장소로 향하는 아침마다 내 머릿속에는 오늘 먹을 점심 생각으로 가득 차 있었다.

사실 도서관에서 '점심 먹기'는 내게 어서 빨리 해치워야 할 일거리 중 하나였다. 늘 사람들이 드나드는 공간에서 정해진 시간에 밥을 먹는 일은 거의 불가능에 가까웠다. 나는 햄버거 빨리 먹기 대회에 나온 사람처럼 허겁지겁 차가운 밥을 입안에 욱여넣기 바빴다. 그러다 누군가 들어오는 기척이라도 들리면 후다닥 도시락을 덮고 거울로 얼굴을 살폈다.

이런 내 상황과 달리, 안 선생님은 늘 정해진 시간에 교직원들과 함께 급식을 먹었다. 이따금 통화할 때면 그녀는 불규칙한 내 식사를 마치 자기 일처럼 걱정해주곤 했다. 어쩌면 엄마에게 용돈을 받았다는 말은, 내게 밥을 사주기 위한 구실에 불과했을지도 모른다. 그 마음 씀씀이가 고마워서, 나는 쪼그라든 위장에 무리가 갈 정도로 열심히 그녀가 사주는 밥을 먹었다. 대신 연수 기간 내내 저녁을 걸러야 했지만.

집에 돌아가 안 선생님 이야기를 했더니 엄마가 누룽지를 한가득 싸주었다. 다음 날 점심으로 돈가스 정식을 먹으며 나는 안 선생님에게 누룽지가 담긴 쇼핑백을 건넸다.

"엄마가 직접 만든 누룽지예요. 점심 사주신다고 했더니 감사하다며 선생님 어머니께 전해드리래요."

교육이 끝나고 헤어지는 길, 오늘 저녁 메뉴는 누룽지라고 말하며 그녀가 활짝 웃었다.

마지막 교육이 있던 날, 안 선생님이 내게 작은 액자를 하나 내밀었다. 금빛 테두리의 액자 안에는 파란색 글씨로 프린트된 시 한 편이 끼워져 있었다. 제목은 '누룽지'였다.

"저희 남편이 시인이라고 했잖아요. 누룽지가 정말 맛있다면서 답례로 시를 지어주었어요."

남몰래 냄비나/ 가마솥 밑바닥에서// 뜨거운 불길의/ 시련을 통과하면서// 한없이 낮아지고/ 또 낮아져서// 한마디 불평도 없이/ 바닥에 바싹 들러붙었다// 다시 한 번/ 물속에 담가져서// 온몸에 활활/ 불기운이 와닿으면// 아가의 살같이/ 보드랍게 풀어지면서// 참 구수하고 넉넉한/ 삶의 향기를 풍기는 너

- 정연복, 〈누룽지〉

그날 나는 집으로 돌아가 엄마에게 시를 낭송해주었다. 새삼 누룽지에 담긴 엄마의 노고를 떠올리면서. 가만히 귀 기울이던 엄마는 낭송이 끝나자 조금 쑥스러운 듯 중얼거렸다.

"별 대단한 것도 아닌데. 고맙다고 전해줘라."

어쩌면 엄마 말대로 누룽지는 대단치 않은 것일지도 모른다.

하지만 누군가에게는 따뜻한 한 그릇의 행복을 선사하며 문학적 영감을 불어넣어준 대상이 되었다.

　도서관에서 나는 여전히 점심을 혼자 후다닥 해치운다. 동료와 반찬을 나눠 먹는 즐거움이나 점심시간 커피 한잔의 수다 같은 소소한 행복이 내겐 없다. 하지만 도서관 한쪽에 놓인 작은 액자 속 문장들을 바라볼 때면 내 마음은 보글보글 끓는 물 안의 누룽지처럼 보드랍게 풀어진다. "구수하고 넉넉한 삶의 향기를 풍기는" 동료가 가까이에서 나를 격려해주고 있는 듯한 기분이 들기 때문이다. 덩달아 내 위장도 든든해진다. 푹 끓여낸 누룽지 한 그릇을 먹은 것처럼.

솔개 그늘만큼의 행복

아이들은 어디서든 놀잇거리를 찾는 데 선수다. 장소와 분위기를 가리지 않는다. 운동장과 놀이터처럼 공식적으로 뛰어놀 수 있는 장소가 버젓이 있는데도 도통 성에 차지 않는 모양이다. 금지된 장소일수록 호기심이 발동하는지 더 놀잇거리를 찾으려 안달한다. 청개구리가 따로 없다.

폴짝폴짝 뛰노는 이 개구쟁이들에게 도서관은 그야말로 흥미로운 공간이나 마찬가지다. 모두 약속이나 한 듯 도서관 안에 들어서면 입을 꾹 다물고 있으니, '정숙'이란 단어를 아직 배우지 않은 아이에게는 그 모습이 마냥 신기해 보일지도 모른다. 도미노처럼 나열된 서가 사이사이는 미로 같아서 술래잡기나 숨바꼭질을 하기에 좋다. 빈틈없이 꽂힌 책등에는 재미난 제목으로 가득하다. 그중에서 아이들은 '똥'과 '살인' 같은 자극적인 단어가 들어간 제목의 책이나 목침으로 써도 좋을 법한 두툼한 볼륨의 양장본에 왕성한 호기심을 보인다. 특히 양장본은 차곡차곡 쌓아서 요새를 만들기에 제격이라나.

처음 몇 분 동안 아이들은 내 눈치를 보며 얌전히 앉아서 책을 읽는, 혹은 그런 척을 한다. 그러나 째깍째깍 초침이 전진할수록 점점 몸이 근질근질해지는지, 초롱초롱한 눈망울로 도서관 안을 두리번거리기 시작한다. 어디 재미난 놀잇거리가 없나 하는 표정이다. 일부러 모른 척하고 있으면 조용히 자리에서 일어나 내 눈에 띄지 않는 서가 구석으로 간다. 그리고 얼마 지나지 않아 어김없이 부주의한 웃음소리가 쿡쿡 새어 나온다. 슬금슬금 구석으로 다가가 들여다보면, 빈 서가에 아이 둘이 쏙 들어가 앉아 속닥속닥 귓속말에 한창이다. 갑작스러운 나의 등장에 아이들은 늑대라도 만난 양처럼 후다닥 제자리로 돌아간다.

불과 몇 년 전만 해도 내 사고는 '도서관에서는 절대 정숙'이라는 틀에 갇혀 있었다. 조금이라도 소리가 새어 나오는 곳이 있으면 곧장 다가가 검지를 입에 갖다 대기 바빴다. 학창 시절 친구들에게 사오정이라 불릴 정도로 가는귀가 먼 나인데, 사서의 얼굴을 할 때만큼은 미세한 소리라도 핀셋으로 뽑아내듯 쏙

쏙 잡아낸다. 내 청각은 날이 갈수록 예민해져서 외부 출입문이 활짝 열려 있는 상태까지 감지하기에 이르렀다. 이로써 정숙한 분위기는 바로잡을 수 있었지만 작은도서관 특유의 따뜻한 느낌은 조금씩 사라졌다. 몇몇 아이들 사이에서는 '지혜의 집 선생님은 무서운 사람'이라는 말까지 떠돌았다. 소심하고 겁도 많은 데다 무서운 사람과는 거리가 먼 나로선 다소 억울한 소문이었다. 그만큼 나는 오랫동안 '정숙'이라는 단어에 강박적으로 사로잡혀 있었다.

어느 휴일, 코엑스에 친구를 만나러 갔다가 별마당도서관을 구경하게 되었다. 쇼핑객으로 북적거리는 코엑스몰 내에 개관한 별마당도서관은 별도의 출입구가 없었다. 이름 그대로 마당처럼 탁 트인 공간에 자리한 채 사람들이 편하게 오가며 책을 읽을 수 있도록 꾸며놓은 도서관이었다. 천장을 찌를 듯이 치솟은 서가에는 무수한 책들이 꽂혀 있었다. 그야말로 책의 우주나 다름없었다.

처음 이곳을 방문했을 때 내 머릿속에 가장 먼저 떠오른 생각은 '분실'이었다. 어떠한 분실 방지 시스템도 설치되어 있지 않은데 이 수많은 책을 어찌 관리할까 싶었다. 접근성이 좋다 보니 평일인데도 서가나 테이블 할 것 없이 사람들로 복작거려서, 고속도로 휴게소나 기차역에 있는 만남의 광장처럼 시끌시끌했다. 책이라는 공통의 관심사를 가진 사람들이 한 공간에 머물며 발산하는 갖가지 소음들은 귀에 거슬린다기보다 오히려 활기를 느끼게 했다. 별마당도서관을 둘러보면서 내 생각에 조금씩 금이 가기 시작했다. 도서관이라고 해서 꼭 조용한 분위기일 필요는 없겠다고.

이제 하도 드나들어서 단골이 되어버린 몇몇 아이들은, 도서관의 어디가 숨기에 적당하고 귓속말을 나누기에 좋은지 훤히 꿰뚫고 있다. 얌전히 자리에 앉아 책을 읽고 있나 싶다가도 내가 잠시 한눈을 팔라치면 어김없이 모습을 숨긴 채 자기들만의 놀이에 푹 빠져 있다.

성냥갑만 한 공간 어딘가에 숨은 아이들을 찾는 일에 이따금 나는 일부러 시간을 들인다. 아이들의 놀이에 동참하는 순간이다. 쿡쿡 소리가 들려오는 서가 쪽으로 다가가 "요 개구쟁이들, 뭐 해!" 하면, 아이들은 기다렸다는 듯 웃음을 터뜨리며 자리로 도망간다. 구석에 몰래 숨어서 오물오물 무언가를 먹고 있는 아이도 있다. 나와 눈이 마주치면 아이는 애써 아무것도 먹지 않은 척을 하지만, 자그마한 발치에는 사탕이며 초콜릿 껍질이 버젓이 떨어져 있다. 도서관에서 나는 하루에도 몇 번씩 이러한 동심과 마주친다. 그때마다 내 얼굴에는 절로 미소가 떠오르고 어느 덧 그 모습들이 일상의 풍경이라 인식하는 자신을 발견한다.

'정숙'이란 단어의 강박에서 해방된 대신 도서관은 조금 시끌벅적해졌지만, 작은 공간이 만들어내는 따뜻함은 차츰 되살아나는 느낌이다. 사람들에게 거대한 느티나무 그늘과 같은 공간을 제공해주는 곳이 대형도서관이라면, 지혜의 집은 겨우 솔개그늘쯤 될까. 비록 솔개의 그림자만큼 작은 공간일지라도 이곳을 찾는 아이들에게만큼은 무한한 상상력을 펼칠 수 있는 거대한 놀이터나 다름없다고, 남몰래 자부심을 가져본다.

애착의 크기

　　오랜 세월 버리지 못한 채 가지고 있다가 어느새 보물 1호가 되어버린 책이 있다. 1990년대 초반 삼성출판사가 발간한 세계문학 전집 '에버북스'. 당시 성행했던 방문판매를 통해 엄마가 사준 책이다. 총 40권의 양장본으로 구성된 이 전집에는 세계적으로 사랑받는 대표 문학작품이 거의 다 수록되어 있었다. 어린이나 청소년의 눈높이에 맞춰 나온 책은 아니어서 활자는 작고 페이지당 글자 수도 많았다.

　　그때까지만 해도 그토록 많은 양의 책을 가져본 적이 없었기에, 나는 책장 세 칸에 전집을 순서대로 꽂아놓고 애지중지하며 아무도 만지지 못하게 했다. 하교 후 집으로 돌아오면 곧장 책장 앞에 턱을 괴고 엎드린 채 관상용 수석 감상하듯 전집을 바라보곤 했다. 단단한 표지를 열고 그 안에 담겨 있을 이야기를 읽어볼 생각은 하지도 않았다. 이 많은 책이 전부 내 것이라는 사실이 그저 벅찰 따름이었다.

본격적으로 전집을 읽어볼 마음이 생긴 때는 중학교에 갓 입학했을 무렵이었다. 점심시간이면 다들 친구끼리 모여 도시락을 먹었는데, 짝꿍이던 부반장은 좀 달랐다. 공부도 잘하는 데다 얼굴도 예뻐서 함께 밥을 먹고 싶어 하는 친구들이 많았지만 부반장은 늘 혼자 밥을 먹었다. 책을 읽기 위해서였다. 20분이면 뚝딱 도시락을 해치우고 매점에 가거나 운동장에서 고무줄놀이를 하는 우리와 달리, 부반장은 점심시간을 오롯이 독서와 밥 먹는 일에 할애했다.

어느 점심시간이었다. 후다닥 도시락을 먹고 자리로 돌아오니 부반장이 입에 밥을 머금은 채 훌쩍이고 있었다. 왜 그러냐고 묻는 내게, 부반장은 매기가 불쌍하다며 젓가락을 내려놓고 휴지로 눈물을 닦았다. 나는 그가 읽고 있던 책 제목을 흘끗 바라봤다. 매기는 그 소설 속 여주인공인 듯했다. 왠지 표지에 적힌 제목이 낯설지 않았다. 집으로 돌아와 전집의 책등을 순서대로 살펴보니, 부반장이 읽고 있던 것과 같은 제목의 책이 전집의 마지막인 39번과 40번의 번호를 단 채 꽂혀 있었다. 콜린 매컬로가 쓴 소설 《가시나무새》였다. 훌쩍이던 부반장의 모습이 떠오르며 호기심이 생겼다. 나는 책을 꺼내 들고 읽기 시작했다. 전집을 받은 지 2년여 만이었다.

평소 만화책을 즐겨 보다가 빼곡한 글씨의 소설을 읽으려니 도통 진도가 나가지 않았다. 게다가 책에 나온 표현 중에는 열네 살의 내가 이해하기엔 어려운 내용이 많았다. 부반장이 읽던 책이 청소년을 대상으로 나온 책이었는지 지금의 나로선 알 길이 없지만, 꾸준히 책을 읽어온 습관 덕분에 아마 그의 문해력은 또래 친구들보다 훨씬 뛰어났을 것이다. 그런 점은 고려하지 않은 채 무턱대고 짝꿍을 따라 책 읽기에 도전했으니, 감상에 젖어 훌쩍이기는커녕 하품을 해대느라 자꾸 눈물만 났다. 결국 몇 장도 읽지 못하고 책은 다시 제자리에 가만히 꽂히는 신세가 되었다. 그리고 더는 읽히는 일 없이 전집은 집 안의 풍경이 된 채 누렇게 변색해갔다. 그런데도 나는 이사를 할 때면 가장 먼저 전집을 챙겼다. 엄마는 읽지도 않는 책을 왜 끼고 있냐며 버리라고 잔소리를 해댔지만, 언젠간 읽을 책이라는 생각이 머릿속에 박혀 있었기 때문에 고집스럽게 소장했다. 그러나 내가 잠시 일본에 건너가 있는 동안 비극이 발생했다.

내가 집을 비운 사이, 가족은 10여 년을 살아온 동네를 떠나 양주에 터를 잡게 되었다. 기회는 이때다 싶었는지, 이삿짐을 꾸리던 엄마는 눈엣가시였던 내 전집을 폐지업자에게 넘겨버렸다. 전집뿐만 아니라 학창 시절부터 이십 대 중반 무렵까지 야금야금 모아온 모든 책을. 일본 생활을 마치고 집으로 돌아온 기쁨도 잠시, 휑한 책장을 마주한 순간 나는 바닥에 엎드려 목 놓아 울었다. 엄마에 대한 원망보다 내 삶의 특정 시절을 떠오르게 해주는 사물들이 송두리째 사라져버렸다는 허무함 때문에. 각각의 책에는 저마다의 기억과 흔적이 어려 있었다. 책을 고르던 당시의 기분이라든가, 책 속 문장에 그은 밑줄이라든가. 텅 빈 책장 앞에서 나는 사라진 책들의 목록을 기억해내려 노력했다. 그러나 2년의 공백 때문인지 단 두 가지를 제외하곤 도무지 제목이 떠오르지 않았다. 고교 시절 단짝 친구에게 선물받은 책 《키친》과 책장의 절반 가까이를 차지하던 세계문학 전집 '에버북스'.

비록 친구와 나의 손때가 묻은 그 책은 아닐지라도 《키친》은 얼마든지 다시 살 수 있었다. 문제는 이미 오래전 절판된 전집이었다. 여러 출판사에서 저마다 세계문학 전집을 출시하고 있었지만, 나는 삼성출판사에서 나왔던 1993년판 세계문학 전집 '에버북스'만을 원했다. 한 권도 제대로 읽은 적도 없었으면서. 그래서 더욱 그 전집을 되찾고 싶었다.

수소문 끝에 어느 헌책방에서 에버북스를 판매하고 있다는 사실을 알게 되었다. 얼마간의 돈을 들여서 나는 가까스로 지난 시절의 일부를 되찾았다. 그리고 전집이 돌아온 뒤《가시나무 새》를 꺼내 읽었다. 열네 살 때와 달리 소설은 무척 재미있었고, 그제야 부반장처럼 매기를 동정하며 눈물을 흘릴 수 있었다.

전집 사건 이후, 나는 책을 소장하는 것에 집착하게 되었다. 당장 읽지 않더라도 언젠가 읽을 것 같은 책들은 무조건 샀다. 하나였던 책장은 둘, 셋으로 늘어났고 어느 칸이든 책들로 빼곡히 그리고 겹겹이 채워졌다. 동네에 책방이 생긴 뒤로 그 증세는 더욱 심해졌다. 어느새 나는 츤도쿠(책을 사서 쟁여두고 읽지 않는 사람)가 되어 있었다. 도서관에서 책에 둘러싸여 일하는데 굳이 책을 사들일 필요가 있냐는 질문을 자주 받곤 하지만, 오히려 매일 책을 들춰보고 만지기 때문에 더욱 두고두고 내 책장에 꽂아두고 싶다는 욕심이 생겼다. 그렇게 수년을 살다 보니 책장은 이미 꽉 찬 지 오래고 침대맡이나 책상 위에도 책탑이 여러 개 생겨났다.

구매욕을 자극하는 책들이 매일 쏟아져 나오고 내게 허락된 공간은 한정된 현실 속에서, 나 같은 츤도쿠들에게 작은도서관은 소장 욕구를 실현할 수 있는 직장이나 마찬가지라는 생각이 든다. 대형도서관처럼 서가가 압도적으로 많지 않아서인지, 아담한 서가 사이를 거닐다 보면 이따금 이곳이 내 개인 서재 같다는 느낌이 들 때가 있다. 마치 여기에 꽂힌 모든 책을 소유한 듯한 기분에 사로잡히며 대리만족을 느끼는 것이다.

사서는 혼자뿐이니 북큐레이션에 내 취향을 적극적으로 반영할 수 있는 것도 무척 매력적인 지점이다. 일본의 북큐레이터 하바 요시타카의 말처럼 "책장을 편집"할 수 있는 전권이 내게 주어지는 것이다. 이를 적극 활용하여 만든 '사서 추천 도서 코너'에는 지극히 개인적인 취향이 반영되어 있다. 당장이라도 구입해서 내 방 책장에 쟁여두고 싶은 책들로 서가 하나를 가득 채워놓았다. 어쩌다 이 서가에서 책을 골라오는 이용객이 있으면 나는 참지 못하고 그에게 책의 매력에 대해 장광설을 늘어놓고 만다. 마치 내 책장에 꽂힌 책이 선택된 것처럼 뿌듯해하면서.

최근 내게는 꿈이 하나 생겼다. 계기는 한 친구가 전해준 어느 도서관 방문기에서 비롯되었다. 지혜의 집과 동일한 지원사업 아래 운영되던 근처의 작은도서관 한 곳이 문을 닫게 되었다는 소식을 바람결에 듣고 우울해하던 내게, 그 친구는 어느 도서관 이야기를 들려주었다. 종로구에 자리한 청운문학도서관은 한옥으로 지어진 공공도서관으로, 시와 소설, 수필 위주의 다양한 문학 도서를 소장한 문학 특화 도서관이라고 했다. 책과 관련된 공간에 깊은 관심을 갖고 있던 그 친구의 말에 따르면, 한 장르를 '특화'하여 내세운 공간에 사람들이 더욱 관심을 보이지 않겠냐는 것이었다. 그러고 보니 인근의 어린이도서관도 최근 '그림책 특화 도서관'으로 바뀌었다는 소식을 들었다. 친구는 한옥도서관 사진들을 보여주면서 번역가가 사서로 있는 지혜의 집이야말로 문학 특화 도서관으로 만들기에 적격이라는 말을 넌지시 덧붙였다.

이야기를 듣는 사이, 내 가슴속에서 무언가 꿈틀 고개를 들었다. 지혜의 집이 문학 특화 도서관이 된다. 다른 도서관에는 없는 소설도 지혜의 집에 가면 반드시 있을 것이라는 인식을 사람들에게 심어줄 수 있는 도서관이 되는 것이다. 그런 상상을 했더니 가슴이 쿵쾅쿵쾅 뛰었다.

물론 지혜의 집을 문학 특화 도서관으로 만드는 꿈이 당장 실현되긴 어려울 것이다. 한정된 도서 예산을 모두 문학 분야에 쏟아부을 순 없는 노릇이니까. 그 대신 작은도서관인 만큼 그에 걸맞은 자그마한 노력부터 시작하자고 나는 마음먹었다. 한국문화예술위원회에서 후원하는 문학나눔도서를 잊지 않고 신청하는 일 또한 그 노력의 일환에서 시작되었다. 이 기관에서는 해마다 3회에 걸쳐 우수 문학 도서를 선정한 뒤 각 신청 도서관에 해당 책들을 기증해준다. 도서목록에는 수서하는 과정에서 내가 미처 발견하지 못한 주옥같은 작품이 다수 포함되어 있다. 책으로 가득한 이 상자들이 도서관에 도착할 때면 왠지 나는 크리스마스 선물을 받은 아이처럼 한껏 들뜨고 만다. 상자를 뜯고 책들을 꺼내면서 나는 가만히 이런 날을 꿈꿔본다. 지혜의 집이 동두천 유일의 문학 특화 도서관이 될 날을. 이렇게 조금씩 문학 분야의 장서를 늘려가다 보면 언젠가 반드시 그날이 찾아오지 않을까.

작은 토끼의 위로

일곱 살 때 토끼를 기른 적이 있다. 이웃에 살던 할아버지에게 얻어 온 자그마한 집토끼였다. 눈덩이를 뭉쳐놓은 것처럼 털이 새하얘서 함박이라는 이름을 지어주었다. 아빠가 어디선가 얻어 온 커다란 새장을 함박이의 집으로 삼았다. 함박이는 늘 두 귀를 쫑긋 세운 채 저금통 자세로 네모난 집 안에 가만히 앉아 있었다. 무언가에 골똘한 듯 새빨간 눈을 하고. 그 모습이 어린 내 눈에도 퍽 귀여워 보여서, 새장 앞에 철퍼덕 주저앉아 넋을 잃고 바라보곤 했다.

당시 내가 살던 곳은 삼면이 산으로 둘러싸인 시골 마을이었다. 나는 날마다 방천으로 나가 함박이가 먹을 토끼풀을 바구니 한가득 땄다. 이것을 새장 틈 사이로 밀어 넣으면 함박이는 작은 입을 바삐 오물거리며 풀을 먹기에 여념이 없었다. 함박이는 늘 눈을 동그랗게 뜨고 있었다. 눈이 아플 법도 한데 단 한 번도 함박이가 눈을 깜빡이는 모습을 본 적이 없었다. 적을 경계하느라 잘 때도 눈을 뜬 채 잔다는 사실은 한참 뒤에야 알았다. 함박이는 나만 보면 꼬리를 흔들며 달려드는 강아지처럼 애교를 부리지도, 새벽녘 존재감을 뽐내는 닭처럼 울음소리를 내지도 않았다. 그저 가만히 새장 안에 앉아 있을 뿐이었다. 그 모습이 왠지 신비롭게 느껴져서 아침에 일어나면 눈곱도 떼지 않은 얼굴로 곧장 함박이를 보러 갔다.

비극은 일주일도 채 지나지 않아 일어났다. 잠에서 깨자마자 습관처럼 함박이가 있을 새장에 갔다. 그런데 안이 텅 비어 있었다. 깜짝 놀라서 부엌으로 뛰어가 아궁이에 장작을 넣고 있던 엄마를 불러왔다. 새장을 살펴보던 엄마는 한쪽 구석을 가리키며 말했다.

"족제비가 물어 갔나 보다."

엄마의 손가락이 가리키는 곳을 보니 철망이 휘어진 채 벌어져 있었다. 집 바로 뒤에 산이 있어서 산짐승들이 마당까지 내려와 닭을 물어 죽이는 일이 종종 있었다. 설마 새장 안까지 들어와서 함박이를 물어 갈 줄은 몰랐다. 엄마 말로는 족제비 몸

뚱이는 기다래서 좁은 틈을 통과하는 데 선수라고 했다. 먹이를 찾아 내려온 족제비에게 토실토실한 함박이는 먹음직스러워 보였을 것이다. 그렇게 함박이를 잃었다. 방천에서 뜯어온 풀이 아직 바구니에 가득 남아 있었는데. 그러나 슬픔도 잠시, 얼마 후 나는 아빠가 시장에서 사 온 병아리에게 푹 빠졌다. 그렇게 내 기억 속에서 함박이는 새하얀 눈이 녹듯 사라져갔다. 내가 함박이를 다시 떠올린 때는 그로부터 수십 년이 흐른 뒤였다.

해를 더해가자 도서관에도 단골 이용자가 하나둘 생겼다. U는 지혜의 집 첫 단골이었다. 스스로 '지혜의 집 팬'을 자처할 만큼 그는 거의 매일 도서관에 왔다. 저학년 하교 시간이 가까워질 무렵이면 아이들을 기다리는 어머니들이 도서관에 종종 들르곤 했는데, U도 그중 한 명이었다. 어머니들 대부분은 운동장으로 난 도서관 창가에서 학교 쪽을 지켜보고 서 있다가 내 아이로 추정되는 모습이 눈에 보이면 바삐 도서관을 나갔다. 인사를 나눌 겨를도 없어서 이따금 나는 좀 머쓱해졌다.

U는 달랐다. 도서관을 드나들 때마다 항상 웃는 얼굴로 먼저 인사했다. U의 낭랑한 목소리는 따사로운 햇살을 연상시켰다. 나는 그가 미나리아재비꽃을 닮았다고 생각했다. 자그맣고 노란 별 모양의 꽃 같은 사람이었다.

U에게는 딸이 하나 있었다. 새카만 눈과 통통한 볼이 귀여운 꼬마였다. 평일 오후면 두 사람은 늘 도서관에 나란히 앉아 각자의 책을 읽다 가곤 했다. 종종 남편이 둘을 데리러 도서관에 왔는데, 점잖고 다정한 느낌을 주었다. 세 사람을 볼 때면, 어릴 적 EBS 방송에서 봤던 외화 드라마 속 단란한 가족의 모습이 떠올랐다.

어느 날 오후, U가 어김없이 도서관을 찾았다. 평소와 달리 인사를 하는 목소리에 기운이 없었다. 서가에서 읽을 책을 꺼내 소파에 앉았지만, U의 시선은 창밖의 먼 산을 향한 채였다. 나는 U에게 커피를 마시겠냐고 넌지시 물었다. 그는 살짝 미소 지으며 고개를 끄덕였다. 뜨거운 밀크커피가 담긴 종이컵을 내밀며 오늘은 왠지 기운이 없어 보인다고 말을 건넸다. 그랬더니 U의 커다란 눈시울이 금세 붉어지며 눈물 한 방울이 또르르 흘러내리는 것이었다. 깜짝 놀란 나는 티슈를 뽑아 건네며 맞은편 소파에 앉았다. 민망하다는 듯 눈물 섞인 웃음을 보이는 그에게 무슨 일이냐고 조심스레 물었다.

도서관에 오기 전 U는 시장에 물건을 사러 갔다가 한 상인에게 봉변을 당했다고 했다. 물건에 대해 이것저것 묻자, 상인이 대뜸 U의 목소리 톤이 높아서 귀에 거슬린다며 막말을 했다는 것이다. 아마도 상인은 아담한 체구에 순한 인상의 U를 만만하게 본 모양이었다. 마음이 여렸던 그는 당황스러운 나머지 제대로 대꾸 한번 못 한 채 가게를 나와버렸다. 그길로 곧장 도서관으로 온 것이었다. 생각할수록 억울하고 화가 나면서도, 아무런 항변도 하지 못한 자신이 너무 바보 같다며 U는 다시 눈물을 글썽였다. 이제껏 살아오면서 그런 상황을 여러 차례 겪다 보니 어느새 모든 잘못을 자신의 외모 탓으로 돌리고 있었다.

이야기를 들으며 내가 해줄 수 있었던 건 고작 고개를 끄덕여주고 어깨를 다정히 어루만져주는 것뿐이었다. 그런데도 U는 이렇게나마 털어놓으니 속이 후련하다고 했다.

그날 이후로 U는 도서관에 와서 이따금 고민을 털어놓았다. 교우관계로 힘들어하는 딸에 대한 걱정거리라든가, 집안의 우환, 앞으로의 인생에 대한 고민 등등. 그렇다고 내가 대단한 해결책을 제시해주는 건 아니었다. 그래도 U는 자신의 이야기를 들어줄 누군가가 있다는 것만으로도 힘이 된다고 했다. 남편이나 딸에게도 말하지 못한 고민을 타인인 내게 털어놓으며, U는 지혜의 집이 있어서 다행이라고 말했다. 그 말을 듣자 수십 년 동안 잊고 지냈던 함박이가 떠올랐다.

일곱 살의 나는 곧잘 함박이를 찾아가 조잘조잘 떠들곤 했다. 오빠가 내 콜라를 몰래 다 마셔버려 속상했던 일이나, 언니가 나만 빼고 친구들과 강으로 놀러 가버린 일에 대해서. 함박이가 보이는 반응이라곤 이따금 앙증맞은 콧구멍을 씰룩이거나 한쪽 귀를 쫑긋거리는 것뿐이었지만, 그 모습이 일곱 살의 내겐 공감의 제스처럼 보였다. 나는 속상하거나 기쁜 일이 있을 때면 함박이에게 쪼르르 달려갔다.

코리 도어펠트의 그림책 《가만히 들어주었어》에도 함박이와 같은 토끼가 한 마리 등장한다. 꼬마 테일러는 절망에 빠져 있다. 새들이 날아와 기껏 블록으로 열심히 쌓은 성을 무너뜨려 버렸기 때문이다. 동물 친구들이 하나둘 다가와 저마다의 방식으로 이런저런 조언을 늘어놓지만, 테일러의 마음을 위로하진 못한다. 결국 모두 떠나버리고 혼자가 되자 테일러는 더욱 슬퍼진다. 그때 토끼 한 마리가 테일러의 곁으로 조금씩 다가온다. 토끼는 테일러의 등에 가까이 앉아 따뜻한 체온을 나눠주며 조용히 함께 있어준다. 그제야 테일러는 마음을 열고 속상했던 이유를 토끼에게 털어놓는다. 그리고 다시 블록을 만든다.

일곱 살 아이의 수다 상대가 되어주었던 함박이. 그리고 테일러의 곁에서 온기를 나누며 말없이 이야기를 들어준 토끼. 어쩌면 지혜의 집에서 내가 맡은 역할 중 하나는 이 토끼들과 다를 바 없을지도 모른다. 이곳을 찾아와 이야기를 털어놓는 사람들의 목소리에 가만히 귀 기울여주는 것. 그들이 도서관을 나설 때 마음속에 조금의 온기라도 채워 돌아갈 수 있도록.

자그마한 존재들

내가 어릴 적에는 봄을 대표하는 꽃이 개나리였다. 3월 새 학기가 시작되면 등굣길에 펼쳐진 담장이나 언덕배기에서 흔히 볼 수 있는 꽃이 개나리이기도 했고. 요즘은 그 자리를 벚꽃이 차지해버린 느낌이다. 길가를 걷다 우연히 개나리 덤불과 마주치면 '봄이 오려나'라고 생각하지만, 흐드러지게 핀 벚나무를 보면 '봄이 왔구나!' 하며 감탄하게 된다. 가장 이른 봄의 정령인 개나리로서는 조금 속상할 것 같다.

날씨도 따뜻하고 바람도 잔잔하던 2020년 어느 봄날, 오랜만에 망고를 보러 갔다. 망고가 사는 야트막한 동산에는 평일임에도 알록달록 등산복을 차려입은 사람들로 제법 붐볐다. 좁다란 산책로를 오르며 이따금 발걸음을 멈춘 채 지나는 사람에게 길을 양보해야 했다. 사람들은 하나같이 마스크로 얼굴의 절반 이상을 가린 상태였다. 맑은 공기를 마시기 위해 오른 산에서조차 얇디얇은 천에 의지해야 하는 시절이었다. 왠지 우습기도 하고 씁쓸하기도 했다. 그러나 요즘 지구상에서 가장 유명하다는 바이러스조차, 봄의 유혹 앞에 설레는 사람들의 마음을 잡아두지는 못한 듯했다.

아파트에 살게 된 이후, 내가 일상에서 봄이 왔음을 실감하는 순간은 단지 안에 조성된 화단을 볼 때였다. 짙은 자줏빛의 철쭉, 선명한 노란색의 개나리, 새하얀 목련. 그리고 봄의 대세 자리를 꿰찬 연분홍빛 벚꽃 등등. 어쩌다 창문으로 단지를 내려다봤다가 자연이 짜놓은 봄빛 가득한 팔레트를 발견하기라도 하는 날이면, 기척 없이 찾아온 봄의 등장에 화들짝 놀라며 감탄하곤 했다.

어느덧 3월이 되었지만 재활용 쓰레기를 버리러 단지에 나가봐도 꽃망울은커녕 새싹의 그림자조차 보이지 않았다. 바이러스의 기세에 봄도 잠시 주춤하는 건가 싶었다. 그런데 살짝 남쪽으로 내려와 보니 도로변에 노란 봄들이 오밀조밀 돋아나 있는 게 아닌가. 망고가 사는 동산은 말할 것도 없었다. 봄은 산의 초입에서부터 산책로를 따라 정상으로 들불처럼 번져가며 자리 잡기에 한창이었다. 봄빛을 더욱 돋보이게 해주는 따사로운 햇살은 덤이었다.

예감이 좋았다. 이런 날씨라면 틀림없이 망고 녀석은 풀밭 어딘가에 누워 일광욕을 즐기고 있으리라. 마음이 초조해졌다. 내 머릿속에는 노릇노릇 볕에 익은 망고의 갈색 털을 어서 만지고 싶다는 생각뿐이었다. 더는 산책객에게 길을 양보하는 일 없이 나는 걸음을 서둘렀다.

코로나19 바이러스 덕분에 사회적 거리 두기를 하느라 몇 달째 운동조차 나가지 않았더니 금세 숨이 가빠왔다. 지름길 코스로 오르면 정상까지 기껏해야 10분 조금 넘게 걸릴 만큼 야트막한 산이었는데. 오늘따라 봄볕은 왜 이리 따가운지. 망고만 아니었으면 당장 '뒤로 돌아!' 한 뒤 산에서 내려왔을 것이다. 바이러스 덕분에 더욱 무거워진 몸을 끌고 '그대(망고)를 만나는 곳 100미터 전'까지 마지막 남은 인내심을 짜내어 걷고 또 걸었다.

망고를 만날 수 있는 곳은 정상에서 얼마 떨어지지 않은 산 중턱의 정자 근처였다. 정자 아래에는 캣맘들이 두고 간 먹이그릇이며 물그릇이 드문드문 놓여 있었다. 망고는 그 근처 수풀에 덩그러니 방치된 박스 안에서 살았다. 중성화 수술을 하기 전에 어느 방랑객 고양이와 눈이 맞았는지, 망고에게는 자신을 쏙 빼닮은 딸도 하나 있었다. 산에서 태어났다 하여 망고 딸 이름은 '산이.' 물론 산이는 아직 어려서인지는 몰라도 망고에 비해 털 색깔도 짙고 줄무늬도 선명했으며 가슴께와 배의 털도 무척 새하얬다. 하지만 나는 망고가 훨씬 좋았다. 세월의 흐름에 따라 퇴색한 듯한 연한 갈색 털도, 바람결에 닳았는지 흐릿해진 줄무늬도. 무엇보다 산 생활의 쓴맛을 경험해선지 유독 아득해 보이는 연한 옥빛 눈동자가 무척이나 좋았다.

몇 달 만에 찾은 정자 주변은 화가 밥 로스(미국의 서양화가. 그가 진행한 TV 프로그램 〈그림을 그립시다〉가 1990년대에 국내에서 방영되며 큰 사랑을 받았다. 페인트 붓과 나이프로 순식간에 풍경화를 그려내는 게 밥 로스 그림의 특징이다)가 밤새 페인트 붓으로 쓱쓱 칠해놓은 것처럼 온통 꽃 덤불 천지였다. 저 수풀 어딘가에 망고가 있을 것이다. 가슴이 쿵쾅거리기 시작했다. 나는 두리번두리번 갈색 줄무늬 털뭉치를 찾았다.

그런데 정자 아래를 유심히 살펴보니 늘 놓여 있던 먹이그릇과 물그릇이 보이지 않았다. 근처 수풀에 있던 망고의 집도 사라진 채였다. 대체 어떻게 된 일일까. 주변을 샅샅이 훑어봤지만, 망고의 모습은 어디에도 없었다. 동행한 M과 함께 근처 벤치에 앉아서 좀 기다려보기로 했다. 어쩌면 곧 모습을 드러내며 어슬렁어슬렁 다가와 통통한 앞발을 가지런히 모은 채 먹이를 달라고 야옹 울지도 모른다.

망고의 행방에 대해 M과 이야기를 나누고 있는데, 근처 운동 기구로 스트레칭을 하던 아주머니 한 분이 불쑥 말을 꺼냈다.

"얼마 전에 한 할아버지가 와서는 고양이들 밥그릇이며 상자며 다 치워버렸잖아. 야생고양이니까 스스로 먹이를 사냥하게 둬야 한다면서. 그 뒤로 안 보여요. 딴 데로 가버린 건지. 쯧쯧."

봄이라고는 하나 한낮에 햇볕이 내리쬘 때를 제외하곤 아직은 겨울의 기운이 남아 있는 시기였다. 아무리 풍성한 털을 지닌 망고라도 산속의 밤은 무척 추울 텐데. 지난겨울 꼬리로 앞발을 감싼 채 추위에 떨고 있던 망고의 모습이 떠올랐다. 게다가 이젠 먹이도 없다. 산고양이라 한들 그동안 캣맘이 챙겨주는 밥을 먹고 자란 망고가 대체 무슨 사냥을 한단 말인가. 배가 고프면 더 춥게 느껴지는 법이다. 사람이든 고양이든.

얼굴 모를 할아버지를 원망하며 우리는 터덜터덜 산에서 내려왔다. 망고에게 무슨 일이 생긴 건 아닌지 걱정하다가 문득 몇 년 전 도서관 앞에 버려졌던 고양이가 떠올랐다.

앙상하던 가지에 파릇파릇 잎이 돋아나기 시작하던 무렵이었다. 한바탕 아이들이 휩쓸고 지나간 오후, 서가에서 책을 정리하고 있는데 자동문이 열리며 한 남자아이가 불쑥 들어왔다. 운동화를 신은 채였다. 도서관 실내화로 갈아 신고 들어오라고 말하려던 찰나였다.

"선생님, 도서관 입구에 고양이가 있어요!"

근처를 배회하던 길고양이가 잠시 들른 모양이었다.

"그래? 일단 실내화부터 갈아 신자."

대수롭지 않은 표정의 나를 보며 아이는 큰일이라도 난 것처럼 다시 말을 이었다.

"근데 상자 안에서 안 움직여요."

실내화 따위가 문제가 아니었다. 사태의 심각성을 깨달은 나는 하던 일을 멈추고 아이를 따라 밖으로 나갔다. 구불구불한 입구 끝에 상자 하나가 놓여 있었다. 주변에는 두세 명의 아이들이 모여 있었는데 누구도 선뜻 다가가지 못하는 모양새였다. 반쯤 열린 뚜껑 사이로 고양이의 귀가 언뜻 보였다. 1학년쯤으로 보이는 여자아이가 내 옷자락을 잡아끌며 속삭이듯 말했다.

"잠자고 있나 봐요."

"그럼 좋겠는데."

쓴웃음을 지으며 뚜껑을 살짝 들어 안을 살펴보았다. 회색 줄무늬의 새끼 고양이었다. 고양이는 사지를 축 늘어뜨린 채 눈을 꼭 감고 있었다. 미동도 하지 않는 작은 머리. 대체 누가 죽은 고양이를 여기에 버린 걸까. 착잡한 마음이 되어 상자 앞에 쭈그리고 앉아 있는데 누군가 입을 열었다. 고양이의 존재를 알려 온 남자아이였다.

"땅에 묻어줘야 해요. 안 그러면 까마귀가 쪼아 먹을지도 몰라요."

난감했다. 아이의 말이 맞았지만 내 마음대로 학교 땅을 파서 묻어줄 수도 없는 노릇이었다. 생명이 꺼져버린 그 작은 몸을 만지기가 겁이 나기도 했고. 하지만 이대로 방치할 수도 없었다. 곰곰이 생각하다가 일단 학교 측에 알리기로 했다.

"도서관에는 삽이 없어서 땅을 파기 힘드니까 다른 선생님께 도와달라고 하자. 잠깐만 고양이 좀 지켜줘."

교무실에 전화를 걸어 자초지종을 설명했더니, 잠시 후 한 남자 선생님이 비닐과 삽을 들고 나타났다. 선생님을 보자마자 아이들은 잔뜩 높아진 톤으로 경쟁하듯 고양이의 상황을 알렸다. 선생님은 거침없이 상자를 열더니 고양이 몸에 손을 갖다 댔다. 곧이어 안타까움 섞인 한숨이 새어 나왔다.

"선생님, 고양이는 제가 잘 묻어줄게요. 애들아, 좀 도와줄래?"

상자를 가슴에 안고 수풀이 우거진 울타리 쪽으로 향하는 선생님의 뒤를 아이들이 졸졸 따라갔다. 며칠 뒤 도서관을 다시 찾은 아이 하나가, 고양이를 묻은 곳에 들러 개나리꽃을 올려놓고 왔다고 말했다.

학교 어딘가에 묻혀 잠들어 있을 고양이를 떠올리자, 불현듯 두 번 다시 망고의 모습을 볼 수 없을지도 모른다는 생각이 들었다. 혹여 먹이를 찾아 산 밑으로 내려왔다가 사고라도 난 건 아닐까. 어느 딱딱한 아스팔트 위에서 싸늘하게 식은 채 발견되면 어쩌지. 걸을 때마다 주머니에 든 간식 봉지가 눈치도 없이 부스럭부스럭 소리를 냈다.

그날 이후 도서관에서 일하다가도 불쑥불쑥 망고 생각이 났다. 예전에 잔뜩 찍어둔 망고 사진과 동영상을 꺼내 자주 들여다봤다. 무라카미 하루키처럼 소문난 애묘가도 아닌데. 산에서 우연히 만난 고양이일 뿐인 망고가 자꾸 눈에 밟혔다. 그저 망고가 정자로 무사히 돌아왔기를 바랐다.

벚꽃이 지고 초록잎이 나뭇가지를 점령했을 즈음 반가운 소식이 들려왔다. 망고가 나타났다는 것. 돌아오는 휴일, 나는 다시 산에 올랐다. 정자 근처로 가보니 먹이그릇과 물그릇이 원래 자리에 놓였고 망고의 조촐한 집도 돌아와 있었다. 물그릇 옆에는 '치우지 마세요. 고양이 꺼'라는 글씨가 쓰인 비닐 포장지 한 장이 놓여 있었다. 도저히 거역하기 힘든 귀여운 경고에 절로 미소가 새어 나왔다.

그나저나 망고는 어디에 있을까. 주변을 두리번거리는데 한쪽 수풀에서 부스럭 소리가 들리더니 연한 갈색 털뭉치 하나가 스르르 모습을 드러냈다. 망고였다.

"망고야!"

화답이라도 하듯 망고는 "야~옹" 울면서 여전히 통통한 앞발을 앞으로 쭉 내밀어 기지개를 켰다. 그러고는 슬금슬금 내게 다가왔다. 더는 참지 못하고 망고의 폭신하고 동그란 머리로 손을 뻗었다. 손바닥으로 온기가 전해졌다. 얌전히 머리를 내맡긴 채 지그시 눈을 감고 있는 망고. 이 자그마한 존재들 역시 우리처럼 따뜻한 피가 흐르는 생명이라는 걸 잊지 않는 사람들이 있다. 고양이를 정성껏 묻어준 선생님이나 망고를 챙겨주는 마음씨 따뜻한 캣맘처럼. 나는 오래도록 그 따뜻한 머리를 가만히 쓰다듬었다.

PART 4

일상의 여행

마법의 다이얼은 없지만

수년 동안 도서관 붙박이로 지내다 보니, 종종 자신이 이 공간의 빌트인 냉장고가 된 듯한 기분이 든다. 한곳에 종속된 채 고장 나기 전까지는 절대 그 자리에서 벗어나지 못하는 신세. 얄밉도록 날씨가 화창하기라도 하면 그런 생각이 더욱 커지면서 엉뚱한 상상을 하고 만다. 도서관 문이 하울의 성에 달린 현관문이면 얼마나 좋을까, 하는.

영화 〈하울의 움직이는 성〉에 나오는 성은 하울이라는 마법사가 사는 집이다. 외관은 온갖 고물을 모아 만든 것처럼 기괴하지만, 아이러니하게도 성이라 불린다. 하울의 성은 살아 있는 생명체나 마찬가지다. 평소에는 두 다리로 걷고 하늘을 날 수도 있다. 그래서 '움직이는 성'이다. 성안에는 하울과 함께 다양한 캐릭터가 살고 있다. 성을 움직이는 화력을 담당하는 불의 악마 캘시퍼, 하울의 제자 마르클, 그리고 마녀의 저주에 걸려 90세 노파가 되어버린 소녀 소피. 저주를 풀기 위해 성의 청소부로 취직한 소피와 겁쟁이 마법사 하울의 성장기를 그린 이 영화는, 내가 손에 꼽을 만큼 좋아하는 애니메이션 중 하나다.

하울의 성에서 내 마음을 사로잡은 기능은 단연 현관문 손잡이다. 손잡이 윗부분에는 자그마한 원이 달린 다이얼이 하나 있다. 다이얼을 돌릴 때마다 원 안의 색깔이 바뀌는데, 그 색에 따라 현관문을 열면 각기 다른 세상이 펼쳐진다. 어떤 색깔은 드넓은 초원으로, 또 다른 색깔은 이국의 마을로 통한다. 이 문을 이용하면 여러 장소로 동시에 이동할 수 있을 뿐 아니라 과거로도 갈 수 있다. 이른바 시공간을 초월하는 문이다.

한창 벚꽃이 필 무렵이나 단풍철이 다가오면 나는 도서관에 앉아 곧잘 이런 상상을 한다. 도서관 문에도 마법의 다이얼이 달려 있으면 좋겠다고. 초록색으로 맞추면 벚꽃이나 단풍으로 가득한 산이 나타나고, 파란색으로 맞추면 폭신한 침대가 있는 내 방으로 통하고, 빨간색으로 맞추면 세계의 유명 관광지로 통하는 그런 다이얼. 이 열망은, 어느 쉬는 날 오후 TV 채널을 돌리다 우연히 보게 된 한 프로그램 때문에 더욱 커졌다.

예능 프로그램 〈스페인 하숙〉은 스페인 산티아고 순례길의 한 마을에서 남자 배우 세 명이 하숙집을 운영해나가는 이야기를 그려낸다. 식사 담당 차승원은 아침저녁으로 순례자를 위해 푸짐한 한식을 차려내고, 숙박 담당 유해진은 객실 안내부터 청소와 빨래까지 척척 해낸다. 막내 배정남은 주방보조 및 기타 등등의 온갖 잡일을 도맡는다. 쉬는 날 오후면 차가운 맥주 한 캔과 엄마가 만들어준 안주를 차려놓고 이 프로그램의 재방송을 보는 게 내 낙이었다. 나는 스페인 하숙을 찾는 순례자가 된 기분으로, 특별할 것 없이 잔잔하게 펼쳐지는 에피소드들을 열심히 챙겨 봤다. 산티아고 순례길을 걷는 일은 내 버킷리스트 중 하나이기도 했다. 묵직한 배낭을 짊어진 채 끝없이 이어진 길을 걷는 내 모습을 오랜 시간 꿈꿔왔다. 스페인 하숙에 머무르는 어느 순례자와 유해진이 볕에 바짝 마른 침대 시트를 함께 개키는 모습이나 차승원이 만든 음식을 먹으며 행복하게 웃는 순례자들의 얼굴을 보면서, 나는 부러움과 시샘이 뒤섞인 마음으로 벌컥벌컥 맥주를 들이켜곤 했다.

산티아고 순례길을 걸으려면 최소 한 달의 휴가를 내야 한다. 여러 명이 운영하는 대형도서관이라면 타협의 여지가 있을지도 모르지만, 혼자서 운영하는 작은도서관의 사서에겐 실현 가능성이 낮은 일이었다. 한 달 동안 순례길을 걷겠다고 10년

이상 일해온 도서관을 그만둘 수도 없는 노릇이니, 하울의 성 성문에 달린 다이얼이나 상상하며 마음을 달랠 뿐이었다.

오랜 친구인 '노원에 사는 박 사장'에게 이런 처지를 하소연 했더니, 그가 순례 적금을 들지 않겠냐는 제안을 했다. 당장은 서로 직장에 매여 있는 처지라 산티아고로 떠나는 일은 불가능 하다. 그렇다고 아무 시도도 하지 않은 채 현실만 탓하고 있을 순 없다. 언젠가 자유로워질 날이 왔을 때 훌쩍 떠날 수 있도록 차곡차곡 돈이라도 모아서 미리 대비하자는 것이었다.

박 사장은 산티아고에 가기 전에 미리 체력을 키워야 한다는 말도 덧붙였다. 그러고 보니 〈스페인 하숙〉에는 은퇴 후 순례길 을 찾은 이들이 여럿 등장했다. 적지 않은 나이에도 그들은 젊 은 순례자들 못지않은 체력과 생기를 지니고 있었다. 나는 지금 당장 떠나고 싶다는 생각만 했을 뿐 그 꿈을 이루기 위한 준비, 이를테면 수백 킬로미터의 길을 걷기 위한 기본 체력을 기르는 운동이라든가 여행경비 등에 대해서는 전혀 염두에 두지 않고 있었다. 박 사장의 말을 들으면서, 마법의 다이얼이나 바라고 있 던 자신이 조금 부끄러웠다. 한편으로 이런 의문이 들었다. 나는 왜 산티아고 순례길을 걷고 싶은 걸까.

시작은 도서관 구석에서 발견한 낡은 책 한 권이었다. 여행 작가 김남희가 쓴 《여자 혼자 떠나는 걷기 여행 2: 스페인 산티아고 편》이라는 책. 무엇보다도 책에 달린 부제가 마음을 끌었다. '소심하고 겁 많고 까탈스러운'! 내 성격을 고스란히 나타낸 부제에 이끌려, 나는 주저 없이 서가에서 책을 꺼냈다. 800킬로미터를 걸으며 작가가 마주한 풍경과 사람들의 이야기가, 순례길을 따라 꼬불꼬불 쉬지 않고 이어졌다. 작가가 길에서 만난 순례자들은 저마다 다른 고민과 이유를 배낭에 담아 순례길을 걷고 있었다. 그런데 신기하게도 그들의 입에서 공통으로 흘러나오는 이야기가 하나 있었다. 그들의 내면에 어떤 변화가 일어났다는 것. 순례자들은 이구동성으로 말했다. 이 길을 걷는 동안 삶에서 중요한 무언가가 변했다고. 그리고 산티아고 순례길을 무사히 완주한 작가 또한, 종착지인 산티아고 대성당 미사에서 그들과 같은 감정을 느끼며 눈물을 흘렸다.

> 천 년 동안 서 있었을 성당 기둥에 기대어 나는 오래 울었다. 이렇게 내 인생의 한 기회가 왔다가 갔다는 것. 무언가 내 삶에 변화가 일어나리라는 것을 예감하던 시간이었다. 이제 다시는 예전의 나로 돌아가지 못하리라. 설명할 수는 없지만, 내가 변했다는 것을 느낄 수 있었다.
>
> - 김남희, 《여자 혼자 떠나는 걷기 여행 2: 스페인 산티아고 편》

눈물이 나올 만큼 체감하게 되는 어떤 변화. 그들이 한결같이 말하는 그 감정을 나 역시 느껴보고 싶었다. 책의 마지막 장을 덮고 난 뒤, 어느새 산티아고는 동경의 장소가 되었다. 별다른 사건 없이 흘러가는 도서관 생활 속에서, 그 도시는 이따금 답답함이 느껴질 때마다 상상해보는 작은 위안의 장소였다. 그렇게 수년 동안 상상만 해왔던 그곳으로의 여행을, 박 사장의 제안 덕분에 비로소 구체적으로 꿈꾸게 되었다.

박 사장은 벌써 순례를 위한 이런저런 준비를 시작했다. 수영을 시작으로, 매일 달리기를 하며 체력 단련에 한창이다. 지난가을에는 떡하니 사진 한 장을 보내왔다. 청춘마라톤에 참가하여 10킬로미터를 완주한 뒤 찍은 사진이었다. 사진 속에서 그는 양팔을 번쩍 든 채 환하게 웃고 있었다. 다음에는 춘천마라톤에 도전할 예정이라는 말을 들으며 살짝 조바심이 생겼다. 이제 마법의 다이얼에 대한 상상은 접어두자. 나는 마음을 다잡았다. 언젠가 시작될 여정을 지금부터 차근차근 준비해나가자고. 그러다 보면 어느 순간, 끝도 보이지 않는 흙길을 터벅터벅 걷고 있는 나와 만나게 될 것이라는 확신이 들었다.

오해와 의심 사이

양주로 터전을 옮긴 지 딱 10년이 되던 해, 신도시라는 이름을 단 옆 동네로 이사했다. 새로 지은 아파트에 입주하는 건 처음이라 나는 조금 들떠 있었다. 이삿날이 확정되자 본격적으로 짐을 싸기 시작했다. 포장이사를 예약한 터라 귀중품은 따로 상자에 담고 버릴 물건만 골라 내놓으면 되었다. 이사업체 직원들이 물건을 분류하여 포장한 뒤 새집에 그대로 옮겨와 정리까지 해준다고 했다. 이사 전날, 여기저기 어수선히 널린 상자 몇 개를 제외하면 집 안 풍경은 평소와 다를 바 없었다. 내 방의 대부분을 차지하는 책들은 책장에서 태평하게 제자리를 지키고 있었다. 곧 새로운 보금자리로 이동하게 되리란 사실도 모른 채.

이삿날 새벽, 유니폼을 맞춰 입은 건장한 직원들이 들이닥쳤다. 괜히 나는 긴장이 되었다. 엄마 심부름으로 집 앞 슈퍼에 가서 직원들이 마실 음료를 사 왔다. 분주히 움직이는 그들에게 음료를 하나씩 나눠주며 꾸벅꾸벅 인사했다. "잘 부탁드려요." 한 치의 망설임도 없이 물건을 분류하여 상자에 척척 담는 모습을 잠깐 지켜보다가 나는 밖으로 나왔다.

해가 기울 무렵 포장이사 직원들이 돌아갔다. 짜장면으로 저녁을 대신하고, 각자 맡은 공간의 나머지 정리에 착수했다. 새로 산 책장이 아직 도착하지 않아서 내 방 곳곳에는 책탑들이 생겨나 있었다. 이미 읽은 책 중 더는 펼쳐볼 일은 없어도 소장할 가치가 있는 것들만 골라서 차곡차곡 침대 밑 서랍장에 넣기 시작했다. 그때 주방에서 엄마가 나를 불렀다.

"이게 다 어디로 사라졌다냐." 엄마는 싱크대 하단 서랍을 뒤지고 있었다.

"뭐 찾아?"

"종이 포일이며 행주랑 비닐장갑 같은 것들이 몽땅 없어져부렀어. 아무래도 포장이사 직원이 깜빡한 것 같은디."

"설마. 잘 찾아봐. 어딘가에 넣어뒀겠지."

그릇들을 하나하나 정성껏 포장하던 여직원의 모습을 떠올리며 나는 엄마가 이미 확인한 서랍들을 재차 열어보았다.

"아까워서 어쩌냐."

"됐어. 주말에 다시 사러 가자."

한숨을 푹푹 쉬는 엄마를 위로하며 그렇게 주방용품 실종 사건은 일단락되었다. 며칠 뒤 입주민들이 정보를 공유하는 인터넷 카페에 글 하나가 게시되었다. 내용인즉슨 싱크대 서랍장에 비밀 서랍이 하나 존재한다는 것이었다. 이사 오고 난 뒤 아무리 찾아봐도 주걱이며 여벌의 수저가 보이지 않아 분실한 줄로만 알았던 글쓴이는, 서랍을 뒤지다가 우연히 비밀 서랍을 발견했다. 그 안을 열어보니 사라졌던 물건들이 얌전히 들어 있었다는 것. 나는 글쓴이가 올린 사진을 본 뒤 곧장 싱크대로 가서 서랍을 열어보았다. 과연 윗부분에 얕은 비밀 서랍이 달려 있었다. 살짝 당겨보니 엄마가 애타게 찾던 주방용품들이 가지런히 담겨 있었다. 나는 포장이사 여직원의 불찰 때문이라고 섣불리 의심했던 점을 엄마 대신 마음속으로 사과했다.

불특정 다수가 드나드는 도서관에서도 이러한 상황이 빈번히 일어난다. 예를 들면 누군가 다녀간 뒤 화장실에 뿌연 담배 연기가 남아 있다든가, 한 아이가 보고 난 만화책의 내지 몇 장이 찢겨 있다든가. 섣부른 오해와 판단은 하지 말자고 다짐하면서도 막상 이러한 상황과 맞닥뜨리면 내 마음속에는 절로 의심이 생겨나고 만다.

어느 방과 후 무렵의 일이었다. 이 시간이 되면 아이의 하교를 기다리기 위해 도서관으로 어머니들이 하나둘 모여들곤 했다. 그중에는 늘 붙어 다니는 이용객 A와 B도 있었다. 조용히 도서관에 들어왔다 나가는 이들과 달리, A와 B는 입장부터 시끌벅적했다. 두 사람은 커다란 목청을 뽐내며 들어와 밝게 인사한 뒤 곧장 서가 구석의 창가로 갔다. 그곳에 서서 창밖을 내다보며 쉼 없이 수다를 떨어댔다. 다른 이용객이 있으면 조용히 해달라고 주의라도 줄 텐데, 어쩌다 그들이 방문할 때면 웬일인지 사람 하나 없었다. 나는 조용히 해달라는 말도 꺼내지 못한 채 관심도 없는 남의 뒷담화를 묵묵히 듣고만 있었다. 그들의 아이들이 어서 책가방을 메고 나오길 간절히 바라면서.

그날도 A와 B는 단둘이 사이좋게 도서관에 들어와, 구석의 창가로 가서 어느 엄마의 뒷담화를 시작으로 수다를 떨어댔다. 나는 할 수만 있다면 두 귀를 틀어막고 싶었다. 어서 누구라도 와주기를 마음속으로 빌고 있을 때였다.

딸깍.

캔 따는 소리가 도서관 안에 울려 퍼졌다. 웃고 떠드는 것도 모자라 음료까지 마시는 모양이었다. 화가 부글부글 끓어올랐다. 당장이라도 구석으로 달려가 소리치고 싶었다.

'여기가 당신들 안방인 줄 알아요? 당장 나가주세요!'

입안에서 맴도는 말을 억지로 삼키며 나는 애꿎은 자판만 세차게 두드려댔다. 나는 마음속으로 수없이 되뇌었다. '참자, 참아. 상대해봤자 나만 손해야.'

사실 A는 요주의 인물이었다. 조금이라도 자신의 심기에 거슬리는 일이 생기면 민원을 제기하거나 여기저기 뒷담화를 하고 다니기 일쑤였다. 벌집이나 마찬가지여서 잘못 건드렸다간 벌침과도 같은 말에 이곳저곳 쏘일 위험이 컸다. 그나마 다행스러운 건 A가 도서관에 나타나는 일이 어쩌다 한 번이라는 것.

한참 수다를 떨던 A와 B가 구석의 서가에서 나왔다. A는 입구 근처에 있던 쓰레기통에 캔을 휙 던져서 버리더니 활기찬 목소리로 인사하고 나가버렸다. 금속이 쓰레기통 바닥으로 떨어지는 소리가 맑게 울려 퍼졌다. 나는 바쁜 척 컴퓨터 화면만 쳐다보며 그들의 인사에 대꾸조차 하지 않았다. 내 나름의 소심한 복수였다.

두 사람의 웃음소리가 멀어지자, 나는 자리에서 일어나 쓰레기통을 열었다. 재활용 쓰레기는 분류해서 버려야 했기 때문이다. 투덜거리면서 쓰레기통 안을 확인한 순간, 나는 경악을 금치 못했다. 그 안에는 맥주 캔이 들어 있었다. 대낮부터 도서관에서 음료도 아닌 맥주를 마시고 그 캔마저 당당히 버리고 간 것이다. 쓰레기통 앞에 선 채 찌그러진 빈 캔을 바라보는데 참을 수

없는 모욕감이 밀려왔다. 왈칵 눈물이 쏟아졌다.

그날 이후 어쩌다 두 사람이 도서관에 오면 나는 시종일관 무표정한 얼굴로 그들을 대했다. 대놓고 무시하고픈 마음을 억누른 채 두 사람의 인사에 그저 고개만 까딱거렸다. 다행히 지난번과 같은 불상사는 일어나지 않았지만, 그들의 수다는 지칠 줄 모르고 이어졌다. 두 사람의 목소리가 높아질수록 자판을 두드리는 내 손가락도 점점 거세졌다. 맥주 캔 사건 이후 그들은 내게 몰상식한 사람으로 낙인찍혀서, 간혹 두 사람이 도서관 화장실에 들르기라도 하면 내 머릿속에는 저절로 이런 생각이 떠오르곤 했다. '보나 마나 화장실도 엉망진창으로 쓰겠지.' 그들의 행동 하나하나가 거슬려서 견딜 수 없었다.

그러던 어느 날, 도서관에 온 이용객 U가 내게 조심스레 말을 꺼냈다.

"선생님, 나영 엄마 있잖아요." 나영 엄마란 A를 일컫는 말이었다.

"글쎄 얼마 전 길에서 우연히 만났는데, 선생님에 대해 안 좋게 이야기를 하는 거예요. 사람을 차별한다나 어쩐다나. 자기한테만 쌀쌀맞게 군다며 기분 나쁘다고 흥분해서 이야기하길래,

제가 그랬어요. 선생님 그런 사람 아니니까 오해하지 말라고. 도
서관에서 젊은 선생님이 혼자 애쓰며 일하는데 그렇게 말하지
말라며 타일렀죠. 아시잖아요. 그 엄마, 욱하는 성질 있는 거. 별
것 아닌 일로 민원이라도 넣으면 곤란하니까 혹시 몰라서 말씀
드리는 거예요. 근데 또 나영 엄마가 여린 구석이 있어서 조금
만 친절하게 대해주면 금세 마음이 풀어지기도 해요."

U의 말을 듣고 있자니 억울한 마음에 분통이 터졌지만, 한
편으로는 A가 어떤 돌발적인 행동을 할지 모른다는 생각에 불
안해지기도 했다. 혹시라도 그가 욱하는 마음에 학교 측에 항의
전화라도 하면 큰일이었다. 비록 도서관에서 맥주를 마시는 잘
못을 저지르긴 했지만, 엄연히 A는 지혜의 집을 드나드는 이용
객이었다. 사서인 내게는 도서관 이용객에게 친절히 응대할 의
무가 있었다. 나는 A가 도서관에 오면 내 감정을 서툴게 드러내
는 행동 따위는 하지 않으리라 다짐했다. 분하더라도 이용객으
로서 성의껏 대하기로 마음먹었다.

A가 다시 도서관을 찾았을 때는 계절이 두 번 바뀐 뒤였다.
늘 붙어 다니던 B는 보이지 않고 웬일인지 혼자였다. 순간 머릿
속에 맥주 캔이 떠올랐지만, 나는 애써 영업용 미소를 지으며
인사를 건넸다.

"어머, 안녕하세요. 정말 오랜만에 오셨네요."

"아, 네. 그동안 시간이 안 맞아서 못 왔어요."

수줍은 듯한 표정을 지으며 작은 목소리로 대답하는 A의 모습이 왠지 낯설게 느껴졌다. 그는 창밖을 마주 바라보는 소파에 앉았다. 도서관에는 우리 둘뿐이었다. 수다 상대였던 B가 없어서인지 A는 무척 조용했다. 이따금 창밖을 확인하면서 가만히 핸드폰을 들여다볼 뿐이었다. 그 모습을 힐끔 지켜보다가 나는 그에게 다가가 넌지시 물었다.

"저 커피 마시려고 하는데, 한 잔 타드릴까요?"

A는 깜짝 놀란 듯 잠시 내 얼굴을 쳐다보다가 금세 환하게 웃으며 대답했다. "네. 좋죠."

종이컵에 믹스커피 한 잔을 타서 건네자, "잘 마실게요, 선생님" 하며 A가 수줍게 미소 지었다. 우리는 다시 각자의 일로 돌아갔다. 도서관에는 간간이 호로록 커피 마시는 소리와 가만가만 자판을 두드리는 소리만이 울려 퍼졌다.

한참 후 A가 자리에서 일어섰다. 아이가 하교하는 모습을 발견한 모양이었다. 그는 종이컵을 구겨서 쓰레기통에 버린 뒤 내게 다가와 커다란 목소리로 말했다.

"선생님, 커피 잘 마셨어요. 수고하세요."

한낮의 짧았던 티타임 이후, 얼마 지나지 않아 A가 다시 B와 함께 도서관을 찾았다. 늘 그렇듯 수다가 시작될 기미가 엿보였다. 나는 굳게 마음을 먹고 두 사람에게 다가가 최대한 친절한 표정으로 말을 꺼냈다.

"죄송하지만 목소리를 살짝 낮춰주실 수 있을까요? 아무래도 여기가 도서관이라……."

그러자 예상치도 못한 일이 벌어졌다. A가 미안한 표정을 지으며 선뜻 사과하는 것이었다. 분명 불쾌한 기색을 내비치리라 생각했는데. 의외로 담백한 그들의 태도에 나는 조금 머쓱해져서 데스크로 돌아왔다.

애초부터 나는 A와 B의 몇몇 행동만 보고 '이들은 말이 통하지 않는 사람'이라고 멋대로 결론지어버렸다. 혼자만의 편견에 사로잡힌 채 그동안 두 사람을 부정적인 시선으로만 바라보고 있었던 건 아닐까. 어쩌면 지난번 A에게 건넨 커피 한 잔과 다정한 한마디 말이 효력을 발휘한 건지도 몰랐다. 한결 낮아진 톤으로 속닥속닥 대화를 나누는 모습을 물끄러미 바라보면서, 어렴풋이 그렇게 생각했다.

책 도 장 을 파 는 장 인

내가 초등학교에 다닐 때만 해도 방학식 당일에는 항상《탐구생활》이라는 문제집을 받았다. 방학 생활 계획표 짜기부터 계절에 맞는 다양한 주제의 글과 문제, 만들기 등으로 구성된 《탐구생활》은, 놀지만 말고 학기 중에 배운 것들을 복습하라는 뜻에서 나눠주는 방학 숙제의 대명사였다.

첫 장을 펼치면 방학 생활을 보람 있게 보내는 방법이 친절하리만치 자세히 나와 있고, 다음 장에는 시계 모양의 계획표가 등장했다. 10센티미터 자를 대고 그어가며 촘촘한 계획표를 짜고 나면 모범적인 방학을 보낼 만반의 준비가 끝났다. 물론 계획표가 지켜지는 일은 거의 없었다.《탐구생활》은 방학 내내 책상 위에 방치되기 일쑤였다. 그러다 방학이 끝나기 사나흘 전,

부랴부랴 책장을 펼쳐 밀린 문제를 풀고 '눈송이 관찰' 같은 갖가지 과제를 수행했다.

그중에서 내가 가장 많은 시간을 할애하는 과제는 만들기였다. 당시만 해도 나는 무언가를 만드는 데 소질이 없었다. 하다못해 종이접기조차 서툴렀으니, 만들기 숙제는 늘 내게 골칫거리일 수밖에 없었다. 그러한 까닭에 초등학교 6년 내내 나의 만들기 숙제는 한결같았다. 여름방학 때는 수수깡으로 만든 지게, 겨울방학 때는 찰흙으로 만든 오리.

해를 거듭할수록 만들기 솜씨도 늘어서, 고학년이 되자 수수깡 지게 위에는 나뭇가지가 한가득 실렸고 앉아만 있던 찰흙 오리가 벌떡 일어섰다. 매년 지게와 오리를 번갈아 만들던 나는 중학생이 되면서 《탐구생활》과 함께 만들기도 졸업했다.

그렇게 만들기는 유년 시절의 추억으로만 고이 남을 줄 알았는데, 수십 년의 세월이 흘러 작은도서관의 사서가 된 지금 나는 다시 두 손에 가위와 풀을 쥐게 되었다. 게시판을 꾸미고 이런저런 팻말을 만들기 위해. 데스크 위에는 색종이 조각이며 핑킹가위, 골판지, 머메이드지 등이 잔뜩 어질러져 있다. 수년째 되풀이하다 보니 어느덧 손도 여물었는지 이젠 팻말 하나쯤은 뚝딱뚝딱 만들어낸다. 도서 팻말이 완성되면 왠지 모를 성취감마저 느껴진다. 수없이 지게와 오리를 만들 때도 느껴보지 못했는데. 가위질에 벌건 자국이 생긴 검지를 보고 있으면 마치 내가 유치원 선생님이라도 된 듯한 기분이다.

도서관에서 일하다 보면 유치원 못지않게 무언가를 만들어야 할 순간이 자주 찾아온다. 앞서 말한 게시판이나 팻말 같은 도서관 환경 꾸미기는 기본이고, 정기적으로 진행하는 프로그램들의 각종 포스터도 직접 만든다. 게다가 해마다 열리는 지역의 도서관 축제에도 참여하여 책과 만들기를 결합한 행사를 진행한다. 그러다 보니 색종이와 가위 하나만 손에 쥐면 밑그림 없이도 별이나 나비, 꽃 정도는 쓱싹쓱싹 오려낸다. 만들기 젬병에게는 커다란 발전이라고 해야 할까. 이런 내게도 위기가 찾아왔으니, 사서 8년 차에 접어든 무렵이었다.

가을이 되자 연중행사인 지역의 도서관 축제가 열렸다. 나는 소요초 지혜의 등대 사서 안 선생님과 함께 '작은도서관' 팀을 꾸려 부스 한 곳을 맡게 되었다. 축제를 찾는 이들은 주로 아이를 동반한 가족 단위였으므로, 아이도 어른도 함께 즐길 수 있는 프로그램을 기획해야 했다. 고민을 거듭하던 중 그해 코엑스에서 열린 서울국제도서전에 갔다가 도장을 파 왔던 기억이 떠올랐다. 사서 외에 번역가로도 활동하고 있었던 나는, 역서가 나오면 속지에 낙관처럼 찍을 요량으로 도장을 만들었다. 나만의 책도장인 셈이었다. 웬지 내 낙관이 찍힌 책일수록 더욱 소중히 다루게 되는 듯한 기분도 들었다. 여기에 착안하여 '나만의 책도장 만들기'라는 프로그램을 기획하게 되었다. 도장 모양으로 된 지우개에 참가자들의 이름을 새겨서 세상에 하나뿐인 책도장을 만들어주는 콘셉트였다.

먼저 샘플을 만들어보기로 했다. 재료는 넉넉히 준비했다. 두세 개 정도 파보면 감이 오겠지 싶었다. 사서로 일하며 만들기 내공을 쌓아온 만큼 자신도 있었다. 나는 안 선생님에게 나만 믿으라며 큰소리를 떵떵 쳤다. 결과부터 말하자면 완벽한 착각이었다. 정신을 차려보니 난도질이 된 지우개 도장 여러 개가 책상 여기저기에 굴러다니고 있었다. 도장의 재질은 일반 지우개보다 단단한 고무였는데, 힘을 조금이라도 더 줄라치면 푹 파이거나 모서리가 댕강 잘려나갔다. 생각대로 조각칼이 움직여주지 않았다. 자그마한 원 안에 자음은커녕 직선 하나 파내기도 힘들었다.

문득 초등학교 시절의 미술 시간이 생각났다. 조각칼로 판화에 그림을 그리다가 구멍을 내곤 했던 일이나, 빨랫비누로 참새를 조각하다 조준을 잘못하여 부리를 부러뜨린 일 등. 만들기 중에서 특히 조각에 서툴렀다는 사실을 그제야 기억해낸 것이

172

다. 그러나 이미 재료까지 사버린 터라 다른 프로그램으로 교체할 수도 없었다. 누군가의 도움이 절실했다. 그 순간 한 사람의 얼굴이 눈앞을 스쳐 지나갔다. 바로 D 장인의 얼굴이.

동네책방의 독서 모임에서 알게 된 D 장인은 비상한 손재주를 가진 친구였다. 늘 무언가를 뚝딱뚝딱 만들어서 주변 사람들에게 선물하곤 했다. 그리하여 '장인'이라는 별명을 얻었다. D가 주로 다루는 재료는 나무였다. 숲에 버려진 나무를 주워다 깎고 다듬고 새겨서 연필이며 연필꽂이, 독서대, 티코스터 같은 것들을 척척 만들었다. 책방의 테이블뿐만 아니라 내 방 곳곳에 그가 선물한 나무 공예품들이 공간을 차지하고 있었다. 아마도 그라면 지우개에 글자를 새기는 일 따위 식은 죽 먹기나 마찬가지이리라. 나는 다짜고짜 D 장인에게 운을 띄웠다.

"힘들게 운영되고 있는 작은도서관 도와주는 셈 치고 재능기부 한번 해보지 않으실래요?"

"재능기부요? 좋죠."

일말의 주저하는 기색도 없이 곧장 오케이를 하는 그에게 나는 몇 번이나 되물었다.

"100명에게 도장을 파줘야 하는 일인데 괜찮겠어요?"

"재미있을 것 같은데요."

그러더니 D 장인은 알아서 척척 샘플까지 만들어 왔다. 그가 내민 지우개 도장의 단면에는, 내가 수없이 시도해도 불가능했던 자음과 모음들이 유려한 곡선과 직선으로 새겨져 있었다. 샘플을 전시해두는 나무 상자도 직접 만든 것이었다. 그리하여 나는 천군만마 D 장인을 앞장세우고 축제에 나가게 되었다.

평생교육원의 널따란 주차장에 알록달록한 천막의 부스들이 세워졌다. 우리(나, 안 선생님, D 장인)는 '나만의 책도장 만들기'라는 현수막이 걸린 부스 안으로 들어가 자리를 잡았다. 제법 그럴싸한 지우개 도장 샘플을 전시해두고 각자 역할을 나눴다. D 장인은 도장을 파고 나는 완성된 도장을 포장해주고 안 선생님은 접수와 안내를 도맡았다.

가을빛이 선연한 날이었다. 축제장은 나들이 나온 사람들로 어느새 인산인해를 이루었다. 우리 부스에도 하나둘 관심 어린 시선이 모여들었다. 책도장 만들기를 체험할 수 있도록 한쪽에 따로 공간을 마련해두었다. 생각보다 많은 아이가 직접 도장에 자기 이름을 새기고 싶어 했다. D 장인이 의뢰받은 글자의 도장을 만들 동안, 꼬마 손님은 체험 공간에 앉아 고사리손으로 조각칼을 들고 작은 입을 앙다문 채 지우개 도장 단면에 '♡'나 '☆' 모양을 새겼다. 실수를 두려워하지 않아서인지 아이들의 손길은 대담했다. D 장인이 완성된 도장에 인주를 묻혀 종이 위에 찍어 보여주자, 당장 도장 찍을 그림책을 사러 가자며 엄마를 조르는 아이도 있었다.

원래 부스 운영 시간은 오후 6시까지였지만, 예상을 뛰어넘는 관심을 받은 덕에 책도장 만들기는 두 시간 일찍 종료되었다. 목표 수량인 도장 100개는 그보다 한 시간 빠른 3시쯤 신청이 마감되어서, D 장인은 부지런히 도장을 파고 나는 완성된 도장을 포장하며 남은 시간을 보냈다.

D 장인은 고개 한 번 들지 않고 도장 파는 일에 열중했다. 주문이 밀렸다며 점심도 걸렀다. 그는 축제 내내 의자에 엉덩이를 붙인 채 조각칼로 수많은 이름을 팠다. '세상에서 하나뿐인 책도장'을 받아든 사람들은 하나같이 만족한 표정으로 돌아갔다. 무사히 100개째 도장까지 완성하여 마지막 신청자에게 건네고 나자, D 장인은 그제야 기지개를 켜며 자리에서 일어났다. 6시간만이었다. 나는 왠지 머쓱해져서 "점심도 거르고 일만 하시게 해서 너무 면목이 없네요" 하고 말을 건넸다. D 장인은 "집중하느라 배도 안 고팠어요"라고 답한 뒤, 잠시 뜸을 들이다가 이렇게 덧붙였다. "이거 은근 재미있는데요. 내년에도 또 불러주세요." 그러고는 씩 웃었다. 아무런 대가를 바라지 않는, 진심에서 우러난 미소였다.

지난 10여 년의 세월 동안 이 작은도서관에서 내가 사서의 일을 무사히 해올 수 있었던 건, D 장인처럼 자원봉사를 해주는 사람들이 있었기 때문이다. "어떤 일을 대가 없이 자발적으로 참여하여 돕는 일"이라는 국어사전의 정의 그대로, 그들은 지혜의 집이 잘되길 바라는 마음 하나로 재능기부를 해준다. 본업이 있는데도 일부러 시간을 할애하여 강의를 기획하고, 쉬는 날 도서관에 나와 열정적으로 수업을 진행한다.

혼자 도서관을 운영하느라 힘들다며 입버릇처럼 징징대곤 했지만, 사실 내 옆에는 이렇게 기꺼이 도움의 손길을 내밀어주는 자원활동가들이 있다. 해마다 독서 교실에서 아이들에게 그림책을 읽어주고, 역사 교실에서 재미난 옛이야기를 들려주는 이들이. 그리고 이날, 지혜의 집에는 손재주 좋은 조력자가 또 한 명 생겼다. 이들이 든든히 지혜의 집 뒤에 버티고 있는 한, 내 '사서의 일'은 언제까지고 계속되리라는 생각이 들었다.

우 연 과 필 연

누구든 햇병아리 시절은 있는 법이다. 엄마의 품을 벗어나 유치원이나 학교에 갓 입학할 때라든가, 사회에 나가 첫 아르바이트를 경험하거나 직장에 막 입사했을 때. 어떤 일이든 새로 시작하게 되면 우리는 햇병아리가 된다. 도서관에서 처음 일을 시작했을 때는 나 역시 햇병아리 사서였다. 그러다 어느덧 근무 10년 차에 접어들다 보니 자연스레 햇병아리라는 수식어에서 벗어났다. 그리고 나는 이 수식어를 다시 한 번 스스로 내 직함 앞에 붙이게 되었다. 이제 막 3년 차에 접어든 '햇병아리 번역가'라고.

첫 역서의 원고를 넘기고 3개월이 지났을 무렵, 내가 소속된 번역에이전시에서 연락이 왔다. 책이 곧 출간될 예정이니 책날

개에 들어갈 역자 프로필을 써달라는 내용이었다. 가슴이 떨렸다. 드디어 기다리던 순간이 온 것이다. 분량은 3~5개의 문장으로 정해져 있었다. 마감일이 임박한 번역도 제쳐둔 채 나는 끝없이 쓰고 지우기를 반복했다. 마땅한 문장이 떠오르지 않았다. 첫 역서인 만큼 멋진 프로필을 쓰고 싶었다.

문장을 짓기 위해 고민을 거듭하다가 자신이 번역에 관심을 갖게 된 때가 언제부터였는지 가늠해보았다. 퇴화한 눈으로 땅속을 파 내려가는 두더지처럼 나는 어두컴컴한 과거를 더듬더듬 되짚어갔다. 그러다 겨우 기억의 출발점에 가닿았는데, 그곳에는 고교 시절의 친구였던 단비가 우두커니 서 있었다.

"넌 꿈이 뭐야?"

학교를 마치고 버스정류장으로 걸어가던 길이었다. 단비는 미대 실기 준비를 하느라 보충수업을 받지 않았기 때문에 그날처럼 우리가 함께 집에 가는 일은 드물었다. 어쩌다 같이 하교하는 날이면 그는 버스정류장에서 내가 탈 버스가 올 때까지 기다려주곤 했다. 한창 수다를 떨다가 단비는 불쑥 진지한 말을 던지며 나를 당황하게 만들기 일쑤였는데, 그날은 엄숙하기까지 한 얼굴로 꿈이 무엇인지 묻고 있었다.

사실 나는 꿈이 없었다. 어느 한 분야에 재능을 지닌 사람만

이 꿈을 꿀 자격을 얻는 법이라고 생각하던 시절이었다. 하루살이처럼 내일이 없는 나날을 그저 흘려보내던 내게 꿈이 있을 턱이 없었다. 하지만 나는 솔직하게 말할 수 없었다. 아무런 꿈이 없다고 말하는 자신이 왠지 한심하게 보일 것 같아 두려웠기 때문이다.

그렇게 아무런 대답도 하지 못한 채 뜸을 들이다가 그만 버스가 와버렸다. 허둥지둥 인사하고 버스에 올라타 자리를 잡은 뒤 차창 밖을 내다봤더니, 단비가 활짝 웃으며 손을 휙휙 흔들고 있었다. 버스에 혼자 남겨진 나는, 불확실한 대답일지라도 명확한 목소리로 말할 수 있는 사람이 되지 못하는 스스로를 원망했다.

다음 날 오후, 정규수업이 끝나고 보충수업에 갈 준비를 하던 내게 단비는 책 한 권을 주며 한번 읽어보라고 했다. 일본 소설이 전성기를 누리기 시작하던 당시, 반에는 무라카미 하루키나 무라카미 류 등의 소설을 즐겨 읽는 친구들이 한두 명쯤 있었다. 단비도 그중 하나였다. 그가 건네준 책은 요시모토 바나나의 소설 《키친》이었다. 그렇게 나는 고3 무렵 생애 첫 일본 소설을 읽게 되었다.

천애 고아가 된 주인공 사쿠라이 미카게가 다나베 가족을 만나 홀로서기를 하는 과정을 시종일관 담담한 문체로 풀어나간 소설, 《키친》. 작가의 단정한 문장을 읽으며 내 머릿속에 떠오른 생각은 단 한 가지였다. 번역된 이 문장들을 원서로 읽어보고 싶다. 그러다 책의 맨 뒷장에 실린 또 한 사람의 프로필에 눈길이 갔다. 독자가 책장을 펼쳐보기 훨씬 전에 가장 처음 이 소설을 원서로 읽었을 사람. '옮긴이'에 대한 소개였다.

그날 이후 나는 막연히 '번역가'라는 사람들을 동경하게 되었다. 언젠가 사회에 나가서 무언가가 꼭 되어야 한다면 번역가가 되고 싶었다. 어쩌면 당시에는 꼭 번역가가 되고 싶다는 희망보다, 그저 누군가 꿈에 관해 물었을 때 제대로 대답할 수 있는 사람이 되고 싶었던 것 같다. 단비가 어떤 마음으로 내게 이 책을 권했는지는 모른다. 당시에도, 약 10여 년 전 연락이 끊어지기 직전까지도 그 이유를 물어본 적은 없었으니까. 다만, 지난 세월 수없이 되풀이하여 이 책을 읽어오면서 어김없이 시선이 머무르는 지점을 통해 어렴풋이 짐작해볼 따름이다.

사람들은 모두, 여러 가지 길이 있고, 스스로 선택할 수 있다고 생각한다. 선택하는 순간을 꿈꾼다고 말하는 편이 정확할지도 모르겠다. 나 역시 그랬다. 그러나 지금 알았다. 말로서 분명하게 알았다. 길은 항상 정해져 있다. 그러나 결코 운명론적인 의미는 아니다. 나날의 호흡이, 눈길이, 반복되는 하루하루가 자

연히 정하는 것이다. 그리하여 사람에 따라서는 이렇게, 정신
을 차리니 마치 당연한 일이듯 낯선 땅 낯선 여관의 지붕 물구
덩이 속에서 한겨울에, 돈가스 덮밥과 함께 밤하늘을 올려다보
지 않을 수 없게 된다.

- 요시모토 바나나, 《키친》

　간절함의 크기와 상관없이, 나는 희미하게나마 마음속에 끊임없이 번역가의 꿈을 품어왔다. 어쩌다 다른 일에 정신이 팔려서 번역가가 되고 싶다는 열망이 희미해진 때는 있을지언정 그불씨를 꺼뜨리는 일은 결코 없었다. 이런저런 번역아카데미를 기웃거리고 여러 차례 시행착오를 겪으면서 그 길이 결코 옥토는 아니란 사실을 체감하면서도, 번역을 향한 동경은 쉽사리 사그라지지 않았다. 번역에 대해 생각하는 일은, 내게 "나날의 호흡"과도 같았다.

　그리고 나는 《키친》을 읽은 지 정확히 20년의 세월이 흐른후 일본어 번역가가 되었다. 의도했건 의도하지 않았건 단비는 꿈이 무엇인지 말하지 못하던 내게, 일단 어떤 꿈이든 마음속에 꾸준히 품는 것이 중요하다는 사실을 가르쳐주었다. 그러다 보면 자연히 삶의 방향이 그 꿈을 향해 흘러간다는 것을, 번역가가 된 지금에야 깨닫는다.

도서관 사서라는 직업도 마찬가지다. 누군가 사서가 된 이유를 물으면 "어쩌다 보니 그렇게 되었어요"라며 얼버무리고 말지만, 돌이켜보면 내 주위에는 늘 책의 그림자가 있었다. 학창 시절에는 시험공부를 할 때만 도서관을 찾았지만, 당시 흔하디흔했던 책 대여점에는 수시로 들락날락했다. 만화책을 빌릴 때가 가장 많았고, 이따금 어른 흉내를 내고 싶을 때면 일본 소설이나 로맨스 소설 등을 빌려 읽기도 했다. 사회에 나와 몇 년 동안은 책 대여점에서 아르바이트를 하며 책에 파묻혀 지냈다. 이십 대 시절, 3년의 고단했던 직장 생활을 버티게 해준 건 퇴근길 들르던 환승역 안의 서점이었다. 일본 유학 생활의 외로움을 달래준 곳도 학교 근처에 있던 대형서점이었다. 책은 끊임없이 내 삶에 파고들어 마음의 틈을 메워주었다. 스스로 의식하지 못하는 사이, 내 삶은 책이 있는 곳으로 자연스레 흘러갔다. 그러다 문득 정신을 차려보니 이렇게 책에 둘러싸여 살아가고 있었다. 번역가가 되어. 작은도서관의 사서가 되어.

그렇게 더듬어낸 기억을 바탕으로 첫 역서에 들어갈 프로필의 한 문장을 지었다.

"우연히 읽은 요시모토 바나나의 소설에 매료되어 번역가의 길로 들어섰다."

도서관 여행하는 법

운전면허를 따자마자 차를 끌고 출근하게 된 첫날을 떠올리면 지금도 간담이 서늘해진다. 안전벨트를 단단히 매고 도로에 들어선 순간, 수없이 버스를 타고 오가던 길이 무법천지처럼 느껴졌다. 주변에서 울리는 모든 경적은 나를 향하는 것만 같았다. 내 옆을 쌩하니 지나가는 차의 속도에 가슴이 쿵 내려앉았다가, 경적을 울리며 나를 추월해가는 뒤차에 화들짝 놀라기도 했다. 나는 쉴 새 없이 브레이크 페달을 밟아댔다. 시속 50킬로미터 이하로 달리면서도 주변 풍경은 중국 전통 가면술 변검처럼 획획 변하는 느낌이었다. 자꾸 어깨에 힘이 들어갔다. 평소보다 두 배에 가까운 시간을 들여 도서관 근처에 도착하자 최대 난관인 주차가 남아 있었다. 핸들을 좌우로 꺾기를 여러 번, 겨우 사선에 가까운 평행주차를 한 뒤 도서관으로 돌아왔다. 온몸의 힘이 탁 풀렸다. 출근길은 그럭저럭 넘겼지만, 퇴근길이라는 산 하나가 또 남아 있었다.

이처럼 불안하기 짝이 없던 초보운전 시절, 내게 든든한 버팀목이 되어준 것은 내비게이션이었다. 친절한 기계 음성이 알려주는 경로대로 조심조심 차선을 변경하고 좌회전과 우회전, 직진을 반복하다 보면 어느새 목적지에 도착해 있었다. 아무리 낯선 도시에서도 내비게이션만 있으면 어디든 갈 수 있다는 사실이 무척 신기했다. 쉬는 날이면 나는 차를 끌고 내비게이션 언니의 안내를 받으며 근교 여기저기로 드라이브를 갔다.

보조석에 친구를 태우고 처음 파주에 가던 날, 그녀가 손잡이를 꽉 쥔 채 말했다.

"핸들링은 서툴러도 내비게이션 하나는 기똥차게 잘 보네."

길눈이 밝다는 말은 종종 들어왔다. 친구와 여행을 가서도 지도를 보는 일은 늘 내 몫이었다. 곧장 목적지에 도착하기도 하고 가끔은 헤맬 때도 있지만, 지도에 표시된 경로를 현실에서 차근차근 짚어가며 길을 찾는 과정은 꽤 재미있었다.

그러고 보니 나는 어릴 적부터 지도 보는 걸 좋아했다. 내비게이션이 보급되기 전, 어느 집에나 한 권쯤은 있던 지도책을 들여다보는 게 취미였다. 내가 사는 지역을 펼쳐놓고 우리 동네나 다니던 학교의 위치를 찾아 빨간 볼펜으로 동그라미를 치기도 하고, 한 번도 가본 적 없는 도시의 구석구석을 살피기도 했다. 어른이 되면 지도에 실린 지역에 다 가볼 수 있을까. 이 세상을 기호와 문자만으로 표현하다니 지리학자들은 정말 대단한 사람들이 아닌가. 나는 검정 실선으로 표시된 철도를 손가락으로 쭉 이어가며 기차여행을 떠나는 미래의 나를 상상하면서 지도책을 들여다봤다.

학창 시절에는 세계지리연구부에 들어가 동아리 활동을 한 적도 있다. 비록 이름만 거창할 뿐 우리가 세계지리를 연구하는 일은 없었다. 그저 교실에 모여 〈인디아나 존스〉 같은 모험 영화를 본 게 전부였다. 주인공들은 항상 낡은 지도 한 장에 의지한 채 세계 곳곳을 돌아다녔다. 그리고 온갖 역경을 이겨내고 잘도 유물을 찾아냈다. 죽을 고비를 여러 차례 넘기면서도 주인공들은 또 다음 여정을 떠났다. 필수 아이템인 지도를 손에 들고. 자꾸만 모험을 떠나려는 주인공의 심리를 알 것도 같았다. 그들의 엉덩이가 들썩이도록 부추기는 건 어쩌면 얇디얇은 지도 한 장일지도 몰랐다. 나 역시 어릴 적 지도책을 들여다보며 모험하는 내 모습을 꿈꾸곤 했으니까.

비록 지도를 손에 쥔 모험가는 되지 못했지만, 최근에야 어렴풋이 깨달은 사실이 하나 있다. 내가 세상에서 가장 큰 지도에 둘러싸인 채 일하고 있다는 것.

지금껏 내가 주변에서 들어온 '사서'에 대한 이미지는 이런 것이었다. 조용하고 정적인 분위기. 안정을 추구하는 성격. 엉덩이가 무거운 편. 다독가. 그리고 종종 한가한 사람. 더러 맞는 점도 있고 완전히 틀린 부분도 있지만, 전반적으로 '모험'과는 거리가 먼 직업이라는 인상이 강한 듯하다. 사서가 되기 전, 내 생각 역시 주변과 별반 다르지 않았다. 그런데 막상 도서관에서 오래 일하다 보니, 이곳만큼 내 안에 꾹꾹 눌러왔던 모험심을 자극하는 곳도 없었다. 그야말로 온갖 모험을 간접 체험할 수 있는 세상이라고나 할까.

영화 속 모험가들이 낡은 고지도에 의지하여 세상을 탐험한다면, 사서는 책의 지도인 '십진분류법'에 의지하여 도서관을 여행한다. 실거리를 줄인 정도에 따라 지도를 대축적지도와 소축적지도로 나누듯, 십진분류법은 세상의 모든 주제를 10개로 크게 나눈 소축적지도인 셈이다. 이를 기초로 다시 도서마다 세세하게 고유번호를 부여한 것이 대축적지도 격인 '청구기호'다. 십진분류법만 알고 있으면 도서관 여행 준비는 끝난다. 이제 지도에 적힌 기호를 보며 내가 원하는 목적지(책)를 찾아가기만 하면 되는 것이다.

십진분류법을 만든 이는 미국의 도서관학자 멜빌 듀이다. 당시 도서관들은 서가에 자료를 정리할 때 '고정식 배가법'을 사용하고 있었다. 이는 자료를 출판연대나 언어, 장정, 크기 등의 기준에 따라 서가에 순차적으로 나열하는 방식을 말한다. 따라서 한번 배가(서가의 적정한 위치에 자료를 배치하는 것)된 자료는 그 위치가 고정되어 바뀌지 않았으므로 주제별로 자료를 찾는 일이 불가능할뿐더러, 정리에도 많은 시간과 노동력이 소요됐다.

1876년, 듀이가 모든 책을 주제에 따라 10개의 아라비아숫자로 분류하는 '듀이십진분류법(DDC)'을 고안해내면서 기존의 고정식 배가법이 '이동식 배가법'으로 바뀌게 된다. 이는 주제가 같은 자료들을 한곳에 모아두는 배가법으로, 새로운 자료가 입수될 때마다 그 위치가 조금씩 이동하게 된 데서 붙여진 이름이다. 십진분류법 덕분에 도서관의 장서 정리가 한결 쉬워졌을 뿐만 아니라, 서가에서 원하는 책을 주제별로 손쉽게 찾을 수 있게 되었다. 이처럼 도서관의 지도나 마찬가지인 십진분류법을 만들어주었으니, 가히 멜빌 듀이를 문헌정보학의 아버지라 부를 만하다.

듀이십진분류법, 즉 DDC를 우리나라 상황에 맞춰 수정한 것이 '한국십진분류법(KDC)'이다. 지혜의 집을 포함한 대부분의 공공도서관에서는 이 KDC를 쓴다. KDC는 세상을 10가지의 대주제로 나눈 '주류', 주류를 세분화한 '강목', 그리고 강목을 세분화한 '요목', 다시 요목을 세분화한 '세목'으로 구성되어 있다. 이들을 숫자로 나란히 배열한 것이 '분류기호'다. 이 분류기호에 '도서기호'가 합해지면 '청구기호'가 된다. 지혜의 집 벽에는 KDC가 걸려 있는데, 여기에는 보통 주류와 강목만을 담는다.

한국십진분류법(KDC)

총류 000		종교 200	
	010 도서학, 서지학		210 비교종교
	020 문헌정보학		220 불교
	030 백과사전		230 기독교
	040 강연집, 수필집, 연설문집		240 도교
	050 일반 연속간행물		250 천도교
	060 일반 학회, 단체, 협회, 기관		260
	070 신문, 저널리즘		270 힌두교, 브라만교
	080 일반 전집, 총서		280 이슬람교(회교)
	090 향토자료		290 기타 제종교

철학 100		사회과학 300	
	110 형이상학		310 통계학
	120 인식론, 인과론, 인간학		320 경제학
	130 철학의 체계		330 사회학, 사회문제
	140 경학		340 정치학
	150 동양철학, 사상		350 행정학
	160 서양철학		360 법학
	170 논리학		370 교육학
	180 심리학		380 풍속, 예절, 민속학
	190 윤리학, 도덕철학		390 국방, 군사학

자연과학 400	410 수학		**언어 700**	710 한국어	
	420 물리학			720 중국어	
	430 화학			730 일본어 및 기타 아시아제어	
	440 천문학			740 영어	
	450 지학			750 독일어	
	460 광물학			760 프랑스어	
	470 생명과학			770 스페인어 및 포르투갈어	
	480 식물학			780 이탈리아어	
	490 동물학			790 기타 제어	

기술과학 500	510 의학		**문학 800**	810 한국문학	
	520 농업, 농학			820 중국문학	
	530 공학, 공업 일반, 토목공학, 환경공학			830 일본문학 및 기타 아시아문학	
	540 건축공학			840 영미문학	
	550 기계공학			850 독일문학	
	560 전기공학, 전자공학			860 프랑스문학	
	570 화학공학			870 스페인문학 및 포르투갈문학	
	580 제조업			880 이탈리아문학	
	590 생활과학			890 기타 제문학	

예술 600	610 건축술		**역사 900**	910 아시아	
	620 조각 및 조형미술			920 유럽	
	630 공예, 장식미술			930 아프리카	
	640 서예			940 북아메리카	
	650 회화, 도화			950 남아메리카	
	660 사진 예술			960 오세아니아	
	670 음악			970 양극지방	
	680 공연예술 및 매체예술			980 지리	
	690 오락, 스포츠			990 전기	

지혜의 집 장서 중 한 권인 《어느 날 갑자기, 책방을》을 예로 설명해보자. 주류는 한눈에 쉽게 알아볼 수 있도록 각기 다른 색깔로 표시한다. 도서관 서가에 진열된 도서의 책등 하단을 살펴보면 아래와 같은 라벨이 붙어 있는 것을 확인할 수 있는데, 바로 색띠 라벨과 청구기호 라벨이다.

```
┌─────────────┐
│    000      │
├─────────────┤
│   012.96    │
│   김54ㅇ    │
└─────────────┘
```

이 책이 속한 주류는 총류인 000이고 초록색으로 표현한다. 색띠 라벨 아래에 숫자로 표시된 부분이 분류기호다. 책과 책방에 대한 이야기가 담긴 도서이므로 강목은 '도서학, 서지학'으로 분류되는 010이고, 요목은 '필사본, 판본, 제본'으로 분류되는 012이다. 소수점 이하는 세목을 나타내는데 012.96은 '서적상(書籍商)'을 뜻한다. 보통 요목까지만 파악하면 서가에서 책을 쉽게 찾을 수 있다. 이 숫자들을 합친 012.96이 이 책의 분류기호가 된다.

라벨의 맨 아래에 한글과 섞여 표시된 '김54ㅇ'은 도서기호로서 '저자기호'와 '저작기호'로 이루어져 있다. 지혜의 집의 경우 저자기호는 '리재철의 한글순 도서기호법 제5표'를 활용하여 표기하는데, 저자의 성명에서 '성'은 한글 그대로 따오고 '이름' 은 첫 글자의 자음과 모음을 정해진 숫자기호로 나타낸다. 저작 기호는 책 제목의 첫 글자 자음을 기호로 사용한다.

리재철의 한글순 도서기호법 제5표

자음기호				모음기호 초성이 ㅊ이 아닌 글자		모음기호 초성이 ㅊ인 글자	
ㄱ ㄲ	1	ㅇ	6	ㅏ	2	ㅏ(ㅐ ㅑ ㅒ)	2
ㄴ	19	ㅈ ㅉ	7	ㅐ(ㅔ ㅖ)	3	ㅓ(ㅔ ㅕ ㅖ)	3
ㄷ ㄸ	2	ㅊ	8	ㅓ(ㅔ ㅕ ㅖ)	4	ㅗ(ㅘ ㅙ ㅚ ㅛ)	4
ㄹ	29	ㅋ	87	ㅗ(ㅘ ㅙ ㅚ ㅛ)	5	ㅜ(ㅝ ㅞ ㅟ ㅠ ㅡ ㅢ)	5
ㅁ	3	ㅌ	88	ㅜ(ㅝ ㅞ ㅟ ㅠ)	6	ㅣ	6
ㅂ ㅃ	4	ㅍ	89	ㅡ(ㅢ)	7		
ㅅ ㅆ	5	ㅎ	9	ㅣ	8		

이 책의 저자는 '김성은'이므로 저자기호는 '김54'이고 저작 기호는 'ㅇ'이다. 그래서 이 책의 도서기호는 '김54ㅇ'이 되는 것 이다. 이것과 분류기호를 합하면 《어느 날 갑자기, 책방을》의 청구기호가 완성된다.

도서관을 자주 찾는 이용객 중에는 이 분류법칙을 파악하고 있는 분이 더러 있다. 이들은 도서관에 들어오자마자 곧장 도서 검색대로 가서 원하는 책의 제목을 입력하고 직접 청구기호를 확인한 뒤 해당 서가로 향한다. 그들이 나를 필요로 할 때는 책 이 제자리에 없을 경우, 이를테면 '사서 추천 도서' 코너나 '신간

도서' 코너, 또는 특정 장르만 모아놓은 서가에 따로 배가하기 위해 해당 도서를 빼놓았을 때뿐이다.

이러한 분들을 제외하곤 당연히 사서인 내가 직접 책을 찾아줘야 한다. 뼛속까지 문과 체질인 나는 숫자만 보면 머릿속이 새하얘지는데 이상하게도 청구기호에 한해서만큼은 예외다. 이용객이 찾는 책들의 청구기호가 적힌 쪽지를 손에 쥐고 서가로 가서 한 권씩 쏙쏙 찾아낼 때마다 묘한 짜릿함을 느낀다. 책을 빨리 찾아낼수록 그 쾌감이 커지는 건 말할 필요도 없다. 청구기호를 들여다보며 서가를 탐색하다 보면, 어느새 나는 고지도를 손에 들고 유물을 찾고 있는 모험가의 기분이 된다. 청구기호 하나만으로 시작되는 여행인 셈이다.

분류법칙만 파악하고 있으면 도서관에서는 누구든 쉽게 여행자가 될 수 있다. 위험이 도사리고 있는 현실 세계도 글로 표현된 책 세상에서는 가장 안전한 곳으로 탈바꿈한다. 게다가 이 여행에서는 무거운 캐리어를 끌 필요도, 후폭풍이 염려되는 여행비용을 걱정할 필요도 없다. 그저 푹신한 소파에 앉아 책을 펼치기만 하면 된다. 영화 속 주인공의 모험을 방해하는 것이 무시무시한 악당이라면, 책 세상을 탐험하는 우리를 위협하는 적은 안락함에서 찾아오는 졸음 정도일까. 더구나 모험가들은 끊임없이 갈림길과 맞닥뜨리며 불확실한 선택을 해야 하지만, 도서관에서는 목적만 확실하면 청구기호 하나만으로 곧장 목적지에 도달할 수 있으니 이보다 간편하고 쾌적한 모험이 또 있으랴. 소심하고 겁 많은 나 같은 사람도 도서관에서라면 과감히 모험가가 될 수 있는 이유다. 겉으로는 고요하고 정적인 듯 보이지만 사실 사서의 머릿속에서는 온갖 기발한 상상과 모험이 펼쳐지고 있다. 바로 책이라는 매개체를 통해.

도미노처럼 줄줄이 늘어선 서가에는 세상 곳곳으로 통하는 통로들이 누군가 벌컥 안으로 들어와주길 조용히 기다리고 있다. 그 문을 열 수 있는 열쇠는, 말했다시피 단 하나다.

쓸데없는 강박

도서관에서 일하다 보면 종종 쓸데없는 강박에 시달릴 때
가 있다. 이를테면 이런 것들이다. 도서관 문을 열면 가장 먼저
한쪽 벽면을 차지하는 창문의 블라인드를 올리는데, 이때 블라
인드의 3분의 1은 걷지 않고 남겨둔다. 창문 끝까지 블라인드
를 걷으면 실내가 좀 더 환해지긴 하겠지만, 왠지 내부가 노출
된 느낌이 들어 마음이 안정되지 않기 때문이다. 열람실 의자들
은 반드시 책상 안으로 완전히 집어넣은 상태여야 한다. 살짝이
라도 의자가 책상 바깥으로 엉덩이를 내밀고 있는 꼴을 보지 못
한다. 두더지게임에서 얄밉게 머리를 쏙 내미는 두더지를 본 것
처럼 당장 달려가 의자 엉덩이를 쑥 책상 밑으로 밀어 넣어야
안심이 된다. 이중 슬라이딩 서가는 항상 바깥 서가가 왼쪽으로

치우치도록 밀어둔다. 어쩌다 누군가 바깥 서가를 오른쪽으로 조금이라도 밀어놓으면 참지 못하고 슬그머니 제자리로 돌려놓는다. 마치 서가가 낭떠러지 쪽으로 기울고 있기라도 한 것처럼 마음이 불안해져서 견딜 수 없기 때문이다. 물론 도서관은 평지에 안정적으로 자리한 상태지만.

필요에 의해 생겨난 강박도 있다. 일요일에도 도서관 개방을 하던 시절에는 남자 화장실 문에 온 신경을 쏟았다. 추운 겨울이면 운동장을 어슬렁거리던 몇몇 학생들이 우르르 남자 화장실로 들어가 문을 잠근 채 큰소리로 떠들거나 담배를 피우는 경우마저 있었다. 그렇다고 열쇠로 화장실 문을 벌컥 열 수도 없어서, 소심한 사서는 도서관 안을 서성이며 바깥의 동태를 살필 뿐이었다. 그러다 그들이 떠나는 소리가 들리면 쪼르르 화장실로 달려가보지만, 이미 그 안은 온갖 쓰레기와 담배꽁초, 희뿌연 연기로 아수라장이 되고 난 후였다. 상황이 이렇다 보니 일요일에는 종일 입구 쪽으로 귀를 쫑긋 세우고 있다가, 아이들이 우르르 남자 화장실로 들어가 찰칵 문을 잠그는 소리가 들리면 곧장 쫓아가서 문을 두드리며 이렇게 외쳤다.

"문 잠그지 마세요!"

지금 생각하면 참으로 처절한 외침이었다. 도서관의 화장실 안에서 담배꽁초가 발견되는 불상사가 더는 일어나지 않도록 하겠다는 결의가 담긴 한마디였다고나 할까. 그렇게 일요일마다 나는 강박에 가까우리만치 남자 화장실 문에서 찰칵 소리가 나는지 경계하며 보냈다. 거기에 따르는 스트레스는 덤이었고.

도서관 업무도 예외는 아니어서, 특히 도서 라벨링 작업을 할 때는 중증이 아닌가 싶을 만큼 강박이 최고조에 달한다. 도서 라벨링이란, 전산에 새로 등록된 도서의 청구기호와 등록번호를 스티커 형식의 라벨지에 출력하여 해당 책에 각각 부착한 뒤 도서관의 도장을 찍어주는 작업을 말한다. 신간도서의 경우 납품업체인 서점 측에서 라벨링 작업까지 완료하여 보내주지만, 기증도서가 들어왔을 때는 전산 등록과 라벨링 작업을 직접 해야 한다.

책 한 권에 필요한 라벨은 총 3가지다. 청구기호 라벨, 등록번호 정보가 담긴 바코드 라벨, 그리고 십진분류법의 주류를 표시하는 색띠 라벨. 바코드 라벨은 보통 앞표지에 붙이고, 색띠 라벨과 청구기호 라벨은 책등 하단에 차례로 붙인다. 흰색 종이로 된 라벨지는 오염에 취약하기 때문에 그 위에 보호막 역할을 하는 투명한 키퍼까지 붙여준다. 다음으로 책에 도서관의 도장인 측인과 장서인을 찍으면 라벨링 작업은 마무리된다. 측인은 책의 측면에 찍는 도장으로, 도서관의 이름을 표시해준다. 장서인은 책의 제목과 저자, 출판사가 모두 나와 있는 표제지에 찍는데 이 도장에는 도서관 이름과 등록번호, 입수일이 표시되어 있다. 만약 표지가 유실되더라도 표제지에 찍힌 장서인을 통해 책의 등록정보를 확인할 수 있다.

라벨링 작업은 마음만 먹으면 혼자서 반나절 만에라도 끝낼 수 있다. 그러나 현실은 평균 사나흘에서 길게는 일주일 이상의 시간이 소요되곤 한다. 작업이 지연되는 원인은 하나다. 한 치의 흐트러짐도 없이 반듯한 모양으로 라벨지를 붙이고 도장을 찍어야 한다는 강박. 그것이 자꾸만 작업에 브레이크를 건다.

색띠 라벨의 경우 청구기호 라벨의 상단 부분에 3밀리미터 정도 겹쳐서 붙이는데, 조금이라도 색띠 라벨의 위치가 위나 아래로 기울면 다시 뗐다 붙이기를 여러 번 반복한다. 외관상 각 라벨의 숫자들이 완벽한 수평을 이뤄야만 보기에도 좋기 때문이다. 그러다 보니 책등에 라벨을 붙이는 작업 하나에 시간을 훅훅 잡아먹기 일쑤다.

어찌어찌 라벨을 다 붙였다 해도 넘어야 할 산은 또 있다. 라벨 위에 키퍼를 붙이는 일. 그런데 키퍼가 투명하다 보니 접착면에 자꾸 지문이 찍혀 지저분해지는 느낌이 들기 마련이다. 유난히 예민한 나로서는, 마치 그 자국이 누군가의 실수로 생긴 새하얀 운동화 위의 잿빛 발자국처럼 느껴졌다. 결국 족집게를 이용해서 일일이 키퍼를 떼어낸다. 이로써 지문 문제는 해결되더라도 더 큰 문제가 남아 있다. 키퍼를 라벨 위에 깔끔하게 덧붙이는 일.

이건 휴대폰 액정화면에 보호필름을 붙이는 작업과 다를 바 없다. 틈 사이로 공기가 들어가지 않도록 하려면 세심한 부착 기술을 필요로 한다. 바코드 라벨은 평평한 표지에 붙어 있어 어렵지 않지만, 청구기호와 색띠 라벨이 붙은 책등은 삼면(책등, 앞표지, 뒤표지)에 걸쳐 키퍼를 부착해야 하므로 난도가 꽤 높다. 만약 실패하면 청구기호 라벨을 출력하는 일부터 다시 시작해야 한다. 그것은 너무도 번거로운 일이기에, 나는 책등에 키퍼를 붙일 때면 숨까지 참아가며 고도의 집중력을 발휘한다. 먼저 키퍼의 정중앙을 책등에 재빨리 붙인 뒤, 남은 부분을 한 면씩 차례대로 모서리에서 표지 방향으로 천천히 밀어가며 꾹꾹 눌러 붙인다. 키퍼끼리 겹쳐져 울거나 올록볼록 도드라진 공기의 흔적이 없으면 성공이다.

책에 도장을 찍는 일 또한 만만치 않은 작업이다. 힘 조절만 잘하면 깨끗하게 표현되는 장서인과 달리, 늘 측인이 복병이었다. 책을 허벅지 사이에 끼워 고정한 뒤 손목의 각도와 힘 조절에 더욱 주의를 기울이며 측면에 도장을 찍어야 하는데, 그림책이나 시집처럼 두께가 얇은 책들은 번번이 잉크가 번지고 글자

가 흐트러진다. 그때마다 나는 참담한 심정이 되어 일그러진 도
서관 이름과 푸르뎅뎅해진 손톱을 멍하니 바라본다.

　자로 잰 듯 반듯하게 라벨을 붙이고 조금의 빈틈도 없이 키
퍼를 부착해야 한다는 강박관념. 여기에 뜻대로 도장이 찍히지
않는 데서 오는 답답함이 더해지면 라벨링 작업은 한없이 지지
부진해진다. 공기 한 방울에 집착하며 몇 분째 손톱으로 열심히
키퍼를 밀고 있는 내 모습을 의식할 때면 머릿속에선 의심 하나
가 떠올랐다가 사라져간다. 어쩌면 이게 다 강박증 탓일지도 모
른다고.

　오랫동안 한 공간에서 혼자 일하다 보면 이런저런 생각이 많
아질 수밖에 없다. 그러다 보니 사소한 부분에 유난스레 집착하
게 되고 나도 모르게 강박에 가까운 습관이나 규칙을 끊임없이
만들어낸다. 사서의 일이 계속되는 한 이런저런 사소한 강박들
이 시도 때도 없이 나를 괴롭힐 것이다. 색띠 라벨이 조금 비뚤
어지고 키퍼를 붙인 부분이 올록볼록 방울져도 적당히 넘길 수
있는 마음의 여유 같은 건, 아마도 이번 사서의 생에선 기대하
기 어려울 듯하다.

종이책 읽기의 즐거움

처음 전자책이 나오고 사람들 사이에서 전자책이냐 종이책이냐에 대한 갑론을박이 오갔을 때 내 마음은 온전히 종이책으로 기울었다. 모름지기 책은 한 장 한 장 넘기고 주무르는 맛이 있어야 한다고 생각했다. 나는 대중교통을 이용하거나 여행을 갈 때마다 무거운 책들을 가방에 바리바리 챙겼다.

지난겨울 마음이 맞는 글쓰기 동지들과 함께 여행을 떠날 때도 준비물 리스트의 첫 번째 자리를 차지한 것은 책이었다. 17박 18일이라는 기나긴 여행이었기에 적어도 다섯 권 정도는 챙겨야 하지 않겠냐며, 우리는 누가 먼저랄 것도 없이 여행 동반자가 될 후보 책들을 공유하기 바빴다. 책 욕심이 남달랐던 일행들은 다섯 권밖에 가지고 갈 수 없다는 사실을 자못 아쉬워하며 전자책 플랫폼인 '밀리의 서재'까지 정기구독하고 아이패드도 챙겼다. 바다 위 부표처럼 분위기에 따라 이리저리 휩쓸리는 나였지만, 종이책을 향한 소신은 굳건했기에 전자책은 내 준비물 리스트에 포함되지 않았다. 그렇게 우리는 캐리어의 한쪽을 종이책으로 묵직하게 채운 뒤 여행을 떠났다.

결과를 말하자면 여행지에서의 독서 계획은 대실패로 돌아갔다. 가져간 책들을 다 읽은 이는 아무도 없었다. 그들도 나처럼 종이책을 선호하는 부류였으니, 밀리의 서재 속 전자책들이 찬밥 신세였던 건 말할 필요도 없다. 사실 지난 모든 여행을 돌이켜보면 여행지에서의 독서 계획이 성공했던 적은 단 한 번도 없었는데. 그런데도 여행 계획이 생기면 가장 먼저 머릿속에는 이런 생각이 떠오른다. '이번엔 어떤 책을 챙겨 갈까.' 다행히 이 세상에는 이런 사람이 비단 나뿐만은 아닌 모양이다.

휴가철이 다가오면 도서관도 조금은 분주해진다. 나와 같은 생각을 하는 사람들이 여행에 동반할 책을 빌리러 하나둘 도서관을 찾기 때문이다. 서가에서 지루하게 하품만 해대던 책들도 자신에게 찾아올지 모를 여행의 기회를 기대하는 눈치다. 운이 좋으면 비행기를 타볼 수도, 이국의 도시에서 멋진 테이블 위에 놓여 인생 사진의 주인공이 될 수도 있다. 기껏 나가봐야 도서관 근처 동네가 전부인 책들로서는 휴가철에 대출되는 것이야말로 최고의 일탈이 아닐까. 여행지에서 읽을 책을 빌리러 왔다고 말하면, 나는 이 책 저 책 권하느라 바쁘다. 비행기 안에서 읽으면 좋을 여행에세이나, 한적한 카페의 푹신한 소파에 앉아 흠뻑 빠져들기 좋은 추리 소설 한 권. 또는 잠들기 전에 가볍게 한 편씩 읽을 시집이라든가, 아침에 모닝커피를 마시며 후루룩 읽기 좋은 단편집 등등. 최대한 많은 책이 대출되기를 바라는 마음이 앞선 나머지, 책마다 여행에 데려가야 할 이유를 주저리주저리 늘어놓고 만다.

도서관의 주된 기능이 책을 오래 잘 보관하는 것이었던 시절도 있었다지만, 이제는 많은 사람에게 책이 공유되는 것이 도서관의 역할인 시대가 아니던가. 인도의 유명한 사서였던 랑가나탄이 주창했던 '도서관학 제5법칙' 가운데 첫 번째가 "책은 이용하기 위한 것(Books are for use)"이었으니까. 아무쪼록 도서관의 책들이 먼지 가득한 서가를 잠시라도 벗어나 콧바람을 쐬고 올 기회가 더욱 많아지기만을 바랄 뿐이다.

도서관 서가에 꽂힌 수많은 책 가운데, 특히 내가 감탄해 마지않는 분야는 백과사전류이다. 세상에 존재하는 사물과 현상, 자연, 인간의 활동 등을 책 몇 권 안에 담아내고자 한 노력 자체만으로도 편찬자에게 힘껏 손뼉을 쳐주고 싶다. 지혜의 집에도 여러 종류의 백과사전들이 서가를 묵직하게 채우고 있다. 종이 백과사전의 대명사라 불리는 '브리태니커'는 물론이고 종별로 묶어놓은 '동물 백과' '식물 백과', 여기에 백과사전의 사촌뻘쯤 되는 다양한 도감류까지.

도서관을 떠올릴 때 가장 먼저 생각나는 풍경은, 책머리에 잔뜩 먼지가 쌓인 두툼한 브리태니커 백과사전이 서가의 한 면을 차지하고 있는 모습이다. 어쩌다 다른 도서관을 방문할 일이 생기면 나는 습관처럼 브리태니커 제목이 적힌 책등부터 찾는다. 대형도서관의 경우 이 백과사전을 소장하고 있는 곳이 많지만, 소규모로 운영되는 도서관일수록 책이 없을 확률이 높다. 더욱이 2012년부터 브리태니커 사(社)에서 종이 백과사전 인쇄를 중단했으니, 앞으로 세워질 도서관에서는 이 책을 찾아보긴 힘들 것 같다.

책이라 하면 오직 종이책만을 생각했던 시절이 이따금 그립다. 교과서가 아닌 내 책을 처음 소유하게 되었을 때 느꼈던 벅찬 감정은 여전히 내 기억 속 어딘가에 남아 있다. 책장을 넘길 때마다 손끝에 느껴지던 종이의 질감. 공기에 흩어지며 코끝에 희미하게 와닿던 마른 책 냄새. 버젓이 실체가 존재하는 종이책이었기에 가능한 경험들이었다.

전자책이 나온 초창기에는 언젠가 종이책이 사라질지도 모른다는 걱정이 앞섰다. 종이책을 사랑하는 나조차도 세련되고 콤팩트한 전자책 단말기를 보고 있으면 마음이 동하곤 했으니까. 실제로 최근에는 번역과 관련된 일본 원서를 읽기 위해 아마존의 킨들(Kindle)을 구입하기도 했다. 해외 원서는 배송까지 시간이 오래 걸리기도 하고 기획을 목적으로 가볍게 훑어보기엔 전자책 쪽이 더 효율적이라 어쩔 수 없었다. 게다가 막상 킨들을 사용해보니 생각보다 눈도 편안하고 휴대도 간편해서, 전자책을 사서 읽는 것에 부정적이던 마음이 조금씩 긍정 쪽으로 돌아서기 시작했다.

그렇다고 해서 종이책에 대한 내 마음이 식었다는 뜻은 결코 아니다. 여전히 나는 책방 진열대에 늘어선 종이책을 보면 지갑을 열지 않고선 못 견디는 데다, 방 여기저기 높다란 책탑을 쌓아놓은 채 살아가고 있으니까. 다만 지금은 전자책보다 종이책이 좀 더 출판 시장의 중심에 자리하고 있는 듯해서 살짝 마음을 놓은 정도다. 이젠 외출할 때 종종 전차책을 들고 다니지만, 여행 가방을 꾸릴 때만큼은 일말의 망설임도 없이 내가 종이책을 챙기리라는 사실에는 변함이 없다.

소박한 글쓰기

의식을 갖게 된 때부터 끊임없이 무언가에 솔깃하며 살고 있다. 조금이라도 귀가 쫑긋할 만한 일이 생기면 마음이 크게 부풀었다가도 금세 수그러든다. 숨을 불어넣는 족족 커졌다가 주둥이에서 입을 떼는 순간 곧장 쪼그라드는 풍선처럼. 그러다 보니 어느새 방 안 서랍과 선반에는 잡다한 물건들이 쌓여간다. 이 서랍을 열면 기름 냄새 잔뜩 머금은 캔버스와 그림 도구들이, 저 서랍을 열면 몇 번 튕기지 않은 온갖 악기들이 유물처럼 자리를 차지하고 있다. 아날로그 관련 책을 읽고 혹해서 산 턴테이블은 방 한구석의 배경이 되었고, 이에 질세라 최근 구매한 필름카메라도 곧 그 자리에 합류했다.

내가 마흔이 되자, 친구들은 기다렸다는 듯 이제 불혹이 되었으니 무엇에도 혹하지 않겠다며 놀려댔다. 옛 성현의 말씀대로 살 수 있다면야 바랄 게 없겠지만, 평생을 여기저기 혹하며 살아왔으니 덜컥 마흔이 되었다고 해서 그 버릇이 고쳐질 리는 없다. 하지만 바지랑대 사이에 걸린 빨래처럼 나풀나풀 살아온 내게도, 흔들리지 않는 마음은 있다. 미혹된 순간부터 날이 갈수록 나를 사로잡는 그것. 바로 글쓰기에 대한 욕구다.

불과 몇 년 전만 해도 글쓰기는 내게 스트레스일 뿐이었다. 번역아카데미에 다니던 시절, 선생님이 서평이나 역자의 말 쓰기 같은 숙제를 내주면 꾸역꾸역 글을 써서 제출하곤 했다. 나는 글을 쓰는 행위 자체에서 어떤 매력도 느끼지 못했다. 타인이 쓴 훌륭한 글이 넘쳐나는 세상인데, 굳이 스트레스를 받으면서 나까지 글을 쓸 필요는 없다고 생각했다. 그랬던 내가, 어느 날 동네책방의 모임에 갔다가 글쓰기에 푹 빠지고 말았다. 드라마 〈전설의 고향〉에서 순박한 총각이 여우에게 홀리듯, 글쓰기라는 구미호에게 매혹되어버린 것이다.

모임이 있는 날이면 나는 퇴근하자마자 책방으로 달려가 글을 썼다. 글쓰기 초보인 내가 그나마 손쉽게 쓸 수 있는 소재는 '나'였다. 일본 유학 시절부터 어릴 적 동족촌에서 살던 기억까지 끄집어내며, 나는 온갖 잡문을 신나게 써댔다. 내 글의 독자는 모임에 참여하는 몇몇뿐이었는데, 그마저도 시간이 갈수록 줄어서 마지막에는 나와 책방 주인만 남았다. 그래도 나는 그와 함께 노트에 글을 써나갔다. 차곡차곡 글을 쌓는 일은, 통장에 돈을 모으는 일보다 더 큰 기쁨을 안겨주었다. 과거의 기억에 대해 글을 써 내려갈수록 조금씩 나의 본모습에 가까이 다가가는 기분이 들었다. 글을 쓰는 일은, 과거의 나와 현재의 내가 만나는 일이었다. 그렇게 서서히 삶을 돌아보며 나를 스쳐 간 무수한 인연을 기억하는 일. 내게 글쓰기는 그런 의미였다.

지난가을, 동네책방과 함께 글쓰기 프로젝트 하나를 기획했다. 발단은 한 책에서 시작되었다. 생애구술사로 불리는 최현숙 작가가, 대구의 한 산골짜기에 내려가 할머니들의 이야기를 듣고 기록한 책 《할매의 탄생》. 도서관에서 글쓰기 모임을 만들고 싶어 하는 내게, 책방 주인은 이 책을 보여주며 엄마의 자서전을 대신 써보자고 했다. 생각보다 많은 사람이 모였다. 우리는 목요일 아침마다 도서관에 둘러앉아 엄마에 대한 글을 쓰기 시작했다.

엄마. 마음속으로 불러보는 것만으로 가슴이 찡해지는 이름. 엄마는 내 삶에서 가장 밀접한 관계이지만, 생각해보면 나는 엄마의 지난 삶에 대해 제대로 아는 것이 없었다. 엄마가 어떤 학창 시절을 보냈는지, 어릴 적 꿈은 무엇이었고 첫사랑은 누구였는지. 엄마의 십 대와 이십 대 시절이 궁금했다. 나는 아침마다 인터뷰를 한답시고 엄마에게 녹음기를 들이밀며 이런저런 질문을 던져댔다. 딸이 몸담은 도서관에 관련된 일이라고 하니, 무뚝뚝한 엄마도 기억을 끄집어내며 질문에 대답하려 노력했다.

한 손으로는 부지런히 집안일을 하면서 엄마가 꺼내는 이야기는 생각보다 슬펐다. 외할아버지가 일찍 돌아가신 탓에 외할머니와 함께 시장에 나가 호떡이며 팥칼국수를 팔던 시절을 떠올리며, 엄마는 팥칼국수를 먹을 때마다 할머니 생각이 난다고 말했다. 그런 줄도 모른 채, 나는 여름이면 엄마에게 팥칼국수가 먹고 싶다고 노래를 불렀다. 방직공장에서 일하다 기계에 손가락 끝이 잘린 이야기를 들은 뒤에는 방으로 들어가 조금 울었다.

모임 참가자들이 꺼내는 엄마 이야기는 하나같이 먹먹했다. 살아 있는 엄마든 고인이 된 엄마든. 우리는 촉촉한 눈으로 각자의 엄마에 대해 이야기하고 공감하며 원고지를 한 칸 한 칸 채워나갔다. 두 달 뒤, 아홉 명의 엄마가 살아온 삶이 책 한 권으로 엮어졌다. 《당신의 원고지》라는 제목으로. 도서관에 모여 조촐한 출간 파티를 하던 날, 나이 지긋한 참가자 한 분이 말했다. 우리 중 유일하게 그는 엄마의 입장에서 아들딸에게 남기는 글을 썼다.

"글을 쓰다 보니 옛날 기억이 더욱 선명해졌어요. 아, 그러고 보니 이런 일도 있었지, 그땐 참 좋았는데, 하면서. 기억을 더듬어 내려가니 호미로 감자를 캐는 것처럼 추억이 알알이 계속 나오는 거예요. 신나게 썼죠. 글을 쓰는 내내, 남한텐 평범한 글로 보이겠지만 우리 가족한텐 특별한 이야기로 남을 거란 생각이 들었어요."

글쓰기는 마법 지팡이처럼 일상을 특별한 이야기로 변신시킨다. 냇가에 놓인 징검다리 위에 앉아 별뽀빠이와 요구르트를 나눠 먹는 엄마와 딸의 모습도, 우산을 잃어버려 빗속에 선 채 우는 아이를 나무라는 부부의 모습도, 한 편의 글에서는 세상에 하나뿐인 이야기가 된다. 산다는 것은 각자 살아온 시간만큼의 이야기를 가슴속에 차곡차곡 쌓아가는 일이다. 평소에는 깨닫지 못하다가 어느 순간 불쑥 그 이야기들이 튀어나올 때가 있다. 어떤 이에겐 음악으로, 또 어떤 이에겐 그림으로, 종종 누군가에겐 말로써. 그리고 내겐 글을 쓸 때 그 순간이 찾아온다. 누군가 내게 왜 글을 쓰냐고 묻는다면 이렇게 말하고 싶다. 아직 발견하지 못한 나만의 이야기가, 언젠가 글로 표현해주기를 바라며 내 안에서 조용히 부름을 기다리고 있기 때문이라고.

몇 주에 걸친 인터뷰를 통해 엄마의 지난 삶을 조금이나마 알게 된 뒤, 나는 새로운 모의를 시작했다. 이름하여 '엄마 청탁'. 글쓰기를 통해 오랜 상처가 조금씩 회복되는 것을 직접 경험한 뒤, 누구보다도 엄마가 꼭 글을 쓰길 바랐다. 나는 엄마에게 매일 일기를 써보길 권하며, 하루에 한 페이지씩 쓸 때마다 원고료를 주겠다고 제안했다. 솔깃해진 엄마는 다음 날부터 일기를 쓰기 시작했다. 처음에는 원고료나 받아볼 심산이었는데 이제는 하루라도 일기를 쓰지 않으면 왠지 허전하다고 말하는 엄마. 그렇게 청탁을 시작한 지도 어느새 한 해가 훌쩍 지나가고 있다. 평생 글이라곤 써본 적도 없던 엄마까지 홀려놨으니, 정말이지 글쓰기란 녀석은 꼬리가 아홉 개는 달렸지 싶다. 엄마의 일기는 단순한 일상 이야기에 맞춤법도 오류투성이지만, 내게는 어떤 책보다도 귀한 글이다. 먼 훗날 이 일기장은 엄마를 기억할 소중한 기록이 되리라 확신한다.

PART 5

사서의 일

관내 분실에 대처하는 법

초등학교 시절, 내가 손꼽아 기다리던 학교 행사는 소풍이었다. 도심 속 놀이공원이나 다양한 체험을 즐길 수 있는 테마파크를 찾는 것이 요즘 추세라면, 약 20~30년 전에는 대부분 산으로 소풍을 갔다. 계절을 오롯이 만끽할 수 있는 장소에서 우리는 옹기종기 둘러앉아 소풍의 꽃인 김밥과 가방 가득 챙겨 온 과자를 서로 나눠 먹었다.

소풍의 단골 오락거리는 장기자랑과 수건돌리기였다. 5학년 소풍 때는 나도 친구들과 장기자랑에 나갔다. 누군가 가져온 묵직한 카세트 라디오로 당시 유행하던 서태지와 아이들의 〈난 알아요〉를 틀어놓고 흐느적흐느적 춤을 췄다. 지금 생각하면 아찔하리만치 낯 뜨거운 흑역사다. 기록으로 남지 않아 무척 다행이라고, 남몰래 가슴을 쓸어내린다.

소풍의 대미를 장식하는 이벤트는 늘 보물찾기였다. 우리가 노래를 부르며 수건돌리기 게임을 하는 사이, 선생님들은 보물이 적힌 쪽지를 산 곳곳에 숨겼다. 잠시 후 호루라기 소리가 들리면 다들 함성을 지르며 여기저기 보물을 찾아 헤맸다. 갈라진 나무껍질 틈새나 바위 아래, 꽃봉오리 안 같은 곳을 샅샅이 뒤지면서. 그러다 운 좋은 어느 아이의 "찾았다!"라는 목소리가 들려오면 눈에 불을 켜고 더욱 보물찾기에 열중하곤 했다.

하지만 나는 소풍에서 단 한 번도 보물을 찾아본 적이 없었다. 친구들이 저마다 찾은 쪽지를 들고 선생님에게 쪼르르 달려가 연필이며 노트 같은 보물로 교환하는 광경을 그저 부럽게 바라보기만 했을 뿐이다. 어찌 보면 보물찾기는 내게 조금은 쓰라린 기억이기도 하다.

소풍의 보물찾기에는 소질이 없던 나이지만 도서관에서만큼은 자타공인 보물찾기 선수다. 물론 도서관에서의 보물은 책이다. 이용자가 원하는 책을 찾는 일은 내게 보물찾기나 마찬가지다. 초등학교 시절에는 나를 위한 보물을 찾았다면, 사서로 일하는 지금은 이용자를 위한 보물을 찾는다. 벌써 10년째 일하다 보니 제목만 들어도 대충 서가 어디쯤 그 책이 꽂혀 있을지 감이 오는 터라, 책을 찾는 데 걸리는 시간은 대개 1~2분 내외다. 그런데도 이따금 도저히 찾을 수 없는 책들이 있다. 시스템상에는 분명히 소장 중이라 확인되지만 눈을 씻고 찾아봐도 보이지 않는 책. 그럴 때면 마치 결정적 경로가 표시된 부분이 찢겨나간 보물섬 지도를 들여다보고 있는 듯한 심정이 된다. 하지만 분명 그 보물은 도서관이라는 섬 어딘가에 존재한다.

"관내 분실인 것 같습니다."

김초엽의 소설 《관내 분실》에 등장하는 첫 문장이다. 종이책이 사라지고 모든 기록이 전산화된 미래가 소설의 배경이다. 소설 속 세상에서는 지혜의 집과 같은 전통적인 도서관은 이미 구식이 된 지 오래고, 책마저도 박물관에나 가야 구경할 수 있다. 미래의 도서관은 이제 책 대신 망자들의 마인드, 즉 생전의 기억을 업로딩하여 보관한다. 도서관을 찾은 이용자가 그 마인드에 접속하면 시뮬레이션을 통해 고인이 된 가족과 생전의 모습 그대로 만날 수 있다.

주인공 지민은 세상을 떠난 엄마, 정확히 말하면 마인드 접속으로 재현되는 시뮬레이션 속의 엄마와 재회하기 위해 도서관을 찾는다. 그런데 대뜸 사서가 이렇게 말하는 것이다. 도서관 내에서 엄마의 마인드가 분실되었다고. 도서관 어딘가엔 분명히 존재하지만 찾을 수는 없다고. 환장할 노릇이다. 지민에게도, 사서에게도. 물론 이 대목에서 내가 감정이입을 하는 대상은 "관내 분실"이라고 말해야만 하는 사서 쪽이다.

사실 도서관에서 일하며 가장 피하고 싶은 상황이 관내 분실이다. 이용자가 미리 인터넷으로 도서의 유무를 검색하고 온 경우라면 더욱 난감하다. 책의 위치를 알려주는 청구기호를 쪽지에 적어 들고 해당 서가를 찾아봐도 책 제목이 보이지 않으면, 그때부터 온 서가를 샅샅이 뒤져야 한다. 일렬로 빽빽이 나열된 책등을 일일이 손가락으로 짚어가며 쭉 훑어 내려간다. 입으로는 염불을 외우듯 쉴 새 없이 책 제목을 되풀이하면서.

책을 찾는 동안 이용자가 다른 책 구경이라도 해주면 감사하지만, 뻘쭘하게 서서 기다리는 경우가 많다. 그럴 때면 도서관에 걸린 벽시계의 초침 소리가 재촉하듯 귓가에 꽂히고 점점 마음이 조급해진다. 초등학교 소풍 때의 보물찾기 상황처럼, 어쩌면 이 책을 찾지 못할지도 모른다는 불길한 예감이 엄습한다. 찾는 시간이 길어질수록 어서 결단을 내려야 한다. 더 이상 이용자의 시간을 잡아먹을 순 없는 노릇이니까.

결국 마음을 다잡고 최대한 미안한 표정을 지으며 이용자에게 다가가 조심스레 입을 뗀다. "전산에서는 조회되는데 어딘가에 잘못 꽂힌 건지 지금은 보이지 않네요. 나중에라도 찾으면 바로 연락드릴게요. 죄송합니다."

최대한 안타깝고 조심스러운 목소리로 설명한다. 두 손은 공손히 앞으로 그러모은 채.

어쩐지 나는 관내 분실이란 말을 입 밖으로 꺼내기가 껄끄럽다. 사서의 의무를 다하지 못했다는 사실을 명확히 드러내는 말 같아서. 물론 행방을 알 수 없는 책이 생겨나는 것 자체가 장서 관리를 소홀히 했다는 뜻이기도 하니, 관내 분실은 사서의 부주의 탓이 크다고 볼 수 있으리라. 하지만 신기하게도 스스로 종적을 감춰버리는 책 또한 도서관에는 분명 존재한다. 사서를 골탕 먹이기 위해, 어쩌면 제때 먼지를 털어주지 않은 것에 대한 반발심으로 책들은 이따금 작정하고 꼭꼭 숨어버린다. 대개는 시간이 흐른 뒤 자연스레 어느 서가에서 발견되지만, 끈질기게 모습을 드러내지 않는 책도 더러 있다. 이들을 색출해내는 방법은 딱 하나다. 정기적으로 '장서 점검'을 하는 것.

장서 점검이란, 도서관 전산에 등록된 도서와 서가에 실제 꽂혀 있는 도서를 한 권 한 권 대조해가며 점검하는 작업을 말한다. 쉽게 말해 도서관 책들의 재고 조사인 셈이다. 도서관의 사계절 업무 중에서 내게는 가장 번거롭고 복잡한 일이 바로 이것이다. 과정은 이렇다. 장서 점검이 가능한 무선형 바코드 스캐너를 들고 서가를 순서대로 돌아다니며 모든 책의 바코드를 하나하나 스캔하여 데이터를 모은다. 이 작업이 끝나면 스캐너를 컴퓨터에 연결하여 바코드데이터를 전송한 뒤 도서관 프로그램을 열어 장서 점검 실행 버튼을 클릭한다. 잠시 후 점검이 끝나면 화면에 책들의 현 상태가 고스란히 드러난다. 이때 관내 분실이라 여겼던 책이 '소재 불명'이라는 항목에 표시되면 그야말로 진짜 '분실'인 셈이다. 그러면 마지막이라는 심정으로 한 번더 책을 찾아본다. 그런 뒤에도 책이 발견되지 않으면 비로소 폐기 절차에 들어간다. 이 절차 또한 꽤 번거로워서, 관내 분실은 정말이지 사서인 내겐 달갑지 않은 상황이다.

상황은 어쨌든 이렇게 종결된다. 그러나 앞서 언급했듯, 행방이 묘연한 책들 대다수가 예기치 못한 순간에 모습을 드러내곤 한다. 반납된 도서를 서가에 되돌려놓다가 그 옆에 뻔뻔히 꽂혀 있는 광경을 목격하거나, 몸집이 큼직한 그림책 사이에 숨바꼭질하듯 숨어 있는 걸 발견할 때도 있다. 소설 속 주인공 지민도, 결국 관내 분실되었던 엄마의 마인드를 찾아내 재회한다.

지금도 지혜의 집에는 '관내 분실' 상태의 책들이 존재한다. 이들이 정말 '분실'되는 일이 없도록 사서인 내가 할 일은, 수시로 서가를 살피며 도서관의 책들과 친해지는 것이다. 그리고 책머리에 쌓인 먼지를 자주 털어줄 것.

도서관의 기억

도서관에 대한 내 최초의 기억은 고등학교 시절로 거슬러 올라간다. '최초'라는 거창한 표현을 써넣고서 고작 고등학교 때라니 조금은 겸연쩍기도 하다. 요즘이야 대부분의 아파트 단지 안에 도서관이 있을 만큼 독서 환경이 잘 조성되어 있지만, 20여년 전만 해도 제대로 된 도서관을 갖추지 못한 학교가 많았다. 내가 다녔던 고등학교에는 엄연히 도서관이 있었지만 기억하기로 사서 선생님은 없었다. 단순히 독서실 개념으로 개방된 공간이었기에, 고3 시절의 나도 중간고사나 기말고사가 코앞에 닥쳐올 무렵이면 일요일마다 아침 일찍 학교도서관에 가곤 했다.

문을 열고 들어가면 맞은편으로 '서고'라는 팻말이 붙은 별도의 공간 안에 서가가 빼곡히 들어차 있었다. 책들은 하나같이 먼지를 뒤집어쓴 채 어지러이 꽂혀 있어서, 마치 어느 오래된 골목을 거닐다 우연히 마주친 헌책방의 풍경을 떠올리게 했다. 정기적으로 신간이 들어오는 것 같지는 않았다. 서고에 들어가 책을 구경하는 학생도 거의 없었다. 그곳은 우리에게도 단순히 독서실로 기능할 뿐이었다. 공간 대부분을 차지하는 것은 칸막이가 달린 책상들이었다. 체육관처럼 커다란 별관 건물을 통으로 사용해서 천장이 무척 높았지만, 창문은 맥이 빠질 만큼 작았다. 게다가 벽의 가장 윗부분에 다닥다닥 달려 있어서 한낮에도 볕이 잘 들지 않았다. 어느 계절이든 그곳은 황량하고 서늘했다.

하지만 나는 그 공간이 좋았다. 책상을 하나씩 차지하고 앉아 공부에 열중하는 동그란 뒤통수와 그 사이에서 들려오는 사각사각 연필 소리. 정물화처럼 구석을 차지한 책들의 풍경이 무척 평화로워 보였다. 이따금 작은 창문을 뚫고 들어오는 햇살이 빛의 터널을 만들면 그 사이로 먼지가 둥둥 떠다녔다. 중력을 거스르는 먼지들의 춤을 멍하니 바라보고 있으면 시간은 순식간에 흘러가곤 했다. 그곳에서는 공부에 열중하는 시간보다 딴생각에 빠져 있는 시간이 훨씬 많았다. 그런데도 나는 일요일 아침마다 가방에 이런저런 책을 담아 도서관으로 향했다.

당시 도서관은 내게 은밀한 즐거움을 제공해주는 곳이기도 했다. 자신을 동경의 시선으로 바라보는 후배 한 명과 쪽지를 주고받으며 괜히 우쭐한 기분에 사로잡히는가 하면, 단짝과 서가 구석에 앉아 학생들 사이에 야하기로 소문난 무라카미 류의 《한없이 투명에 가까운 블루》를 몰래 읽기도 했다. 물론 적나라한 장면만 골라서.

고등학교를 졸업한 이후, 도서관은 내 삶에서 멀어져갔다. 시험공부를 하거나 리포트 작성에 필요한 자료를 찾아야 할 때를 제외하고 내가 도서관을 찾는 일은 거의 없었다. 그때까지만 해도 내 인생 사전에서 '도서관'은 비중 있게 다뤄지는 단어가 아니었다. 그곳은 마음 내킬 때마다 드나들 수 있는 공공장소에 불과했다. 그러다 운명처럼 도서관과 인연을 맺고 어느덧 10년째 사서의 길을 걷다 보니, 내 삶에서 도서관은 결코 빼놓을 수 없는 존재가 되었다.

도서관은 와인과 닮았다. 그 자체로 살아 숨 쉬는 공간이다. 입사 초기만 해도 갓 발효가 끝난 와인처럼 떫은맛 일색이던 도서관이, 10년의 숙성 기간을 거치고 나니 고유한 향과 맛을 지닌 공간으로 바뀌어 있었다. 보관 상태에 따라 풍미가 변하는 와인처럼, 도서관은 그곳을 운영하는 사서에 따라 분위기가 결정된다. 이 사실을 깨닫고 나자, 그제야 나는 다른 도서관들을 새로운 시선으로 바라보게 되었다. 각각의 취향을 지닌 사서들이 그들의 도서관을 어떤 모습으로 만들어나가는지 궁금해졌다. 어느덧 나는 이국의 도시를 방문할 때면 꼭 그곳의 도서관을 둘러보게 되었다.

지난겨울에 다녀온 치앙마이에서도 나는 도서관을 찾았다. 디지털노마드가 선호하는 도서관으로 유명세를 떨치고 있는 'TCDC 치앙마이'라는 곳이었다. 모두에게 개방된 도서관과 달리, 이곳은 일일 입장권을 지불해야만 안으로 들어갈 수 있었다. 쾌적한 열람석 공간에는 사람들이 저마다 노트북이나 태블릿을 마주한 채 작업에 열중하고 있었다. 교복 차림으로 공부에 한창인 학생들도 눈에 띄었다. 특히 다양한 테마로 큐레이팅된 서가들이 인상적이었다. 디자인 특화 도서관이라는 명성답게 서가마다 디자인과 예술 관련 서적이 빼곡히 들어차 있었다. 이토록 매력적인 공간을 만들기 위해 노력했을 사서들의 노고가 곳곳에서 느껴졌다. 그날 이후 'TCDC 치앙마이'는 내 기억 속에 태국에서의 첫 도서관으로 자리 잡았다.

이제는 어느 동네를 가든 도서관 한두 곳쯤은 쉽게 찾을 수 있다. 도서관이 일상에 꼭 필요한 공간으로 자리 잡은 지는 이미 오래다. 도서관을 접하는 연령도 빨라졌다. 요즘 이십 대 청넌들에게 '도서관에 대한 최초의 기억'이 언제냐고 묻는다면 나와는 다른 대답이 나오지 않을까. "유치원 때 엄마 손을 붙잡고 다녔던 동네 작은도서관이 가장 먼저 떠올라요"라든가, "초등학교 때 학교도서관에 자주 놀러 갔어요. 사서 선생님이 참 예뻤거든요"라든가. 그와 달리 내 기억 속 최초의 도서관은 돌봐주는 사서 없이 방치된 곳이었지만, 그래도 그 공간이 자아내던 분위기는 내게 아득한 추억으로 남았다. 이렇듯 누구에게나 최초의 기억으로 남는 도서관은 분명 존재하리라 생각한다.

지혜의 집은 사람들에게 어떤 도서관으로 기억될까. 문득 한 꼬마 이용객의 얼굴이 떠오른다. 평일 낮이면 아이는 노란 유치원 가방을 메고 엄마와 함께 그림책을 읽으러 온다. 아이가 서가에서 그림책을 골라오면 엄마는 옆에 나란히 앉아 조곤조곤한 목소리로 책을 읽어준다. 엄마는 굵직한 목소리의 곰이 되었다가 정겨운 목소리의 꼬부랑 할머니로 변신하기도 한다. 아이의 맑은 눈은 엄마가 읽어주는 이야기에 따라 그림을 좇느라 좌우로 바삐 움직인다. 이야기 중간중간 신이 난 아이가 추임새처럼 감탄사를 내뱉으면 나도 모르게 절로 미소가 흘러나온다. 책 읽는 소리가 잔잔한 배경음악이 될 수 있는 곳. 바로 작은도서관이기에 허용되는 풍경이다. 어쩌면 아이에게 이 작은 공간은 도서관에 대한 최초의 기억이 될지도 모른다.

개인의 취향

갓김치 먹기를 부끄러워하던 시절이 있었다. 여덟 살 무렵이었다. 광주에 살던 우리 가족은 아빠의 귀농 선언에 따라 잠시 고향에 내려와 살았다. 박뫼라는 마을이었다. 우리 삼형제는 마을 어귀에 자리한 분교에 다녔는데, 한 학년에 반이 하나뿐인 학교였고 학생 수도 반마다 고작 열 명 남짓이었다. 요즘처럼 급식이 없던 그 시절에는 모든 학년이 도시락을 싸 들고 다녔다. 아침이면 삼형제가 싸 갈 밥을 짓느라 부엌 아궁이의 장작불은 꺼질 새가 없었다. 도시락의 단골 반찬은 갓김치였다. 엄마는 두 칸짜리 도시락통에 가마솥으로 갓 지은 쌀밥과 갓김치를 나누어 담았다. 점심시간에 도시락 뚜껑을 열면 눈치 없는 김칫국물이 늘 옆 칸을 침범해 있었다.

기억 속 그날도 점심시간이 되자 여자아이들끼리 도시락을 들고 모였다. 얼마 전 광주에서 전학 온 유미도 끼어 있었다. 그 아이가 도시락 뚜껑을 열자 다들 탄성을 질렀다. 달걀물을 입힌 분홍색 소시지 반찬이 통에 가지런히 담겨 있었다. 한 아이가 말했다.

　　"내 계란말이랑 바꿔 먹을래?"

　　유미는 새초롬히 고개를 끄덕였다.

　　그러자 다들 앞다퉈 반찬을 바꿔먹자고 말했다. 분홍 일색이던 유미의 반찬통이 어느새 다양한 색깔로 채워졌다. 도시락 뚜껑을 열지 않은 채 머뭇거리는 내게 유미가 물었다.

　　"넌 무슨 반찬 싸 왔어?"

　　아이들의 시선이 내게 쏠렸다. 뚜껑을 열자 특유의 냄새가 코를 찔렀다. 갓김치였다. 어김없이 쌀밥은 붉게 물들어 있었다. 유미가 중얼거렸다.

　　"난 갓김치는 매워서 못 먹는데."

　　"윽, 냄새. 넌 맨날 갓김치만 싸 오냐."

　　평소 갓김치를 잘 먹던 내 짝꿍이 포크로 소시지를 찍으며 말을 보탰다. 순간 얼굴이 화끈 달아올랐다. 유미는 고개를 돌려 밥을 먹기 시작했다. 아이들은 저마다 하나씩 얻은 소시지를 밥 위에 올려놓고 조금씩 아껴 먹었다. 소시지를 먹지 못한 사람은 나뿐이었다. 갓김치의 알싸한 맛에 코끝이 유독 매웠다.

학교가 파하고 혼자 돌아가는 길, 등 뒤에서 들려오는 달그락달그락 소리가 더해져 가방이 유달리 묵직하게 느껴졌다. 집에 와서 가방을 열어보니 책이며 노트 여기저기가 주황색으로 얼룩덜룩했다. 제대로 반찬 뚜껑을 덮지 않은 탓이었다.

여덟 살의 나는 도시락을 먹는 즐거움에 학교에 갔다. 다가올 점심시간을 고대하면서 받아쓰기를 하고 덧셈과 뺄셈에 몰두했다. 친구들과 둘러앉아 먹으면 어떤 반찬이든 맛있었다. 사실 갓김치는 내가 좋아하는 반찬이기도 했다. 줄기의 아삭한 식감과 톡 쏘는 향이 내 입맛에 딱 맞았다. 그러나 유미의 소시지와는 바꿔 먹을 자격이 없다는 걸 안 그 순간, 갓김치는 내게 냄새나고 부끄러운 반찬이 되어버렸다. 그날 짝꿍이 툭 던진 한마디는 흰옷에 튄 김칫국물처럼 내 마음에 오래오래 붉은 자국으로 남았다.

가방 안에서 갓김치 냄새가 진동하던 날, 내가 어떤 행동을 취했는지는 전혀 기억나지 않는다. 다만 그날 이후 조각조각 머릿속에 떠오르는 도시락 반찬의 광경은 햄이나 계란말이, 장조림 같은 것들이었으니, 아마도 어린 딸의 마음을 엄마가 알아준 게 아닐까 짐작해볼 따름이다.

도서관에서 일하는 지금도 나는 도시락을 싸서 다닌다. 혼자 일하는 터라 도서관 문까지 닫아가며 점심시간을 따로 가질 수도 없는 노릇이니, 사람들이 없는 틈을 타서 재빨리 도시락을 먹는다. 여전히 나는 갓김치를 좋아하지만, 도시락 반찬으로 싸는 건 역시나 머뭇거리게 된다. 어차피 혼자 먹는 도시락이니 반찬 타박할 사람도 없는데, 그 특유의 냄새가 자꾸만 신경 쓰인다. 내가 밥을 먹고 있는 사이, 혹시라도 도서관을 찾은 누군가의 입에서 오래전 짝꿍이 내뱉었던 한마디가 튀어나올까 두려워서일지도 모른다. 그러다 보니 반찬 후보에 오르는 것들은 대개 냄새가 적은 음식들이다. 닭가슴살 샐러드라든가 찐 고구마라든가 주먹밥 같은 것들.

사실 도서관을 드나드는 사람 가운데 반찬 냄새가 난다고 해서 눈살을 찌푸릴 이는 아무도 없을 텐데. 오히려 다들 밥 좀 잘 챙겨 먹으라고 성화다. 겨울에도 차가운 밥을 먹는 나를 걱정하던 친구 한 명은 전자레인지를 가져다주었고, 어떤 이용자는 시장에서 장을 보고 돌아오는 길에 도서관에 들러 간식거리가 담긴 봉투를 데스크 위에 스윽 올려두고 가기도 한다. 이렇게 다정한 마음들을 수없이 받아왔으면서도, 짝꿍의 무심한 말 한마디를 기억하는 몸이 저절로 움츠러들고 마는 것이다.

살아갈수록 '갓김치' 같은 것들이 늘어간다. 꽤 좋아하면서도 타인의 시선을 의식한 나머지 드러내기 망설여지는 것들이. 그것은 특정 사물일 때도 있고 독특한 취향이거나 내 생각이 담긴 글일 때도 있다. 그리고 점점 이들을 그대로 드러내고 싶다는 마음이 날로 강해진다. 집에서만 먹던 갓김치를 당당히 바깥에서도 꺼내서 먹고 싶어지는 것이다. "윽, 냄새"라는 누군가의 말이 들리든 말든 개의치 않고. 혹시 또 모르니까. 맛있는 냄새라며 젓가락을 보태는 사람이 한 명쯤 있을지도.

소심한 운영 계획

연말이 다가오면 다음 해에 쓸 다이어리를 고를 생각에 가
슴이 두근거린다. 날짜가 적혀 있지 않아 어느 해에든 쓸 수 있
다는 이유로 예쁜 디자인이 눈에 띌 때마다 차곡차곡 사서 쟁
여둔 만년형 다이어리부터, 남편이 다니는 회사에서 나온 거라
며 친한 언니가 해마다 챙겨주는 심플한 다이어리. 그리고 친언
니가 열심히 커피를 마시고 교환해 온 스타벅스 다이어리에, 내
생각이 나서 샀다며 친구가 선물해준 빨강 머리 앤 다이어리까
지. 앞으로 강산이 한 번 바뀔 즈음까지는 사지 않아도 될 만큼
이미 내 서랍 안은 다이어리로 포화상태다. 그런데도 내 시선은
자꾸만 올해 나온 신상 다이어리 쪽으로 향한다. '만년으로 사
면 언제든 쓸 수 있으니까 낭비라고 할 순 없지.' 내 나름의 논리

까지 내세워가며 문구 사이트에서 다이어리를 검색하고 쉽사리 구매 버튼을 클릭한다.

다이어리 고르는 것만큼이나 내 마음을 설레게 하는 일이 또 있다. 1년을 짝꿍처럼 함께할 다이어리에 내년의 계획을 한 글 자 한 글자 반듯한 글씨로 써 내려가는 것. 계획을 세우는 순간 에는 뭐든 당장 해낼 수 있을 것 같은 생각이 든다. 1년 안에 책 100권쯤은 거뜬히 읽어낼 수 있으며, 일주일에 세 번씩 요가를 하러 가는 일은 도서관에서 바코드리더기로 책의 등록번호를 스캔하는 것만큼이나 쉽게 느껴진다. 게다가 내년의 나는 매일 한 시간 정도는 거뜬히 프랑스어 공부에 몰두할 수 있을 만큼 의지와 집중력이 뛰어난 사람으로 거듭날 예정이다. 분명 지금 과 달리 내년에는 스스로가 의욕이 넘치고 좀 더 성숙한 사람이 되어 있을 것이라 믿어 의심치 않으면서, 온갖 긍정과 희망으로 가득한 계획들을 내 단짝(이 될 운명인) 다이어리에게 신나게 털 어놓는다. 그러다 이듬해 세 번의 계절을 보내고 나면, 늘 그렇 듯 작년에 세웠던 계획들 가운데 절반도 지키지 못했다는 사실 과 마주하게 된다. 하지만 절망도 잠시, 나는 돌아온 12월을 환 하게 맞으며 자신만만한 태도로 새 다이어리에 계획을 써 내려 가고 또다시 희망찬 미래를 꿈꾼다.

그러나 나 자신의 계획을 세울 때는 대범해지는 나도, 도서관의 연간 운영 계획을 짤 때만큼은 한없이 소심한 인간이 된다. 지혜의 집의 1년은 3월에 시작하여 다음 해 2월에 끝나지만, 12월부터 미리 내년에 도서관을 어떻게 운영해나갈지 계획을 구상해놓아야 한다. 도서관을 찾는 이용객들을 위해 세우는 이 계획은, 개인 다이어리에 적어두었다가 실패한 계획들처럼 '어쩔 수 없잖아' 하며 너털웃음으로 넘길 일이 아니다.

도서관 운영 계획의 주요 내용은, 지혜의 집에서 1년 동안 어떤 프로그램을 진행할지에 대해 기획하는 것이다. 몇 년 전 고양시의 모 도서관에서 열린 작은도서관 사서 연수에 참여했을 때 '도서관 프로그램 기획하는 요령'이라는 주제의 강의를 들은 적이 있다. 강단에 오른 사람은 해마다 참신한 프로그램 기획서로 공모사업을 따낸다는 한 도서관 관장님이었다. 오래전 일이라 세세한 내용까지는 기억나지 않지만, 그분이 몇 번이고 강조한 키워드는 '목적'이었다. 왜 이 활동을 하려고 하는지에 대한 뚜렷한 목적이 있어야만 기획자도 프로그램을 끝까지 잘 이끌고 나갈 수 있고, 참여자 또한 활동에 흥미를 느끼며 마지막까지 잘 따라올 수 있다는 것이었다.

어떤 활동이든 목적이 필요한 건 당연하겠지만, 당시 도서관에서 막 프로그램을 기획하여 운영하기 시작했던 내게는 어

떤 깨달음을 주는 한마디였다. 앞에서도 몇 번 언급했듯, 지혜의
집에서 초급 일본어 교실이나 서예 교실 등을 운영하던 초창기
만 해도 내게는 불순한 목적뿐이었다. 오전에 이런저런 아카데
미를 운영함으로써 오후 1시였던 개관 시간을 오전 10시로 바
꾸어 저녁 이후의 사적인 시간을 확보하는 것. 부끄럽게도 나는
그 연수를 통해, 기획 단계에서 정말 '중요한' 목적이 빠져 있었
다는 걸 깨달았다. 바로 '도서관 이용객들에게 어떤 메시지를 전
달하려고 이 프로그램을 기획하는가'라는 목적이.

두어 시간의 짤막한 연수를 받고 온 이후, 나는 그동안 진행
해온 프로그램들을 하나하나 살피면서 각각의 목적이 무엇인
지 점검해나갔다. 그저 빈 시간을 채우기 위해서라거나 자원봉
사자를 쉽게 구할 수 있다는 이유로 기획되었던 프로그램들은
확실히 참여자들의 만족도가 떨어져서 일정이 채 끝나기도 전
에 흐지부지 종료되는 경우가 많았다. 이와 달리 명확한 목적이
있는 프로그램, 예를 들면 초급 일본어 교실을 수료한 사람들을
대상으로 '일본어 그림책 읽기'를 목표로 진행했던 중급 일본어
교실이라든가, 초등학생 1~2학년에게 '그림책 즐겁게 읽는 법'
을 알려주기 위해 방학마다 열었던 알콩달콩 독서 교실은 참여
자들의 호응이 좋아서 지금도 꾸준히 이어오고 있었다.

도서관은 이제 단순히 '책을 읽고 빌리는 곳'이 아니라, '다양한 문화 활동이 벌어지는 곳'으로 바뀌어가고 있다. 더불어 도서관에서 사서의 역할도 점점 늘어간다. 처음에 나는 이런 변화가 달갑지 않았다. 신경 써야 할 일들이 추가된 것으로만 느껴졌기 때문이다. 그러다 보니 일회성으로 끝나는 간편한 행사나 보여주기식 프로그램 위주로 도서관 운영 계획을 세워왔다. 매번 결과가 좋지 않았음은 물론이고 거기에서 비롯한 피로감이 항상 그림자처럼 날 따라다녔다.

몇 년 동안의 시행착오와 사서 연수를 통해서 나는 깨달았다. 좋은 아이디어가 생겼다고 해서 무작정 시도할 것이 아니라, 그 활동을 펼치려는 목적이 무엇인지를 먼저 꼼꼼하게 따져본 뒤 프로그램을 기획해야 한다는 것. 그러니 도서관 운영 계획을 짤 때는 절로 소심한 인간이 될 수밖에.

계획 세우기 좋은 계절을 코앞에 두고 있는 시점에서, 작년 계획들을 전부 꺼내어 얼마나 이뤘는지 살펴본다. 개인 다이어리에 적힌 내용 중에는 피식 웃음이 나올 만큼 황당한 것들도 꽤 눈에 띈다. '신춘문예 투고'라니. 소설이라곤 배워본 적도 없는 주제에 이 무슨 당찬 계획인지. 이와 달리 작년에 기획한 도서관 프로그램들은 대부분 차질 없이 진행되었다. 특히 동두천

문화원과 함께 기획했던 '무라카미 하루키를 통해 음악 여행을 시작하는 사람들을 위한 사소한 가이드'라는 제목의 특강은, 참가자들의 열렬한 반응에 힘입어 두 달 뒤 앙코르 강의를 한 번 더 진행했을 정도다. 특강을 들었던 한 참가자는, 책에 나오는 음악에 전보다 더 관심을 갖게 되었다고 말했다. '음악을 통한 깊이 있는 독서 체험'이라는 목적이 제대로 달성된 건지도.

다음 해에는 더욱 많은 사람이 이곳에 드나들었으면 좋겠다. 그런 마음으로 나는 연말이 되면 신중하게 도서관 운영 계획을 세운다. 내면의 소심함을 최대한 끌어올려서.

희크라테스

막바지 더위가 기승을 부리던 8월의 어느 수요일 밤, 나는 독서 모임을 하러 동네책방에 갔다. 모임에서 정한 책은 테드 창의 소설 《숨》이었다. SF라면 영화든 책이든 열광하는 내게 그날 독서 모임은 간절히 기다려온 시간이었다. 첫 장을 펼치자마자 시작되는 시간 여행부터 평행우주에 이르기까지, 다양한 SF적 상상력과 과학적 지식을 바탕으로 쓰인 총 아홉 편의 단편에 그야말로 나는 홀딱 반해버렸다.

다른 때보다 더 부푼 가슴을 안고 조금 늦게 책방에 들어선 순간, 모임 테이블에 둘러앉은 사람들 사이로 낯선 머리 하나가 보였다. 새로 온 사람이겠거니 생각하며 자리를 잡고 앉았는데, 마침 비어 있던 의자가 그 사람 옆자리였다. 그는 한 손에 휴대폰을 들고 다른 한 손은 앞으로 내밀어가며 부지런히 이야기하는 중이었다. 옆에서 슬쩍 바라본 그 모습은 마치 무대 위에서 오케스트라를 이끄는 지휘자처럼 보였다. 가만히 그의 말에 귀 기울이니, 온갖 철학적 언어들이 쏟아져 나오고 있었다.

그는 《숨》 자체가 한 권의 철학책이라고 했다. 스토리 자체에만 집중한 채 모호한 내용은 스킵하며 읽었던 나로서는, 책에 대한 그의 철학적 분석이 생소하고 어렵게만 느껴졌다. 수십 분간 이어지는 그의 말들이 왼쪽 귀를 타고 흘러들어와 그대로 오른쪽 귀로 빠져나갔다. 난 스토리에 관해 이야기하고 싶은데. 어려운 철학 이야기 말고.

그런 생각을 하며 멍하니 앉아 있는데 내 휴대폰의 알람이 울렸다. 별다른 저녁 약속이 없으면 보통 밤 10시면 잠자리에 드는 터라, 잠들기 한 시간 전에 독서를 할 요량으로 늘 밤 9시에 알람이 울리도록 설정해둔 상태였다. 순간 머릿속으로 번뜩 생각 하나가 스쳐 지나갔다. 나는 전화가 온 것처럼 휴대폰을 귀에 대고 말했다. "응. 이제 일어나려고." 약속이 있는 척하면서 나는 짐을 챙겨 책방을 빠져나왔다. 엘리베이터를 타자 한숨이 절로 나왔다. 철학은 딱 질색이었다. 나는 그 이후 한 번 더 남은 《숨》 독서 모임에 가지 않았다.

여름이 끝나고 가을이 시작되던 수요일 밤, 다시 책방을 찾았다. 사실 수요일의 독서 모임은 방대하기로 유명한 마르셀 프루스트의 《잃어버린 시간을 찾아서》 전권을 끝까지 읽자는 취지에서 만들어졌다. 혼을 쏙 빼놓을 만큼 만연체로 가득한 프루스트의 책을 한 권씩 완독해나갈 때마다, 우리는 기분 전환이나 하는 마음으로 새로운 책을 사이사이 끼어 읽은 뒤 다시 프루스트의 책 다음 편으로 넘어갔다. 테드 창의 《숨》도 그런 연유에서 읽은 책이었다. 이번에는 《잃어버린 시간을 찾아서》 5편을 읽을 차례였고, 그에 대한 첫 독서 모임이 시작되는 날이었다. 사람들과 테이블에 모여 앉아 이번 프루스트의 책도 정말 읽기 힘들었다며 푸념을 늘어놓고 있는데, 딸랑 하며 책방 문이 열렸다. 낯익은 여자가 성큼성큼 들어오더니 빈자리에 앉았다. 테드 창 독서 모임에서 철학 이야기를 늘어놓던 그 사람, 그날에야 비로소 이름을 알게 된 H였다.

알고 보니 H는 철학 박사였다. 지금은 결혼하여 아이를 낳고 남편의 직장을 따라 동두천으로 이사 와 주부로 살고 있지만, 원래 대학에서 철학을 가르치던 사람이었다. 처음부터 범상치 않다 싶었다. 철학에 대한 해박한 지식과 논리 정연한 설명은 물론이고, 자그마한 체구에서 깜짝 놀랄 만큼 힘이 넘치는 발성을 자랑하던 모습이 어쩐지 이해가 되었다. 내 머릿속에는 '철학=어려운 학문' '철학자=괴짜'라는 생각이 견고하게 자리 잡고 있었기 때문에, 온갖 철학적 단어를 쏟아내는 H에게 마음을 열기란 쉽지 않은 일이었다.

두 번째 대면이었기에 이미 내 마음은 '오늘도 철학에 대한 이야기만 늘어놓겠구나' 하는 생각에 체념 상태였다. 게다가 《잃어버린 시간을 찾아서》 자체도 내겐 난해한 책이었으니, 저 사람은 어떤 식으로 이 책을 이해했는지 한번 들어나 보자 싶은 마음도 있었다. 철학에 대한 마음의 문을 살짝만 열어둔 채 고개를 빼꼼 내밀고 있는데, 어느덧 정신을 차리고 보니 그의 이야기에 흠뻑 빠져 있는 스스로를 발견했다. 게다가 이미 마음의 문은 활짝 열려 있고.

H는 《잃어버린 시간을 찾아서》를 이렇게 정의했다. "예술을 위한 예술, 아름다움 그 자체"라고. 책 속에 담긴 무수한 철학적 사유에 대해 숨 쉴 틈도 없이 떠들어대는 그의 모습이 문득 멋있어 보였다. 사실 그가 풀어내는 철학 이야기는 좀처럼 이해하기 힘들었지만, 거기에는 사람을 끌어당기는 어떤 힘이 있었다. 생각보다 철학은 흥미로운 학문일지도. 철학을 공부하다 보면 나도 H처럼 깊이 있는 독서를 할 수 있지 않을까. 기계처럼 활

자만 읽어내는 독서가 아니라. 그리고 어쩌면 내게도 《잃어버린 시간을 찾아서》의 진가를 이해하는 날이 올지도 모른다. 불확실한 기대감이 생겨나자, 그때부터 나는 독서 모임 때마다 H의 말에 집중하게 되었다.

매주 책방에서 진행되는 수요 독서 모임에서 H에게 철학 이야기를 주섬주섬 주워듣다 보니, 내 안에는 점점 철학에 대해 더 알고 싶다는 욕망이 생겨났다. 하지만 독학으로 시작하기에 그 장벽은, 〈창세기〉에 나오는 바벨탑만큼 끝도 없이 높게만 느껴졌다. 그러던 어느 수요일 저녁이었다. 독서 모임이 시작되기 전, 나는 책방 주인과 수다를 떨고 있었다. 그날따라 H는 평소보다 이르게 책방에 도착했고 우리의 대화는 자연스레 철학으로 흘러갔다.

"철학 공부를 하고 싶은데, 어떻게 시작해야 할지 모르겠어요."

내 말에 H가 검지를 휘휘 저으며 대꾸했다.

"철학은 혼자 공부하면 안 돼. 이끌어주는 사람이 있어야지."

"저도 철학에 관심이 있어서 이런저런 책들을 읽어봤는데, 혼자선 힘들더라고요. 아, 맞다. 저, 예전에 읽었던 철학 소설이 하나 있는데요."

책방 주인은 말이 끝나기가 무섭게 벌떡 자리에서 일어나 책
방 구석으로 총총 걸어갔다. 그곳에는 책방 주인이 독서 모임에
서 읽었던 책이나 개인 책을 소장하는 책장이 하나 있었다. 그
는 손가락으로 서가를 죽 훑다가 어느 두툼한 책등에서 손을 멈
췄다.

"찾았다."

책방 주인이 책장에서 꺼낸 책을 테이블 위에 올려놓았다.
《소피의 세계》란 제목이 눈에 들어왔다. H는 책을 보더니 고개
를 끄덕이며 말했다.

"청소년 대상으로 나온 철학 소설이잖아요, 이거."

나는 '청소년 대상'이란 말에 솔깃해져서 책을 펼쳐 휘리릭
훑어봤다. 왠지 철학에 문외한인 나도 쉽게 읽을 수 있을 것 같
았다. 순간 한 가지 생각이 번뜩 머릿속을 스쳤다.

"H 님, 예전에 대학에서 철학 가르치셨다고 했죠? 다시 강의
하고 싶지 않으세요?"

"뭐, 그렇죠."

"그럼, 이 책으로 우리 도서관에서 강의 한번 해보시지 않을
래요?"

아마 그때처럼 내 눈이 반짝였던 적은 없었으리라. H는 종종
가슴을 치며 이런 푸념을 늘어놓곤 한다. "내가 그때 그 눈빛에

속아 넘어갔잖아. 야망은 뒤로 감추고 초롱초롱함으로 위장한 그 눈빛에." 물론 이 말을 하는 그의 입은 시종일관 웃고 있다.

그렇게 내 꾐에 속아 넘어간, 일부러 속아 넘어가준 철학자 H는 지혜의 집에서 '일상의 철학'이란 타이틀로 두 달 동안 강의를 하게 되었다. 가을이 한껏 청명함을 뽐내던 시절이었다. 나를 포함해 철학에 관심은 많지만 지식이라곤 전혀 없는 여섯 명이 도서관에 모였다. 두툼한 《소피의 세계》를 옆구리에 끼고.

H는 낡다 못해 누렇게 바랜 철학책들을 양손 가득 안고 도서관에 왔다. 수없이 펼쳐서 공부한 흔적들이 벽돌 같은 책 곳곳에 화석처럼 새겨져 있었다. 우리는 오래된 유물을 감상하듯 철학자의 애장 도서를 구경했다. 이런 책들을 사랑해야만 철학자가 될 수 있는 거구나.

매주 정해진 분량만큼 우리가 《소피의 세계》를 읽어오면 H가 소설 속에 담긴 철학을 설명해주는 식으로 수업이 진행되었다. 노르웨이의 작은 마을에 사는 열네 살 소녀 소피가 어느 날 '철학자'라는 한 남자에게 의문의 편지를 받기 시작하면서 시작되는 이 소설은, 고대 서양 철학자들부터 현대 서양 철학자들에 이르기까지 그들이 펼친 철학 사상의 흐름에 관한 이야기를 한 권에 응축하여 담아낸 작품이었다. H는 최대한 학생들이 이해하기 쉽도록 화이트보드에 그림까지 그려가면서, 학창 시절 윤리 시간에 한 번쯤 들어봄 직한 철학자들의 이름과 그들의 이론에 대해 목이 터져라 설명했다.

강의 중간중간 H는 우리들의 표정을 살피곤 했는데, 그럴 때마다 어김없이 한숨을 내쉬거나 물을 벌컥벌컥 들이켰다. 나는 타들어가는 H의 속도 모른 채 부지런히 그의 말들을 노트에 옮겨 적고 그와 눈이 마주칠 때마다 강의 내용을 다 이해한다는 듯 고개를 끄덕였다.

H가 소크라테스의 아이러니와 문답법에 대해 설명하던 날, 나는 그에게 새로운 별명을 지어주었다. 그의 이름 마지막 글자와 소크라테스를 합쳐서 '희크라테스'라 부르기로 한 것. 수업에 집중할 생각은 하지 않고 이렇게 별명이나 지어대고 있었으니, 지금 생각해보면 희크라테스 스승님, 아니 H에게 살짝 미안한 마음도 든다. H는 그런 내게도 보란 듯이 별명을 하나 지어주었으니, 소크라테스의 제자 플라톤과 내 이름 가운데 글자를 엮어서 '지라톤'이라나. 그날 이후 우리는 서로를 "희크라테스 스승님!" "지라톤!" 하고 부르며 장난을 쳤다.

수업이 끝날 즈음, H는 늘 학생들에게 철학적 생각거리를 던졌다. "여러분이 자신의 삶 속에서 근거 없이 확신하는 믿음은 무엇인가요?" "나의 행복에 대해 아리스토텔레스처럼 사유해보세요." "어떤 상황 속에서도 나를 있는 그대로 지탱해주는 것이 무엇인지 생각해보세요." "여러분이 집에 유대인을 숨겨두고 있는데 나치가 찾아와서 그 유대인을 찾는다고 가정해보세요. '거짓말을 하지 말라'와 '생명을 지켜야 한다'라는 두 개의 정언명령 중 여러분은 어떤 선택을 할 건가요?" 등등.

철학 수업을 들은 날이면 그동안 스스로에 대해 이토록 진지하게 생각해본 적이 있나 싶을 만큼, 나는 H의 질문들을 곱씹어가며 그에 대한 답을 찾으려 애썼다. 사실 정답은 없었다. 나를 포함한 학생들이 질문에 대한 자기 나름의 답을 글로 써 가면, H는 수업이 시작되기 전 학생들이 발표한 내용을 들은 뒤 철학적으로 해석해주곤 했다. 그저 어릴 적 기억이나 경험에 의지하여 쓴 어설픈 내 글에서 스피노자를 발견하기도 하고 실존주의를 읽어내기도 하는 H를 바라보면서 이런 생각이 들었다. 역시 철학자의 시선은 남다르구나.

철학 수업이 한창이던 어느 날, 한바탕 열정적인 강의를 끝내고 주섬주섬 짐을 챙기는 H에게 나는 넌지시 물어보았다. 강의료도 못 주는데 두 달 동안 선뜻 자원봉사로 수업을 해주겠다고 한 이유가 뭐냐고. 철학자로서 확고한 자기만의 세계를 가지고 있는 그가 한낱 작은도서관 사서가 떼를 쓴다고 해서 소중한 아침 시간을 두 달이나 선뜻 내어줄 리는 없지 않나 싶었다. 내 물음에 H는 일말의 망설임도 없이 말했다.

"모든 것에 의문을 품는 것이 철학의 시작이에요. 내가 알고 있는 것, 믿고 있는 것에 대한 근거를 찾는 거죠. 이 세상에는 자기 믿음에 근거가 있어야 한다는 생각조차 하지 않은 채 살아가는 사람들이 참 많아요. 난 이 수업을 통해서 그걸 알려주고 싶었어요. 내가 가진 믿음에 근거가 있는지, 그 근거가 옳은지 그른지에 대해 생각하는 사람이 많아졌으면 하는 마음이 컸어요. 그래서 이 수업을 하겠다고 한 거예요."

H는 말했다. 철학자들 개개인의 사상을 통해, 깊이 있는 사고를 바탕으로 스스로의 고민을 제대로 인식하고 드러내는 과정을 배울 수 있다고. 철학을 제대로 배운 사람들이야말로 자신을 둘러싼 모든 것에 대해 더 잘 고민할 수 있는 능력치를 얻게 된다는 뜻이었다. 《소피의 세계》에는 모든 철학 사상이 응축되어 담겨 있다 보니 입문자들이 그 안의 내용을 전부 소화해내기에는 무리가 있다고도 했다. 그래도 책에 언급된 무수한 철학자 가운데 한 명쯤은, 마음 가는 사람이 생기길 바란다고 H는 덧붙였다.

약속한 두 달이 지나고 마지막 수업이 있던 날, H는 철학을 공부하기에 두 달이란 시간이 너무 짧았다며 탄식했다. 최선을 다해 수업해준 H에게 미안하게도 내 머릿속에 저장된 철학 지식은 두 달 전과 별반 다를 바 없었다. 물론 겉으론 내색하지 않았다. 아마 H는 학생들의 표정을 통해 그러한 상황을 대강 눈치 채고 있었겠지만.

그래도 H의 노고를 고마워하는 마음은 다들 같았던 모양이다. 한 학생은 손수 딸기 타르트를 구워 왔고, 또 다른 학생은 간식거리를 챙겨 왔다. 나는 집에서 대추와 생강을 직접(물론 엄마가) 달여 만든 수제청과 동화책 두 권을 H에게 선물했다. 그는 재미있다는 듯 깔깔 웃으며 말했다.

"칸트가 쾨니히스베르크 대학에서 논리학이랑 형이상학을 가르쳤거든요. 그런데 당시에는 정식 교수한테만 강의료를 지불했대요. 칸트가 교수로 임용된 때가 마흔여섯 살쯤이었으니까, 그전까진 강의료를 전혀 못 받은 거지. 그 대신 학생들이 가져오는 빵이나 식료품 같은 걸 받았다나. 오늘 이런 선물들을 받으니까, 꼭 내가 칸트가 된 기분이네요."

철학 수업이 끝난 뒤 1년 가까이 시간이 흘렀다. 여전히 내 철학 지식은 예전과 다를 바 없다. H와 나는 일주일에 한 번씩 책방 독서 모임에서 만나고 있으며, 여전히 서로를 '희크라테스' '지라톤'이라 부른다. 최근에 나는 무려 천 페이지가 넘는 서양철학사 책을 샀다. 매주 조금씩 나눠 읽으며 독학해보자는 책방 주인의 말에 홀라당 넘어가서. 도저히 엄두가 나지 않아 아직 한 장도 펼쳐보지 못한 이 책은, 지금도 내 책상 한구석을 묵직하게 차지하고 있다. 1년 전처럼 나는 다시 철학에 대한 은밀한 모의를 꾀하려 한다. 이번에도 희크라테스 스승님이 기꺼이 동참해주리라 믿으면서. 그가 이런 내 속내를 안다면 내게 이렇게 되물을지도 모른다.

"지라톤, 대체 그 믿음의 근거는 뭐죠?"

책 의 발 견

지혜의 집에서 도보 15분 정도의 거리에는 '코너스툴'이라고 하는 작은 책방이 하나 있다. 처음에는 '동두천에 이런 공간이 다 생기다니, 신기하네' 하는 마음으로 책방에 몇 번 기웃거렸다. 그러다 그곳 특유의 안락한 분위기에 이끌려 일주일에 서너 번은 들르는 단골이 되었다.

책방 주인 '스투리'에게는 남다른 재능이 있다. 평범한 제목의 책도 그가 소개하면 어쩐지 사고 싶어지게 만드는 능력이다. 만약 스투리가 기가 찰 만큼 두꺼운 철학책 한 권을 들고 와서 나를 앉혀놓고 "이 책을 읽으면 지윤 님도 소크라테스가 될 수 있어요"라고 말한다면, 나는 홀린 듯이 지갑을 열고 말 것이다. 그 차분하고 다정한 목소리에는 도저히 믿지 않고는 못 배기게

하는 힘이 있다. 물론 그는 절대 터무니없는 책을 권한다거나 강매하는 사람이 아니다. 하지만 마음만 먹는다면 어떤 책이든 척척 팔 수 있을지도 모른다.

간혹 눈에 띄는 동네서점이라고 해봤자 참고서나 문제집을 위주로 판매하는 곳이 대부분이었기에, 그동안 나는 모든 책을 온라인서점을 통해 구매해왔다. 어쩌다 서울에 나갈 일이 생기면 교보나 영풍문고 같은 대형서점에 들러보기도 하지만, 널따란 매대와 수없이 늘어선 서가를 차지한 많은 책 가운데 마음을 끄는 한 권을 고르기란 쉽지 않은 일이었다. 그러나 이 자그마한 책방이 생긴 뒤로는 책을 사는 즐거움이 한층 커졌다. 스투리의 취향이 묻어나는 책으로 채워진 단출한 서가. 개성 넘치는 독립출판물로 장식된 소박한 매대. 그 사이를 천천히 거닐다 보면, 운명 같은 책 한 권과 만나는 일은 그리 어렵지 않다. 게다가 이 공간에는 책 바다 위에서 노련하게 키를 다루는 매력적인 항해사 스투리가 있다. 코너스툴이라는 배에 오르면 누구든 스투리에게 책 바다에 관한 흥미로운 이야기를 들을 수 있다. 그의 이야기에 귀 기울이다 보면 어느새 나만의 돌고래와 조우하는 기적이 일어난다. 나 또한 코너스툴에서 돌고래를, 즉 운명과도 같은 책을 여러 권 발견했다. 니콜 크라우스의 《사랑의 역사》라든가 김성중의 《국경시장》, 혹은 애증으로 가득한 마르셀 프루스트의 《잃어버린 시간을 찾아서》 시리즈나 밀란 쿤데라 전집 등. 코너스툴이 아니었다면 내 방 책장에 꽂히기까지 오랜 세월이, 어쩌면 아예 꽂힐 일이 없었을지도 모를 책들. 그동안 일본 소설이나 추리 소설만 줄곧 읽어왔는데 동네에 좋은 책방이 생긴 덕분에 책을 고르는 시야가 넓어진 셈이다. 이러한 변화는 사서로서 수서 업무를 할 때도 큰 도움이 된다.

도서관에 필요한 자료를 골라 구매하고 전산에 그 정보를 입력한 뒤 서가에 꽂아 정리하기까지의 과정을 '수서'라고 부른다. 보통 규모가 큰 공공도서관의 경우 이를 전담하는 수서사서가 따로 있다. 도서관에 따라서는 '자료선정위원회'를 구성하여 사서가 수서 업무를 할 때 도서 선정에 도움을 주기도 한다.

지혜의 집에서도 해마다 서너 차례의 수서 작업이 이루어진다. 혼자 일하는 도서관인 데다 예산도 적어서 자료선정위원회는 따로 없다. 이용자들이 신청한 희망 도서와 스테디셀러가 될 만한 책들을 조사하여 조촐한 목록을 꾸리고 나면 콩알만 한 예산은 금세 바닥이 난다. 그러다 보니 장서의 수는 좀처럼 늘어날 기미가 보이지 않는다. 그렇다고 가만히 있을 순 없는 노릇이다. 한국문화예술위원회에서 운영하는 도서 보급사업에 신청하여 연간 두 차례씩 문학 분야의 책들을 기증받는다거나, 시립

도서관에서 지역의 작은도서관을 대상으로 다달이 책 150권을 배달하여 빌려주는 단체 대출 서비스를 이용하는 등, 이런저런 방법을 궁리하면서 조금씩 장서를 보충해가야 한다. 그래도 부족한 자료들, 예를 들면 정기간행물은 내가 개인적으로 구독하고 있는 잡지를 갖다놓는다거나 한 어린이 잡지에 정기적으로 글을 싣는 친구에게서 매달 해당 잡지를 기증받기도 한다. 내가 처음 지혜의 집에 왔을 때만 해도 장서 수가 5천 권이 채 되지 않았는데 어느덧 그 수가 9천 권을 넘어섰으니, 이제 만 권을 보유하게 될 날도 머지않았다.

지혜의 집에서 내 역할은 책방 주인 스투리와 다를 바 없다. 이곳을 찾는 사람들에게 좋은 책을 소개하고 제공해주는 것이 사서로서 내게 주어진 일이다. 이따금 나는 이런 상상을 해본다. 책과는 인연이 없던 한 사람이, 우연히 구경 삼아 지혜의 집에 들어왔다가 운명을 뒤바꿀 책과 만나게 되는 모습을. 그래서일까. 지혜의 집에 들일 책을 고를 때면 나는 내 책을 살 때와는 확연히 다른 마음가짐이 된다. 바둑판 앞에 앉아 흑백의 돌을 손안에 굴리면서 어디에 놓을지 고심하는 바둑기사처럼 한없이 신중해지는 것이다. 운명까진 어쩌지 못하더라도 사막처럼 메말라 있던 누군가의 마음에 작은 풀 한 포기 심어줄 수 있는 책으로 서가의 빈 곳을 채워가고 싶으니까.

일본어 수업

일본어 수업을 다년간 진행해보니 어느새 수강생들의 패턴이 한눈에 들어온다. 일본어 문자를 익히는 두 번째 수업까지는 거의 출석률 백 퍼센트를 자랑한다. '히라가나'와 '가타카나'라는 꼬부랑 문자가 낯설긴 해도 새로운 언어를 습득한다는 데에 대한 기대감 때문인지 다들 꼬박꼬박 출석한다. 본격적인 문법 강의가 시작되는 세 번째 수업부터 고비가 찾아온다. 하나둘 결석하는 학생이 늘어나는가 싶더니, 형용사 강의에 들어가면 수강생 수가 절반 가까이 줄어든다. 그러다 화려한 변격 활용을 자랑하는 동사 수업의 차례가 되면 어김없이 학생 수는 반 토막이 난다.

윤은 도서관 일본어 수업의 최다 참여자였다. 총 7기까지 진행된 수업 중 그가 참여한 횟수는 무려 세 번이었다. 그것도 결석 한 번 없이. 숙제를 거르지 않고 해오는 학생은 윤이 유일했다. 그의 노트와 책에는 연필로 수없이 쓰고 지우며 공부한 흔적이 고스란히 남아 있었다. 단연코 윤의 일본어 실력은 반에서 톱이었다. 수업이 끝을 향해 달릴수록 결석률도 높아져서, 어떤 날은 윤과 나 단 둘뿐인 적도 있었다. 그럴 때면 윤은 시원시원한 목소리로 이렇게 말해주었다.

"오늘은 혼자 복습할게요. 다음 주에 여러 명 있을 때 한꺼번에 설명해주시는 게 낫잖아요. 난 괜찮으니까 신경 쓰지 말고 도서관 일 보세요. 공부하다가 모르는 거 있으면 물어볼게요."

윤은 도서관의 오랜 단골 이용객이기도 했다. 지혜의 집에서 근무한 지난 10여 년의 세월 동안, 가장 책을 많이 빌려간 대출왕을 뽑으라고 한다면 단연코 윤일 것이다. 그는 도서관에 올 때마다 커다란 에코백에 책을 한 무더기 담아 돌아가곤 했다. 그가 즐겨 읽는 분야는 일본 추리 소설이었는데, 그렇다고 추리 소설만 읽는 것은 아니었다.

"추리 소설만 내리읽으면 지치니까 사이사이에 한국 소설도 한 권씩 읽어줘야 해요."

그가 골라온 책들을 바코드로 찍으며 살펴보면, 일본 추리 소설과 한국 소설의 비율이 대개 6 대 4 정도였다. 이따금 내가 에세이를 읽어보길 권하면 그는 손사래 치며 말했다.

"아휴, 난 에세인 별로라서."

그러고는 서너 배는 부풀어진 에코백을 영차 들고 활기차게 인사하며 도서관을 나섰다. 그를 따라 마실 나간 책들은 한 장 한 장 꼼꼼히 읽힌 뒤 몇 주가 지나면 도서관으로 되돌아왔다.

비나 눈이 오는 궂은 날씨가 아닌 이상, 윤은 언제나 누군가와 함께 도서관을 찾았다. 까맣고 순한 눈망울을 지닌 하얀 진 돗개, 초롱이였다. 윤이 입구 앞 계단참에 목줄을 묶어놓고 도서관에 들어오면, 초롱이는 그 자리에서 꿈쩍하지 않고 앉아 주인이 들어간 방향을 바라봤다. 근처 전깃줄에서 지저귀는 참새를 쳐다본다거나 울타리 너머의 행인을 바라보며 짖는 일은 없었다. 그 순종적인 시선은 오로지 일직선으로만 뻗어나갔다. 책을 다 빌린 주인이 다시 눈앞에 나타날 때까지. 자연스레 내 기억 속 풍경에서는 윤의 옆에 항상 초롱이가 있었다.

봄방학이 끝나갈 무렵이었다. 일본어 4기 수업을 백 퍼센트 출석률로 마무리한 뒤 한동안 도서관을 찾지 않던 윤이 반가운 얼굴을 내밀었다. 이따금 불어오는 바람에서 봄기운이 느껴지는 날이었다. 그런데 평소와 달리 혼자였다. 지난겨울 동안 일본어 공부는커녕 책 한 권 읽지 못했다며, 윤은 어김없이 서가에서 일본 추리 소설과 한국 소설을 한가득 골라와 데스크에 올려놓았다. 삑, 삑, 바코드를 찍으며 나는 초롱이의 안부를 물었다.

"떠났어요. 얼마 전에."

나는 바코드를 찍다 말고 고개를 들었다.

"거실에서 텔레비전을 보고 있는데 안방에서 '쿵' 하는 소리가 들렸어요. 초롱이가 아픈 뒤로는 하루에도 몇 번씩 있었던 일이라 대수롭지 않게 생각했죠. 그런데 계속 쿵, 쿵 소리가 들리더라고요. 급히 안방으로 갔더니 초롱이가 몸을 벌벌 떨면서 분비물을 쏟아내고 있었어요."

윤은 물기 어린 눈으로 덤덤히 말했다. 가만히 그의 이야기를 듣고 있는데 나도 모르게 왈칵 눈물이 쏟아졌다.

"어휴, 왜 선생님이 울고 그래. 나도 다시 슬퍼지잖아요. 열아홉 살에 갔으니 오래 살긴 했지. 볕이 잘 드는 산자락에 묻어줬어요. 겨울이라 땅이 얼어서 삽이 자꾸 부러지는 거예요. 그래서 포클레인 업자까지 불렀다니까. 삯은 반으로 깎아주더라고요. 그렇게 떠났어요. 우리 초롱이."

책으로 빵빵해진 에코백을 들고 홀로 돌아가는 윤을 배웅하면서 나는 생각했다. 내가 초롱이를 애도할 수 있는 방법에 대해. 초롱이 또한 내게는 도서관의 단골 이용자나 다름없었으니까. 훗날 지혜의 집에서의 세월을 추억할 때, 순한 눈망울을 지닌 이 얌전한 진돗개 손님은 도서관의 소중한 기억 중 하나가 될 것이 분명했다.

몇 주 뒤, 나는 초롱이를 추모하며 짤막한 글 한 편을 써서 윤에게 보냈다. 그는 곧 답장을 보내왔다. 글을 출력하여 초롱이 액자 옆에 두었다고. 이를 계기로 윤과 나는 서로를 향한 마음의 거리가 한 뼘 더 가까워졌다.

새 학기가 되자, 나는 다시 일본어 수업을 개강했다. 이번에도 가장 먼저 신청한 윤은 수업이 있는 목요일 아침마다 일찍 도서관을 찾았다. 이제는 너덜너덜해진 일본어 교재를 펼쳐놓고 수업이 시작되기 전까지 그는 부지런히 복습을 했다. 이번에도 윤의 출석률이 백 퍼센트였다는 건 말할 필요도 없다.

그해 여름이 끝나가고 가을학기가 시작되었을 즈음, 오랜만에 윤이 도서관에 놀러 왔다. 그는 근처에서 열리는 오일장에서 샀다며 꽈배기가 담긴 뜨끈한 종이봉투를 내밀었다. 여름휴가는 어디로 다녀왔냐고 묻자, 윤은 친구들과 일본 여행을 다녀왔는데 그동안 익힌 일본어를 제대로 써먹었다며 자랑했다. 그저 지혜의 집 사서로 복귀하겠다는 일념 아래 시작한 일본어 수업이, 누군가에게 긍정적인 영향을 미쳤다는 걸 확실하게 깨닫는 순간이었다. 신나게 여행담을 늘어놓는 윤의 이야기에 귀를 기울이면서, 나는 꽈배기를 먹었다. 그날따라 유독 꽈배기가 달콤했다.

쑥쑥 일본어 클럽

누군가의 이름을 처음 부를 때는 용기가 필요하다. 학교에서 만난 동갑내기일 경우 자연스레 서로 이름을 부르게 되지만, 사회에 나와 인연을 맺는 사람들은 사정이 좀 다르다. 어떤 상황에서 알게 되었는지에 따라 적절한 호칭을 정해서 불러줘야 한다. 대개 처음에는 나이에 상관없이 '○○ 씨'라든가 '○○ 님'이라고 부르는데, 어쩐지 나는 이게 영 어색해서 적응하기까지 시간이 걸리는 편이다. 그런 까닭에 초반에는 되도록 이름을 부르지 않으려고(그럴 상황을 만들지 않기 위해) 노력한다. 그러다 좀 더 이 사람과 가까워지고 싶다는 생각이 들면 슬그머니 별칭을 붙여주는데, 상대방이 이에 거부감을 느끼지 않는다면 별칭이 그대로 그 사람의 호칭으로 정착하며 차츰 편한 사이가 된다.

나 역시 그동안 주변 사람들에게 수많은 별칭으로 불리며 살아왔다. 지난겨울, 태국의 치앙마이로 여행을 갔을 때 동행했던 책방 주인 스투리와 친구 L과도 서로 별칭을 지어 불렀다. 이왕이면 태국에 왔으니 태국식 이름을 지어보자면서 태국인 친구에게 이름의 적합성에 대한 확인까지 받아가며 우리는 서로에게 별칭을 지어주었다. 그렇게 스투리는 코난, L은 경쿤, 나는 얀티라는 태국식(이라 단단히 믿고 있는) 이름을 얻었다. 태국에서만 쓸 요량으로 붙인 이름인데 그새 입에 익어서, 여행을 다녀온 지 1년이 다 된 지금까지도 우리는 서로를 코난, 경쿤, 얀티라고 부른다. 이 별칭으로 불릴 때면 치앙마이에서의 따스하고 나른했던 기억이 어렴풋이 되살아나는 듯한 기분이다.

　지혜의 집 도서관에서도 나는 다양한 별칭을 얻었는데, 가장 많이 불리는 호칭이 '지집쌤'으로 '지혜의 집 선생님'을 줄인 말이다. 말의 효율성을 따지는 몇몇은 이마저도 줄여서 '지쌤'이라 부른다. 그 밖에도 '양쌤' '사서쌤' '양지쌤' 등등 각자의 편의에 따라 호칭의 수는 끝없이 늘어난다. '지혜의 집 선생님'이라고 정석으로 부르는 이들은 초등학교 저학년 꼬마 이용객들 정도. 암기라도 하는 것처럼 또박또박한 발음으로 나를 부르는 그 햇솜 같은 목소리가 들리면, 구부정한 자세를 가다듬고 풀린 눈빛을 재정비한 뒤 영업용 미소를 띠게 된다. 그리고 또 다른 호칭으로 나를 부르는 이들이 있다. 지혜의 집 도서관 시그니처 프로그램이나 마찬가지인 스쿠스쿠 일본어 교실을 수료한 사람들. 그들은 나를 센세(일본어로 '선생님'이라는 뜻)라고 부른다.

스쿠스쿠 일본어 교실은 1년에 두 번, 봄학기와 가을학기에 각각 4개월씩 진행된다. 무료로 운영하는 프로그램이다 보니 늘 대기자가 있을 만큼 사람은 금세 모인다. 그러나 결석률이 높아서 마지막 수업까지 살아남는 학생은 서너 명 정도일까. 한편, 수업을 딱 한 번만 듣는 학생은 거의 없다. 봄학기에 수업을 들었던 학생이 가을학기에 또 신청해서 듣곤 한다. 복습을 위해서인지 아니면 센세가 좋아서인지는 아직 밝혀지지 않았다. 아마도 후자 쪽이 아닐까! 어쨌든 마지막 수업까지 살아남아서 다음 학기에도 연속으로 수업을 들은, 아마도 센세를 무척이나 좋아하는, 학생 세 명이 모여서 동아리 하나를 만들었으니, 바로 '쑥쑥(일본어로 표현하면 '스쿠스쿠') 일본어 클럽'이다.

도서관 바깥에선 족집게 영어 선생님으로 통하고 동아리에선 리더를 맡고 있는 문, 똑 부러진 성격으로 멤버들의 과제와 지각 여부를 꼼꼼히 체크하는 막내 경, 그리고 넉넉한 마음씨로 모임의 분위기를 화기애애하게 이끌어가는 장까지. 1년 동안 거의 개근으로 일본어 수업을 들은 세 사람이 의기투합하여 일본어 스터디를 시작한 것이다. 수업에서 배운 내용을 잊어버리지 않기 위해. 이들은 무레 요코의 소설 《카모메 식당》 원서를 스터디 교재로 선택하여 매주 정해진 분량을 공부해 온 뒤 한 문장씩 돌아가며 읽고 해석하는 방식으로 모임을 꾸려갔다.

나는 목요일 오전이면 데스크 앞에 앉아 업무를 하면서, 혹은 서가에 책을 정리하면서 세 사람이 돌아가며 읽어주는 소설 속 문장에 귀를 기울였다. 마치 오디오북을 틀어놓은 것처럼, 도서관 안에는 세 사람의 차분한(비록 전파 상태가 불량한 것처럼 종종 문장이 끊기긴 했지만) 목소리가 번갈아가며 울려 퍼졌다. 중간중간 웃음소리는 덤이었고. 그러다 누군가 "센세! 이 문장 무슨 뜻인지 모르겠어요" 하고 쪼르르 달려와 물으면 열심히 설명해주곤 했다.

모임의 커리큘럼은 꽤 체계적이었는데, 듣기와 말하기, 쓰기, 읽기의 순으로 척척 진행되었다. 그중 내 흥미를 끄는 파트는 말하기 시간이었다. 질문을 정해놓고 일본어로 서로 묻고 대답하는 식이었는데, 이 순서만 되면 세 사람의 볼륨이 순식간에 작아지는 것이었다. 마치 비밀 이야기라도 나누듯 서로 머리를 맞대고 속닥속닥 회화를 했는데, 사실 여기에는 이유가 있었다.

평소에는 사오정처럼 가는귀가 먼 나도 이때만큼은 소머즈(1970년대 외화 시리즈의 제목으로, 주인공 소머즈는 유독 청력이 뛰어났다)처럼 귀가 밝아져서 그들이 나누는 일본어 단어 하나하나가 귀에 쏙쏙 박히듯 들어왔다. 나는 무심한 표정으로 컴퓨터 화면을 바라보고 있다가 잘못된 표현이라도 들리면 곧장 그들을 향해 소리쳤다.

"그거 아닌데! 여러분, 수업에서 배우셨잖아요!"

그러면 세 사람은 결국 들키고 말았다는 표정으로 깔깔 웃어대고는 곧장 문장을 수정하여 다시 회화를 이어갔다. 이제 막 잠든 아기라도 옆에 있는 것처럼 더욱 속삭여가면서.

언제까지고 이어지리라 생각했던 '쑥쑥 일본어 클럽' 동아리는 문이 서울로 이사하게 되면서 끝이 났다. 이젠 도서관의 한 구석을 차지하고 앉아 머리를 맞대고 일본어로 속삭이는 세 사람의 풍경이나 "센세!"라고 다급히 외치며 질문을 던지는 모습을 볼 순 없지만, 언어를 통해 맺어진 세 사람의 관계는 도서관 바깥에서도 여전히 계속되고 있는 모양이다.

어쩌면 지혜의 집이, 그리고 이따금 소머즈 같은 청력을 발휘하는 센세의 존재가 세 사람이 우정을 쌓아가는 데 조금이나마 교두보 역할을 해준 덕분이라고, 살짝 우쭐해본다.

PART 6

오지 않은 어떤 날

운동에는 소질도 없을뿐더러 흥미도 없다. 그러다 보니 내 몸은 이미 지방이라는 녀석이 차지해버린 지 오래다. 그나마 지방의 기세에서 간신히 살아남은 근육들이, 내가 점심으로 먹는 닭가슴살과 일주일에 두어 번 하는 요가에 의지해 버텨주고 있는 실정이다.

수많은 운동 중에서도 가장 싫어하는 종목은 달리기다. 일상에서 내가 뛰는 순간은 마지못할 때뿐이다. 막차가 플랫폼에 들어서고 있다거나 뱃속이 요동을 쳐서 한시가 긴박한 순간이라거나. 달리기를 좋아하는 사람들을 보면 무척 신기하다는 생각마저 든다. 소설가 무라카미 하루키는 거의 하루도 빠짐없이 달리기를 하는 것으로 유명하고, 만화 〈달려라, 하니〉에서 부모 없이 혼자 살아가는 외로운 소녀 하니의 유일한 낙은 달리기다. 노원에 사는 박 사장은 정기적으로 마라톤 대회에 참여하고, 동료 번역가 K는 다이어트를 위해 시작한 달리기에 푹 빠져서 비 오는 날에도 아파트 주차장을 달린다고 한다.

학창 시절, 체육 시간이 가까워오면 나는 괜히 배도 아프고 머리도 지끈거렸다. 특히 달리기 수업이 있기라도 하면 당장이라도 교문 밖으로 탈출하고픈 심정이 되었다. 출발선에 친구들과 나란히 서서 선생님의 "출발!"이라는 말을 기다릴 때가 가장 견디기 힘든 순간이었다. 심장이 콩닥콩닥 뛰다 못해 터져버릴 것만 같았던 데다, 숨 막히는 긴장감을 참아내는 데 모든 에너지를 쏟은 탓에 정작 달려야 할 때는 다리에 힘이 들어가지 않았다. 친구들이 기다리는 도착점까지의 거리가 머나먼 고행길처럼 느껴졌다. 숨을 헐떡거리며 겨우 도착점에 (늘 그렇듯 꼴찌로) 들어오면, 선생님은 왜 힘차게 뛰지 않느냐며 한소리를 했다. 나는 온 힘을 다해 뛰었는데. 억울했다. 체육 수업이 예정된 전날 밤, 나는 간절히 기도했다. 내일 꼭 폭우가 쏟아지게 해달라고.

사회에 나오니 더는 내게 달리기를 하라고 강요하는 이가 없어서 정말 기뻤다. 그 대신 '달리기를 준비하는 순간'과도 같은 상황이 수시로 찾아왔다. 중요한 일을 앞두거나 여러 사람의 주목을 받을 일이 생기면, 황토색 운동장에 그어진 빗금 앞에서 달리기 준비 자세를 한 채 대기하고 있던 순간처럼 심장은 두방망이질치고 손바닥에서는 땀이 솟았으며 압력밥솥에서 김이 빠지듯 온몸의 기운이 스르르 사라졌다. 혼자 일하는 작은도서관에서도 예외는 없었다. 여러 사람이 복작대는 직장보다야 월등히 그 수는 적었지만, 1년에 한두 차례 정도는 '달리기를 준비하는 순간'이 도서관에도 찾아왔다.

2000년대 초반 무렵 '작은도서관 만들기' 운동을 시작으로 동네마다 속속 작은도서관이 생겨나기 시작해서, 지혜의 집이 속한 경기도의 경우 현재 2,000여 곳 가까운 작은도서관들이 문을 열고 있다고 한다. 경기도에서는 이런 도서관들이 잘 운영되고 있는지 확인하기 위해 매년 '작은도서관 운영 평가'를 실시한다.

평가 항목은 정량평가와 정성평가로 나뉜다. 정량평가는 연간 운영 계획이라든가 시설 및 인력(사서와 봉사자의 수) 자원, 도서관 서비스 등의 항목을, 정성평가는 독서 프로그램의 우수성이나 장서 관리, 지역사회 교류 및 홍보 등의 항목을 평가한다.

정량평가의 경우 평가지표에 따라 해당 도서관의 사서가 증빙 자료를 제출하여 점수를 매기지만, 정성평가의 경우 평가단에서 직접 도서관 실사를 나온다. 두 항목을 합산해서 산출된 점수를 바탕으로 도서관의 등급이 매겨지는데 일정 등급 이상에 이르지 못하면 지원금이 깎이기도 한다. 사정이 이렇다 보니, 늘 예산에 허덕이는 작은도서관 사서들은 해마다 평가 기간이 되면 어떻게든 높은 등급을 받으려고 안간힘을 쓴다. 특히 실사를 앞둔 전날 밤에는 잠도 잘 오지 않는다. 그동안 정성들여 키워온 자식을 맞선자리에 내보내는 부모의 심정이 이럴지도 모른다고 상상하면서, 실사 당일 아침이 되면 같은 처지인 소요초 지혜의 등대 안 선생님과 전화로 서로를 응원한다.

"선생님, 우리 이번에는 꼭 높은 점수 받아요!"

올해도 어김없이 실사의 날이 찾아왔다. 평소보다 이른 출근을 한 뒤 정성평가에 필요한 이런저런 자료를 출력하고 도서관 곳곳을 둘러보고 있는데 안 선생님에게 전화가 왔다. 이번 실사에서 지혜의 집은 소요초 지혜의 등대 다음이었다.

"양 선생님, 방금 실사 담당 선생님 왔다 가셨어요. 너무 긴장했나 봐요. 선생님 가시고 나니까 다리에 힘이 풀리는 거 있죠. 그래도 잘 끝난 것 같아서 정말 다행이에요. 곧장 지혜의 집으로 가신다고 하셨으니까 준비하고 계세요."

전화를 끊고 나자 가슴이 쿵쾅거리면서 두 손에서 땀이 나기 시작했다. '달리기를 준비하는 순간'이 찾아온 것이다. 작은도서관 운영은 마치 학창 시절 체육 시간에 뛰던 백 미터 달리기와도 같았다. 얼마 되지 않는 도서 구입 예산으로 신중하게 서가에 꽂을 책을 고르고 열심히 프로그램을 기획하여 진행하는 등 최선을 다해 운영해봐도, 작은도서관 평가에서 번번이 낮은 등급을 받았다. 예를 들면 이런 항목에서였다. 자료 구입비나 운영비, 장서 수, 연속간행물 수, 운영 전담 인력 수 등등. 도서관의 규모에 따라 달라지는 항목을 일률적인 점수로 매기다 보니, 지혜의 집처럼 성냥갑만 한 도서관들은 낮은 점수를 받을 수밖에 없었다. 내 나름대로 온 힘을 다해 백 미터를 뛰었는데도 체육 선생님은 그 노력을 알아주지 않았다. 이번에 실사를 나온 선생님은 제발 체육 선생님 같은 분이 아니기를 바랐다.

안절부절못한 채 도서관 안을 이리저리 왔다 갔다 하는데 도서관 전화벨이 울렸다. 좀처럼 울리는 일이 없는 터라, 나는 직감했다. 실사의 순간이 왔구나. 후다닥 전화를 받았다. 공손히 자신을 실사 담당자라고 소개하며 주차를 어디에 해야 하는지 묻는 목소리에, 나는 곧 마중을 나가겠다고 말하고 전화를 끊었다. 서둘러 외투를 챙겨 입고 도서관 외부 출입문으로 뛰어갔더니 도로가에 에스유브이(SUV) 한 대가 서 있었다. 가까이 다가가자 보조석 창문이 열리며 멋진 베레모를 쓴 인자한 선생님 한 분이 미소 띤 얼굴로 인사를 건넸다. 나는 주차할 만한 장소를 안내하기 위해 보조석에 올라타며 말했다.

"주차장이 없어서 근처 적당한 골목에 주차해야 하거든요. 좀 걸으셔야 할지도 몰라요."

"걷는 것도 좋지요. 바람도 쐴 겸."

가을이 한창 무르익어갈 무렵이었다. 어서 겨울이 오기를 바라는 듯 거리의 은행나무들은 바람의 힘을 얻어 제 몸에 달린 잎들을 털어버리기에 바빴다. 실사 담당 선생님과 나란히 도서관으로 걸어가는 길목에 노란 잎들이 비처럼 흩날렸다. 날씨 이야기를 주고받으며 나는 감색 정장을 단정히 차려입은 선생님과 이 풍경이 잘 어울린다고 생각했다.

입구에 다다르자 선생님은 지혜의 집 간판과 도서관 전경을 휴대폰 카메라로 찍었다. 보고서 작성에 필요한 사진이라고 했다. 도서관에 들어와서도 내부 모습과 서가 풍경을 사진에 담은 뒤에야 선생님은 열람석에 자리를 잡고 앉았다. 이런저런 서류를 꺼내며 그가 말했다.

"도서관이 밝아서 좋네요."

북서향인 도서관에도 볕이 잘 들어올 만큼 그날따라 날이 무척 화창했다. 나는 속으로 안도의 한숨을 내쉬며 준비한 자료를 들고 맞은편에 앉았다. 선생님은 서류를 보면서 질문을 던졌다.

"도서관의 평균 일일 이용자는 몇 명인가요?"

"스무 명 정도입니다."

"이 지역 다른 도서관에 비해 많은 편이군요."

"정기적으로 프로그램과 동아리를 운영하고 있어서요. 거기에 참여하는 이용자들 덕분입니다."

"어떤 프로그램인가요?"

드디어 올 것이 왔다. 나는 이 질문 하나에 도서관의 운명을 걸겠다는 심정으로, 출력한 자료를 한 장 한 장 펼치며 열심히 설명을 시작했다.

"도서관을 이용하는 사람들은 주로 30~40대 여성분들이세요. 대다수가 인근 초등학교 학부모이시기도 해요. 그런 분들을 대상으로 평일 오전에 일본어 수업과 글쓰기 모임을 운영하고 있어요. 글쓰기 모임의 경우 작년에는 아홉 명이 쓴 글을 모아 책 한 권을 만들기도 했어요. 바로 이 책이에요."

나는 《당신의 원고지》를 내밀었다. 선생님은 책을 천천히 넘기면서 혼잣말을 하듯 중얼거렸다.

"멋지네요."

"'일상에 들어온 철학'이라는 강의도 진행했어요. 도서관 이용자 중 철학 박사님이 한 분 계셔서 그분께 강의를 해주실 수 있는지 여쭤봤는데 흔쾌히 봉사해주겠다고 하셨어요. 《소피의 세계》라는 소설을 읽고 그 안에 담긴 철학에 관해 이야기하면서 글쓰기도 함께하는 시간이었어요."

"제가 서울의 P도서관 관장으로 일할 때도 다양한 인문학 강의를 기획했는데, 대학교수들을 강사로 초빙하다 보니 강의료가 만만치 않았죠. 그런데 자원봉사로 인문학 강의까지 진행했다니, 정말 노력을 많이 하셨군요."

그랬다. 프로그램 운영을 위한 강사료를 책정하기에 도서관의 예산은 턱없이 부족했으므로, 전적으로 자원봉사에 의존할 수밖에 없었다. 아니면 스스로 봉사를 하거나. 예를 들면 일본어 수업처럼.

"일본어 수업은 어떤 방식으로 이루어지는 건가요?"

"성인을 대상으로 기초 일본어를 가르쳐주는 강의예요. 방학때 초등학생을 대상으로 진행하는 독서 교실이나 역사 교실, 그림 교실 등은 자원활동가 선생님의 도움을 받지만, 일본어 수업은 제가 직접 진행하고 있어요."

"일본어 수업을 직접?"

"네. 사실 제가 일본어 번역도 하고 있어서⋯⋯."

"오오, 그렇군요. 제 딸아이가 지금 일본 대학에서 박사과정을 밟고 있는데, 공역으로 가끔 번역도 한답니다."

선생님은 고개를 끄덕이며 말을 이었다.

"작은도서관에서 힘든 부분 중 하나가 홍보일 텐데, 지혜의 집에서는 어떤 식으로 진행하고 있나요?"

"네이버에 지혜의 집 카페를 개설해서 그곳을 통해 프로그램이나 도서관 소식을 꾸준히 업데이트하고 있어요. 근처 책방과 협력해서 프로그램을 운영할 때는 책방 SNS를 통해 홍보하기도 하죠. 아까 말씀드린 《당신의 원고지》라는 책도 책방과 함께 기획하여 만든 책이었어요. 그래서 이렇게 지역 신문에 기사가 실렸어요."

나는 미리 출력해놓은 인터넷 신문 기사를 내밀었다. 선생님은 기사를 꼼꼼히 읽어본 뒤 고개를 끄덕이며 말했다.

"지금껏 여러 도서관으로 실사를 다녀봤지만, 동두천의 사서 선생님들처럼 열심히 도서관을 위해 일하는 분들은 그리 많지 않았어요. 정말 칭찬해주고 싶네요. 그런 의미에서 선물을 하나 줘야겠네. 실사 다니면서 처음으로 선생님한테만 주는 거예요."

선생님은 가방에서 CD 케이스처럼 생긴 꾸러미를 꺼내더니 내게 내밀었다. 꾸러미를 풀어보니 고양이가 그려진 갈색 손수건이 들어 있었다. 뜻밖의 선물에 기뻐 어쩔 줄 몰라 하는 내게 선생님은 이런 말을 덧붙였다.

"다른 선생님들한텐 비밀이에요."

선생님은 가방에 자료들을 챙겨 넣으며 말했다.

"한 해에 도서 구입을 얼마만큼 했는지, 이용자 수는 얼마나 되는지, 이런 부분들도 물론 중요하겠죠. 하지만 전 그런 수치보다 더 중요한 게 사서 선생님들의 열정이라고 생각해요. 그런 노력이 엿보이는 도서관에 높은 점수를 주고 싶어요. 앞으로도 지금처럼 열심히 해주세요."

약 한 시간 동안 이어진 실사는 평가를 위한 시간이라기보다, 이미 은퇴한 선배가 현역 후배에게 등을 토닥토닥 두드려주며 따뜻한 격려의 말을 해주는 시간처럼 느껴졌다.

도서관 밖까지 배웅하는 내게, 선생님은 인자한 웃음을 지으며 추우니 그만 들어가라고 손사래를 쳤다.

선생님 같은 분이 학창 시절 나의 체육 선생님이었다면 어땠을까. 어쩌면 나는 달리기를 좋아하는 사람이 되어 있을지도 모른다. 비록 뛰는 속도는 거북이일지라도 말이다. 멀어져가는 곧은 뒷모습 사이사이로 햇살과도 같은 노란빛이 우수수 떨어지고 있었다.

장서 점검

이따금 주기적으로 책장 정리를 한다. 공간은 한정되어 있는
데 조금이라도 끌리는 책을 발견하면 앞뒤 생각하지 않고 사들
이는 터라, 한 번씩 날을 잡아 책장 정리를 해주지 않으면 어느
새 방 안이 책으로 꽉 차고 만다. 최근에는 일이 바쁘다는 핑계
로 몇 달 동안 정리에 소홀했더니, 아니나 다를까 책상은 물론
이고 침대 위까지 책 천지다. 얼마 전에는 자다가 책 벼락까지
맞았다. 베개 바로 위쪽에 위태위태하게 쌓아놓은 책탑을 잠결
에 팔로 건드린 모양이었다. 고개를 옆으로 돌린 채 자고 있었
기에 망정이지, 조금이라도 각도를 틀었다면 판다처럼 눈두덩
에 시커먼 점이 생길 뻔했다.

책장에 버젓이 꽂혀 있는지도 모르고 같은 책을 한 권 더 산

적도 있다. 어떻게 보면 내 마음을 두 번이나 사로잡은 셈이니 매력이 철철 넘치는 책이라고 인정해줘야 하나. 그래도 여분의 책은 친구에게 선물해주었으니까, 도통 호황인 적이 없다는 출판 시장에 스스로가 조금이나마 도움이 되는 독자일지도 모른다며 속 편한 생각을 해본다.

어쨌든 책장을 정리하다 보면, 당시에는 읽고 싶어서 샀다가 몇 년이나 묵혀둔 책들을 발견하곤 한다. 땅에 김장독을 파묻은 채 한동안 잊고 지내다가 문득 생각나 꺼내 봤더니, 먹음직스러운 묵은지가 되어 있는 걸 발견한 느낌이랄까. 책장에서 책을 꺼내 프롤로그와 목차를 훑어보면, 그 책을 골랐을 당시의 감정이라든가 책을 발견했던 서점의 분위기 같은 것들이 톡톡 쏘는 신맛처럼 떠오르며 절로 입맛을 다시게 된다. 그러면 어김없이 갓 지은 흰쌀밥에 시디신 묵은지 하나 쭉 찢어 올려 먹듯 당장이라도 책을 읽고 싶은 충동에 사로잡히고 만다. 책장 정리를 시작했다가 또다시 한쪽에 새로운 책탑을 만들어내는 꼴이다. 이런 걸 선순환이라고 해야 할지 나조차 헷갈린다.

몇 칸 되지 않는 책장도 이런 지경인데, 만 권 가까이 꽂혀 있는 도서관 서가는 오죽할까. 게다가 정기적으로 신간이 적게는 수십 권에서, 많으면 수백 권까지 들어오는 실정이니 도서관 서가야말로 주기적으로 점검해줘야 하는 대상이다. 그러한 연유에서 도서관은 정기적으로 장서 점검을 한다. 1년에 1~2회 정도의 주기로 도서관이 소장하고 있는 책들을 한 권 한 권 확인하는 작업을 실시하는 것이다. 이 과정을 통해 도서관에 어떤 자료들이 있는지 파악해나가면서, 훼손된 자료는 수리하고 분실된 자료는 폐기 절차를 밟는다. 쉽게 말해, 서가 곳곳을 돌면서 책들의 안부를 일일이 살피는 작업인 셈이다. 장서 점검 기간에는 대출 서비스를 중지해야 하므로 보통은 휴관하는 도서관이 대부분이지만, 지혜의 집은 이용객이 적은 겨울방학 기간에 장서 점검을 실시하므로 따로 휴관하지는 않는다.

장서 점검은 노동이다. 서가에 꽂힌 책들을 한 권도 빠짐없이 꺼내서 바코드를 찍어야 한다. 물론 이 과정에서 훼손된 곳은 없는지 살피는 일도 잊지 말아야 하고. 평소 서가를 자주 쓸고 닦아도 먼지란 녀석의 교묘한 침입은 피하기 힘든 법이어서, 장서 점검이 있는 날은 먼지와 사투를 벌일 각오를 하고 와야 한다. 편한 옷차림과 마스크, 목장갑은 필수다.

장서 점검을 할 때 무엇보다도 필요한 준비물은 '장서 점검기'다. 스캐너 부분으로 책의 등록번호 바코드를 읽히면 그 즉시 등록번호 자료가 파일로 저장되는 신박한 기계다. 한 손에 들어오는 사이즈에다 무선이어서 점검 작업에 걸리는 시간도 덜어준다. 가격이 비싸다 보니 도서관에 구비하지는 못하고, 이웃 시립도서관이나 교육청에 공문을 보내서 일주일 정도 대여한다. 도서관에서 처음 일하던 무렵에는 대여할 수 있다는 사실을 몰라서, 대출 반납에 이용하는 유선형 바코드리더기를 노트북에 연결해서 들고 다니며 장서 점검을 했다. 지금보다 장서 수는 적었지만, 무거운 노트북을 들고서 책들을 꺼냈다 꽂았다 하는 작업을 수천 번이나 되풀이해야 했다.

며칠 동안(보통 사나흘 정도) 이어진 스캔 작업이 끝나면 컴퓨터에 장서 점검기를 연결한 뒤 장서 점검 프로그램에 파일을 전송하여 시작 버튼을 누르면 된다. 점검이 완료되면 도서관 자료의 상태 정보가 출력되는데, 이때 '소재 불명'으로 표시되는 자료들은 서가를 돌며 한 번 더 찾아본다. 그래도 눈에 띄지 않는 자료들은 폐기 절차를 거친다. 이때 분실된 자료뿐만 아니라 이용 가치가 상실되어 보존할 필요가 없다고 인정되는 자료들까지도 함께 폐기한다. 예를 들면 출간된 지 오래되어 내용이나 언어적 부분에 문제가 있는 자료라든가 잡지처럼 보존 기간이 지난 자료, 또는 훼손 정도가 심한 자료 등등. 이러한 자료들을 무턱대고 전부 폐기하는 건 아니고, '도서관법 시행령'의 '자료 분실 및 폐기 규정'에 따라 연간 7퍼센트 이내에서 폐기 처리를 한다.

사실 '버리는 일'에 서툰 나로선 도서관에서 가장 내키지 않는 업무가 '폐기'다. 이미 분실 상태인 도서야 거리낌 없이 폐기 절차를 밟지만, 이용 가치를 상실한 도서들을 폐기해야 할 때는 마음이 쓰라리다. 한때는 신간으로 빛을 발했을 책들이, 세월이 흐르면서 점점 사람들의 관심 밖으로 밀려나더니 급기야 퇴물 취급을 받으며 그만 서가의 자리를 빼줘야 하는 처지가 되었다. 그래봤자 2~3센티미터의 좁다란 공간일 뿐인데, '이용 가치가 상실되었다'는 낙인이 찍혀버린 책에겐 그마저도 허락되지 않는다.

서가를 돌아다니며 책마다 바코드를 찍으면서 안부를 묻는 일은 힘든 노동이지만 한편으론 즐거운 작업이기도 하다. '우리 도서관에 이런 책도 있었네. 나중에 읽어봐야겠다' 하며 새로운 발견을 할 수 있는 시간이니까. 그런데도 내가 1년에 겨우 한 번 실시하는 장서 점검을 힘들어하는 이유는, 도서관을 떠나야 하는 책들이 생겨나서다. 운이 좋은 책들은 기증도서가 되어 누군가의 서가에 꽂히기도 하겠지만, 도서관에서도 외면당한 책들이니 대부분 재활용센터로 가게 될 운명이다.

지난해에는 근처 꿈나무도서관에서 폐기도서 나눔 행사를 한다는 소식을 듣고 친구와 함께 도서관 서고를 찾았다. 각자

텅텅 빈 캐리어를 들고서. 우리는 서고에 쌓여 있는 책들을 신나게 캐리어에 담았다. 지금 내가 데려가지 않으면 이 책들은 재활용센터로 보내져 파쇄되고 말겠지. 페이지마다 담긴 문장들이 갈가리 찢겨 사라질 생각을 하니 조바심이 났다. 친구와 나는 캐리어를 가득 채우는 것도 모자라 도서관에서 끝차까지 빌려서 부지런히 책을 실어 차에 날랐다. 덕분에 나는 방 안에 책장을 하나 더 들여놔야 했다.

12월의 마지막 날이 되면 직접 종각에 나가거나 거실 텔레비전 앞에 둘러앉아서 보신각 종소리를 듣는 것처럼, 지혜의 집에서는 도서관의 한 해를 정리하는 의미에서 장서 점검을 실시한다. 그렇게 도서관에 남을 책과 떠나보낼 책을 솎아내고 앞으로 들어올 신간의 자리를 마련한다.

장서 점검은 도서관 업무 중 가장 힘든 일이지만, 효율적인 장서 관리를 위해서 꼭 필요한 작업이다. 지난 10여 년간의 도서관 생활을 통해 내가 깨달은 사실은 하나다. 조금이라도 이 작업이 수월하고 즐거워지길 원한다면, 평소 도서관 서가를 수시로 둘러보며 책 보살피는 일을 게을리하지 말아야 한다는 것. 물론 혼자 일하다 보니 말처럼 쉬운 일은 아니지만. 또다시 장서 점검의 계절이 돌아왔다.

꾸준한 취미

네이버 국어사전에서 '취미'를 검색해보면 1번 항목에 이렇게 쓰여 있다.

전문적으로 하는 것이 아니라 즐기기 위하여 하는 일.

나는 국어사전의 정의에 개인적으로 부사 하나를 더 포함시키고 싶다. 취미란 전문적으로 하는 것이 아니라 즐기기 위하여 '꾸준히' 하는 일이라고. 즐거움을 위해 시작한 일이라도 계속 이어가기란 결코 쉽지 않으니까. 그래도 이 세상에는 꾸준히 자신의 취미를 이어가는 사람들이 꽤 많다. 코난과 경쿤도 그런 사람들 가운데 하나다.

두 사람은 직업도 성별도 취향도 제각각이지만 공통점이 하나 있었으니, 바로 읽기와 쓰기를 유별나게 좋아한다는 것이다. 도서관에서 일하다 보니 책을 좋아하는 사람들은 수없이 만나왔지만, 코난과 경쿤처럼 읽기와 쓰기를 동시에, 그것도 적극적으로 즐기며 꾸준히 해온 이들은 극히 드물었다. 나 자신만 해도 이 둘을 만나기 전까진 한 달에 책 한 권이나 제대로 읽을까 말까였으니까(사서는 다독가일 거란 편견은 제발 버려주시길). 게다가 글은커녕 일기조차도 쓰지 않는 사람이었고. 그런데 좋아하는 작가의 글을 신이 나서 찾아 읽고 꾸준히 글을 쓰는 그들과 어울리다가 서서히 물이 들었다고 해야 할까. 정신을 차려보니 나 역시 책을 읽고 글을 쓰는 사람이 되어 있었다. 두 사람을 만나지 않았다면 아마도 내 안에 이토록 '읽고 쓰는 것'에 대한 욕구가 들끓고 있으리라곤 짐작조차 하지 못했을 것이다.

　　코난과 경쿤과 내가 자주 대화를 나누는 휴대폰 속 단체 채팅방 이름은 '필욕(筆欲)'이다. 이 방이 만들어진 계기는 이슬아 작가의 한 프로젝트 때문이었다. 몇 년 전 그녀는 한 달에 만 원을 지불하는 독자에게 일주일에 다섯 편씩 글을 써서 메일로 보내주는 서비스를 시작했다. 누군가에게 원고를 청탁받지 않아도 본인 스스로 글을 청탁받는 시스템을 만들겠다는 취지에서 비롯된 프로젝트였는데, 그 독자 중 한 사람이 코난이었다. 그의 말에 따르면, 작가의 글이 매일 썼다고 하기에는 완성도가 높고 내용도 재미있다는 것이다. 그래서 자신도 일주일에 다섯 편씩 서평을 쓰기로 했다고. 그 말에 솔깃해져서 나는 당장 숟가락을 얹었다. 나도 함께 글을 쓰고 싶다면서. 그리하여 '필욕'이라는 채팅방이 만들어졌는데, 나중에는 경훈까지 합세하게 되었다.

우리는 주말을 제외한 평일마다 매일 글을 써서 필욕 채팅방에 인증을 하기로 약속했다. 그날 자정까지 글을 썼다는 인증을 하지 않으면 벌금 만 원을 내자는 조건을 내걸고. 두 사람과 함께 꾸준히 글을 쓰고 서로의 글을 읽어주다 보니, 자연스레 나는 '읽는 일'에도 관심을 갖게 되었다.

이렇게 같은 취미를 공유한 덕분에 우리는 자주 어울리게 되었다. 그러다 좀 더 재미나게 읽고 쓸 방법이 없을까 머리를 맞대고 궁리하기 시작했다. 체육을 전공했으면서도 수없이 책방과 도서관을 들락날락하는 경훈, 어느 날 갑자기 회사를 그만두고 변두리에 책방을 차린 코난(일명 스투리). 그리고 붙박이 가구처럼 작은도서관에 틀어박혀 살던 나. 이렇게 세 사람이 의기투합하여 '변방의 북소리'라는 비영리단체를 만들게 된 것이다. 딱히 거창한 계획이 있었던 건 아니다. 그저 함께 모여 읽고 쓰는 일이 좋아서. 그리고 그것을 꾸준히 이어가기 위해서였을 뿐. 적어도 내겐 그 이유가 가장 컸다.

처음에는 우리끼리 돈을 걷어 소소한 문집을 만들어오다가, 나중에는 경쿤이 여기저기에서 받아온 공모사업에 힘입어 보다 폭넓은 활동을 펼치게 되었다. 평소 만나고 싶었던 작가들을 초청하는 자리를 만들었고 사람들의 글을 모아 잡지를 발간했다. 코난이 운영하는 책방에서는 소설 쓰기 모임과 색연필 그림 교실을 열었고 지혜의 집 도서관에서는 에세이 쓰기 모임과 철학 교실을 진행했다. 변방의 북소리 활동을 시작하면서 나는 자나 깨나 책에 대해, 글쓰기에 대해 생각하게 되었다. 어떻게 하면 책을 깊게 읽을 수 있을까, 어떻게 해야 글을 잘 쓸 수 있을까. 그러다 점점 확신이 차올랐다. 내 평생의 취미는 '읽고 쓰는 일' 이 되겠구나, 하는.

　　어느덧 변방의 북소리 활동을 이어온 지 벌써 3년이 흘렀다. 다행히도 그 시간이 헛되진 않았는지, 우리의 일상은 예전보다 좀 더 '읽고 쓰는 삶'의 모양새를 갖추게 되었다. 코난은 책 한 권을 출간하며 작가의 길로 들어섰고, 경쿤은 모 잡지에 정기적으로 글을 싣게 되었다. 그리고 '읽기와 쓰기를 유별나게 좋아하는 그들에게 제대로 물든' 나는 지금 이렇게 내 글을 쓰고 있다.

상실 후에 얻는 것들

무라카미 하루키의 소설을 처음 읽게 된 건 스물두 살 때였다. 당시 휴학 중이던 나는 종로 P학원의 편입영어 선생님 밑에서 아르바이트를 하고 있었다. 다리가 불편한 선생님을 보조하는 일이었다. 이를테면 선생님이 출근하는 시간에 학원 입구에서 기다리고 있다가 짐을 받아 강의실까지 옮기는 일이라든가, 수업 시간에 필요한 프린트물을 준비한다든가, 선생님의 음료와 간식을 사 온다든가 하는 자질구레한 일들.

S대 영문과를 수석으로 졸업한 선생님은 영어 실력뿐만 아니라 강의 능력도 뛰어나서 수업 시간이면 빈 책상 하나 없을 만큼 학생들이 강의실에 꽉 찼다. 나이는 40대 후반에서 50대 초반쯤이었을까. 몸이 불편하여 대중교통을 이용하기 힘들었던

선생님은 개인 운전기사를 고용하여 출퇴근 때마다 도움을 받았다. 나는 아침마다 학원 안에서 대기하고 있다가 선생님에게 문자가 오면 부리나케 달려가 운전기사의 손에서 짐을 받아들었다. 선생님은 목발을 짚고 계단 손잡이를 잡으면서 강의실이 위치한 3층까지(왜 강의실을 1층으로 배정해주지 않은 건지 여전히 의문이지만) 땀을 뻘뻘 흘리며 올라갔다. 그 모습을 지켜보며 조심스레 나도 뒤따랐다.

강의실에 도착한 선생님은 손수건으로 땀을 닦고 잠시 숨을 돌린 뒤, 지갑에서 오천 원을 꺼내 내게 건네면서 음료와 간식을 사 오라는 심부름을 시켰다. 무엇을 살지는 늘 정해져 있다. 병에 든 알로에와 오렌지 주스 각각 하나, 칼로리바란스 한 개. 선생님은 내 음료수를 챙기는 것도 잊지 않았다. 나는 학원 뒤편에 있는 슈퍼마켓에서 선생님이 주문한 것들과 내가 마실 커피우유를 사 왔다. 수업이 시작되면 선생님의 외투와 가방을 지하 1층에 있는 직원실의 개인 사물함에 넣어둔 뒤, 다음 쉬는 시간이 될 때까지 학원 안에서 대기했다.

선생님의 수업은 한 타임당 90분이었고 보통 하루에 서너 타임의 강의가 있었다. 그 시간 동안 나는 학원 아르바이트의 혜택으로 다른 강의를 무료로 듣거나, 3층 강의실 앞 벤치에 앉아 커피우유를 마시며 책을 읽었다. 이때 주로 읽었던 책이 일본 소설이었다.

당시는 일본 소설이 전성기를 누리던 시기였다. 요시모토 바나나, 에쿠니 가오리, 츠지 히토나리, 무라카미 류, 무라카미 하루키 등등. 나는 학원 근처의 서점에서 일본 작가의 책을 사서 전철 안이나 강의실 앞 벤치에 앉아 독서를 했다. 책을 무척 좋아했다기보다, 그저 일본이라는 나라에 호기심이 있었을 뿐이었다. 우리와 닮은 듯 다르고 사이가 좋은 듯 나쁜 이웃 나라에 대해 알고 싶은 마음이 컸다.

한편, 당시의 거리는 월드컵의 여파로 활기차다 못해 소란스럽기 그지없었는데, 빨간 티셔츠를 입은 사람들의 모습이 왠지 내겐 낯설게 느껴졌다. 그들과 나 사이에 보이지 않는 투명한 막이 쳐진 듯한 기분마저 들었다. 친구도 만나지 않은 채 평일에는 학원에서 선생님의 심부름을 하고 주말에는 집 안에 틀어박혀 지내던 나날이었다. 그 시절 일본 소설을 읽는 일은 내 유일한 오락거리였다. 그렇게 점점 나는 일본 소설에 빠져들었다.

아르바이트 업무 중에는 선생님과 함께 점심을 먹는 일도 포함되어 있었다. 음식점은 세 군데로 정해져 있었고, 공평하게 하루씩 각 가게를 돌며 점심을 먹었다. 그때나 지금이나 내가 가장 서툴러 하는 일은 낯선, 즉 편하지 않은 누군가와 함께 밥을 먹는 것이었다. 더군다나 당시의 나는 지금은 상상도 할 수 없을 만큼 어둡고 말수가 적은 사람이었다. 그러다 보니 나보다 두 배는 나이가 많은(게다가 고용주이기까지 한) 사람과 밥을 먹는 일은 그야말로 고난도 미션에 가까웠다.

우리는 대개 조용히 밥 먹는 일에 집중했는데, 끝없이 이어지는 침묵과 그 사이사이 들려오는 음식 씹고 삼키는 소리가 지겨워질 때쯤이면 선생님이 내게 질문을 던지곤 했다. 그러나 내 대답은 늘 단답형이나 어색한 웃음으로 끝이 났고, 되돌아오는 물음도 없이 다시 우리는 각자의 그릇에 얼굴을 묻고 끝까지 밥을 먹었다.

하루는 뚝배기불고기를 먹던 날이었다. 김이 모락모락 나는 뚝배기를 앞에 둔 채 안경에 김 서려가며 우리는 부지런히 고기와 밥을 먹었다. 절반쯤 먹었을 무렵 선생님이 손수건으로 땀을 닦으며 내게 물었다.

"요즘은 무슨 책을 읽나?"

"《암리타》라는 소설인데요. 요시모토 바나나가 쓴……."

"일본 소설을 좋아하나 봐?"

"네."

이 시점에서 선생님의 독서 취향은 어떻게 되시냐고 물어봐야 대화가 이어질 텐데, 나는 어김없이 더는 할 말을 찾지 못한 채 머뭇거리다가 숟가락을 들었다. 뚝배기의 열기 덕분에 여전히 뜨겁고 달달한 국물을 반복해서 떠먹고 있을 때 선생님이 다시 물었다.

"무라카미 하루키는 읽어봤나?"

"아뇨, 아직······."

"그럼 한번 읽어보는 것도 좋을 거야."

그날 아르바이트가 끝나고 돌아가는 길에 나는 서점에 들렀다. '무라카미 하루키'를 찾으니 가장 먼저 눈에 띄는 제목이 《상실의 시대》였다. 제목을 본 순간 곧장 흥미가 생겼다. 원제가 '노르웨이의 숲'이란 건 좀 더 시간이 흐른 뒤에 알아차렸다. 그렇게 나는 하루키 월드에 발을 들이게 되었다.

하루키의 작품을 읽기 시작하던 초창기에는 그의 소설을 온전히 이해하지 못했다. 그저 막연한 느낌으로 '이 대목은 왠지 모르지만 슬프다' '주인공의 행동이 잘 이해되지 않는다' 같은 감상이 대부분이었다. 심지어 어떤 작품에서는 '하루키가 이 소설에서 무엇을 이야기하고 싶은 건지 모르겠다' 같은 생각이 들기도 했다. 그런 감정을 느끼게 한 대표적인 작품이 바로 《상실의 시대》였다.

어느 쉬는 시간, 《상실의 시대》를 손에 들고 있던 나를 본 선생님이 반가운 기색을 내비치며 소설에 대한 감상을 물었다. 나는 고개를 갸우뚱하며 작가가 무슨 말을 하고 싶은지 잘 모르겠다고 대답했다. 그랬더니 선생님은 이런 말을 덧붙였다.

"나중에 삼십 대가 되었을 때 다시 읽어보면 지금과는 또 다른 느낌으로 다가올지도 모르지."

당시에는 어색하게 웃으며 지나쳤던 그 말이, 도서관 사서가 되어 서가에서 그 책을 처음 발견했던 순간 생생하게 되살아났다. 인자하게 웃던 선생님의 얼굴과, 책상 옆에 가지런히 놓여 있던 목발의 풍경까지도.

그날 이후 너무 오랜 세월이 흘러버렸지만, 선생님의 권유에 따라 나는 삼십 대가 되고 나서 《상실의 시대》를 다시 펼쳤다. 소설을 읽는 내내, 이제껏 상실해온 이십 대의 순간들에 대한 허망함과 앞으로 끊임없이 상실해갈 시간들을 향한 조바심이 나를 엄습해왔다. 선생님이 말했던 '또 다른 느낌'이란 게 바로 이런 감정인 걸까. 그때보다 두 배 가까이 나이를 먹었음에도 하루키의 소설을 잘 이해하지 못하는 건 여전했지만, 예나 지금이나 변함없이 나는 그의 소설을 좋아하고 있었다. 그래서 몇 달에 한 번씩 주기적으로 《상실의 시대》를 되풀이해 읽었다. 눈으로 읽는 게 지겨워질 때면 오디오북으로 듣기도 하면서.

누군가 내게 왜 하루키를 좋아하냐고 물으면 나는 입버릇처럼 이렇게 말하곤 했다. 그의 소설 속에 나오는 특별할 것 없는 일상의 묘사들에 마음이 끌린다고. 언뜻 보면 그다지 대수롭지 않은 이유를 가지고 하루키의 팬을 자처하는 것 아니냐고 생각할지도 모른다. 하지만 무방비 상태에서 이와 같은 질문을 건네받았을 때, 동전을 넣고 버튼을 누르면 원하는 음료가 나오는 자판기처럼 내 입에서 툭 튀어나올 대답은 이 말뿐이다.

시답잖은 이유일지언정 하루키를 향한 팬심은 나날이 커져서, 급기야 나는 도서관에서 어떤 작당 모의를 하게 되었다. 책방에서 만나 친해진 음악평론가 최 팀장님을 구슬려 도서관 프로그램을 기획하게 된 것이다. '무라카미 하루키를 통해 음악 여행을 시작하는 사람들을 위한 사소한 가이드'라는 길고도 거창한 제목의 LP 음감회로, 하루키 소설 속에 등장하는 음악을 함께 들으면서 음악평론가인 최 팀장님에게 해당 음악과 관련된 이야기를 듣는 시간을 마련했다. 지혜의 집에서는 시도해보지 않았던 프로그램이었기에 호기심이 동한 사람들로 신청은 금세 마감되었다. 음감회 당일 최 팀장님은 도서관 한가운데에 커다란 스크린과 각종 음향기기를 신나게 설치했다. 그가 집에서 직접 가져온 턴테이블과 레코드 음반들도 있었다. 조용하고 따분했던 도서관이 순식간에 다채로운 소리가 흘러넘치는 공간으로 탈바꿈했다. 어느새 디귿 자 형 소파는 사람들로 꽉 채워졌고 나는 조용히 블라인드를 내렸다. 기다렸다는 듯 최 팀장님이 레코드판에 조심스레 바늘을 올렸다. 시작의 신호탄을 쏘듯 비틀스의 경쾌한 음악이 스피커에서 터져 나왔다.

하루키는 이야기를 이끌어가는 하나의 장치로서 음악을 자주 사용한다. 예를 들어 하루키 소설 속에 등장하는 곡을 모아 해설해놓은 책 《무라카미 하루키의 100곡》에 따르면, 미국의 록밴드 비치보이스의 음악은 하루키의 소설에서 불길함을 상징할 때가 많다. 이야기에서 이 밴드의 음악이 언급되면 이와 관련된 등장인물에게는 꼭 비극적인 일이 생긴다나.

최 팀장님은 이러한 소설 속 음악들을 단순히 소개하는 것에 그치지 않고, 음악이 만들어진 배경과 해당 뮤지션의 삶, 시대적 상황, 그리고 하루키의 음악적 취향 등에 관해서도 함께 들려주었다. 비틀스와 텔로니어스 멍크, 밥 딜런과 도어스와 비치보이스, 도나 썸머와 토킹헤즈, 게리 멀리건과 냇 킹 콜, 그리고 데블스까지. 쉬지 않고 이어지는 메들리처럼 최 팀장님은 끊임없이 레코드를 바꿔가며 음악을 들려주고 흥미진진한 이야기를 쏟아냈다. 그렇게 두 시간이 순식간에 지나갔다. 이날만큼은 지혜의 집이 도서관이 아니라 음악과 이야기가 흐르는 뮤직살롱이나 마찬가지였다.

사람들이 돌아가고 도서관은 다시 원래의 차분한 상태를 되찾았다. 설치했던 음향기기를 해체하면서 최 팀장님이 말했다.

"다음 음감회 때는 참가자에게 신청곡을 하나씩 받아서 진행하는 게 어때요? 제목은 '내 인생의 OST'로 하고. 각자의 인생 노래와 사연을 들어보는 거죠. 너무 재미있을 것 같지 않아요?"

두 시간 동안 쉬지 않고 이야기를 했는데도 최 팀장님은 지치는 기색이 전혀 없었다. 오히려 음감회를 시작하기 전보다 더들뜬 모습이었다. 이날 나는 그가 음악 이야기를 할 때 소년 같은 얼굴이 된다는 걸 알았다.

최 팀장님의 제안은 현실이 되어, 이듬해 가을에는 도서관이 아닌 동네의 LP카페를 통째로 빌려서 음감회를 진행하게 되었다. '살롱뮤직, 당신 인생의 OST를 들려주세요'라는 제목으로. 게다가 이번엔 최 팀장님과 함께 내가 DJ로 참여하게 되었다는 것! 우리는 LP카페에 모여 신청자들이 보내온 사연과 음악을 함께 듣고 이야기를 나눴다. 이십 대 시절 동경했던 언니에 대한 사연, 사춘기 시절 자신을 위로해주었던 음악, 동성동본이라는 이유로 집안의 반대에 부딪혀야 했던 한 부부의 이야기, 그리고 친구처럼 다정했던 사촌을 떠나보낸 슬픈 사연. 누군가의 인생 이야기에 귀를 기울이고 공감하며 때로는 웃기도 하고 눈물짓는 사람들을 바라보고 있자니 가슴이 뭉클해졌다. 밖에는 태풍이 휘몰아치며 창문을 세차게 두드려대고 있었지만, 그 작은 공간 안에서 우리는 어떤 위협도 느끼지 못했다. 음악이라는 보호막에 둘러싸인 채.

P학원에서 편입영어 선생님의 보조 아르바이트를 하던 시절에 읽었던 《상실의 시대》를 계기로 하루키를 좋아하게 되고, 수년의 세월이 흘러 이 소설 속 음악을 통해 최 팀장님과 인연을 맺으며 태풍에 휩싸인 어느 가을날 음감회까지 열게 되었다. 소설 제목처럼 우리는 끊임없이 무언가를 잃어가는 상실의 시대에 살고 있지만, 한편으론 상실 속에서도 획득하게 되는 특별한 것이 있다는 걸 알게 된 시간들이었다.

어느덧 하루키의 나이는 일흔이 넘었다. 한때 나는 그가 죽을까 마음을 졸이곤 했지만 이제는 그의 죽음을 염려하거나 무턱대고 장수를 바라지 않는다. 그저 그가 제 몫의 삶을, 평생 즐겨온 마라톤처럼 꾸준하고 성실하게 완주할 수 있기를 바랄 뿐이다. 언젠가 그가 이 세상에서 사라져도 나는 비틀스의 〈노르웨이 숲〉을 들을 때마다 《상실의 시대》에서 여주인공 나오코가 말한 숲 어딘가에 숨겨져 있을 우물을 생각할 것이고, 어느 따사로운 한낮에 골목길 담장 위에서 마주친 작은 얼굴에서 하루키의 애묘 뮤즈를 떠올릴 테니까.

어떤 낮과 어떤 밤

오랜 단골이던 책방 코너스툴이 문을 닫게 되었다. 특정한 상업 공간에 이토록 깊은 정을 붙여보기는 살면서 처음 있는 일이었기에, 폐업을 결정했다는 책방지기 코난의 말을 들었을 때의 상실감과 쓸쓸함이란 이루 말할 수 없이 컸다. 내게 그곳은 책방 이상의 의미를 지닌 공간이었다. 좋은 인연들을 만나게 해준 사교의 장이자, 창작의 기쁨을 알려준 글쓰기 교실과도 같았다. 책방의 널따란 테이블에 둘러앉아 잡다한 글을 쓰고, 정신이 아득해질 만큼 두꺼운 책들을 겨우겨우 읽어내고, 이런저런 시답잖은 농담도 주고받고, 때로는 재미난 작당 모의도 하면서 언제까지고 그렇게 지낼 수 있길 바랐는데. 폐업 소식을 듣자마자 나는 지난가을 코난과 보냈던 오후가 떠올랐다.

가을에 막 들어선 그 무렵 나는 코난과 함께 재봉틀을 배우러 다녔다. 책방과 도서관의 휴일이 일치하는 월요일 오후, 우리는 어느 마트에 딸린 자그마한 강의실에 마주 앉아 드르륵드르륵 신나게 재봉틀의 페달을 밟으며 앞치마며 에코백이며 매트 같은 것들을 만들었다. 강의실을 나서는 순간이면 수업 시간에 배웠던 것들이 마법처럼 머릿속에서 사라졌지만, 새로운 취미를 발견한 듯 나는 가슴이 마냥 설렜다.

수업이 끝나면 우리는 코난이 발견한 근처의 LP카페에 들렀다. 가게의 한쪽 벽면이 수백 장의 LP로 채워져 있었는데, 그곳의 분위기는 마치 1970년대 음악카페를 연상케 했다. 언제나 손님은 우리 둘뿐이었다. 쾌활하고 정 많은 사장님은 우리가 주문한 커피와 맥주, 샌드위치를 시간을 들여 정성스레 내왔다. 우리는 감미로운 재즈나 샹송을 들으며 중고 재봉틀을 검색해보기도 하고 최근 읽었던 글 이야기도 나누며 시간을 보냈다.

기억 속 그날 오후에는 코난의 부탁으로 인터뷰를 하게 되었다. 그는 책방을 찾는 손님들의 이런저런 고민을 들어준 뒤 그에 어울리는 책을 소개하는 콘셉트의 글을 모 잡지에 연재하고 있었는데, 드디어 내게도 인터뷰이가 될 기회가 찾아온 것이었다. 그날도 역시나 카페에는 사람이 없었고 매장에는 1980년대의 가요가 흐르고 있었다.

인터뷰를 명목으로 카페에 마주 앉아서 코난과 가벼운 수다를 떠는 와중에도 끊임없이 요즘 내 고민이 무엇이었는지 머릿속을 뒤적이던 찰나, 단어 하나가 둥실 떠올랐다. 당시 우리는 도서관에서 진행할 글쓰기 프로그램을 함께 구상하고 있었는데, 이런저런 아이디어 끝에 엄마의 이야기를 기록해보자는 데 의견이 모아졌다. 말하자면 딸이 대신 쓰는 엄마의 자서전인 셈이었다. 그러다 보니 부쩍 엄마의 삶에 대해 생각이 많아지던 나날이었다. 자연스레 생각은 엄마의 부재에 가닿았고, 당시 나는 언젠가 다가올 그때가 두려워 잠 못 이루는 날이 많았다.

나는 코난에게 엄마와 '이별'할 날이 불현듯 찾아올까 겁난다고 말했다. 이따금 출근길에 나서면서 '어쩌면 오늘이 엄마를 보는 마지막 날이 될지도 모른다'는 생각을 하기도 하는데, 그럴 때면 가슴이 먹먹해지면서 눈앞이 캄캄해진다고. 이런 나의 고백을 시작으로, 우리는 세상의 온갖 이별에 관한 이야기를 이어갔다. 좋아하는 작가와의 이별, 연인이나 친구와의 이별, 반려동물과의 이별에 대해서. 당시 코난과 나눴던 대화 가운데 지금도 또렷이 기억나는 말이 하나 있는데, 나는 인터뷰가 거의 끝나갈 무렵 이런 말을 덧붙였다.

"책방이 언젠가 문을 닫을지도 모른다고 생각하면 슬퍼져요.

문 닫기 한참 전엔 꼭 말씀해주셔야 해요. 천천히 마음 정리할 시간이 필요하니까요."

설마 그런 날이 오진 않겠지, 하는 마음으로 꺼냈던 그 말이 사계절을 돌아 현실로 다가왔다. 다정한 코난은 내 부탁을 잊지 않고 들어주었다. 그런데도 도통 마음이 정리되지 않으니, 내 마음에서 책방이 차지하는 공간이 생각보다 훨씬 컸나 보다.

도서관에서 나는 크고 작은 이별들을 여러 차례 겪어왔지만, 이별을 마주할 때면 늘 처음인 것처럼 버겁기만 했다. 믿고 의지했던 친구 미경이 다른 지역으로 이사 갔을 때도 마찬가지였다. 사서로 일하게 된 뒤 그는 내가 도서관에서 처음 사귄 친구였다. 손재주가 좋았던 미경은 내게 뜨개질하는 법을 처음 알려주었다. 우리는 뜨개질 모임을 만들어서 한가로운 토요일 낮마다 도서관 소파에 나란히 앉아 목도리며 장갑이며 털모자를 떴다. 미경을 통해 알게 된 미은과 미선, 문혜와도 마음이 잘 맞아서, 우리 다섯 명은 서로를 '시스터'라 부르며 우정을 이어오고 있었다.

도서관에 일이 있을 때면 그들은 한걸음에 달려와 도와주었다. 벌레를 무서워하는 나를 대신해서 도서관 주변의 잡초를 뽑아주거나 도서관에 나타난 벌레들을 내쫓기도 하고, 장마철이면 비가 새서 물난리가 나는 도서관 바닥을 청소하는 데 일손을 보태기도 했다. 이 작은 공간에서 내가 혼자라는 걸 느낄 새가 없을 만큼 그들은 틈틈이 도서관을 찾아와주었다. 그 중심에 미경이 있었다. 나뿐만 아니라 나머지 세 사람도 미경을 마음으로 의지했다.

그런 그가 이 동네를 떠나던 날, 나는 머리가 지끈거릴 정도로 펑펑 울었다. 미경이 탄 하얀 차가 시야에서 멀어지던 모습을 떠올리면 지금도 가슴 한편이 아려온다. 그 뒤로 우리는 1년에 한두 번 용산에서 만나 하루를 같이 보내는 것으로 서로를 향한 그리움을 달래고 있지만, 기차를 타고 다시 떠나는 미경을 배웅하는 일은 여전히 슬프다. 이별은 아무리 되풀이해도 익숙해지지 않는다. 그런 이별을 또 한 차례 앞두고 있다.

얼마 전 월요일 아침, 우리는 《사랑 밖의 모든 말들》을 읽고 책방에 모였다. 김금희 작가를 좋아하는 코난이 예전부터 그렇게나 추천해온 책이었는데, 마지막을 목전에 두고서야 첫 장을 펼쳤다. 나는 평소보다 더 꼼꼼히 책을 읽고 마음을 담아 문장에 줄을 긋고 정성스레 책의 귀퉁이를 접었다. 우리는 서서히 볕이 들어오는 책방에 둘러앉아서, 작가가 글을 통해 불러일으키는 각자의 기억에 관해 이야기를 나누고 공감하고 종종 우스

갯소리도 주고받으면서 그 아침을 보냈다. 이 순간이 책방에서 함께하는 마지막 아침 독서 모임이라는 걸 상기할 때면, 내면의 밑바닥으로 묵직한 돌덩이가 '쿵' 떨어지는 것 같은 느낌이 들었다. 그러면 괜히 책장을 후루룩 넘기며 귀퉁이가 접힌 부분들과 그 페이지에 벅벅 밑줄을 그어놓은 문장들을 다시 들여다봤는데, 그러다 문득 먹구름 사이로 언뜻 보이는 파란 하늘과도 같은 단어가 내 시야에 들어왔다.

어떤 밤과 어떤 밤들은 서로 이어진다. 내가 좀 더 정확하게 기록하고 싶은 것은 그러니까 그날의 밤들이 어떻게 이어져 있는가다. 현실에서 종결된 관계, 그렇게 해서 더 이상 곁에 없는 사람과 사람은 어디에서 만나는지 궁금하다. 거기에는 전혀 예상하지 못한 것이 있어 현실의 부재를 뛰어넘어 이어질 '여지'가 있는지 알고 싶다. (중략) 그렇게 해서 오래전 일별한 듯한 우리가 사실은 그리 멀리 있지는 않음을 확인한다면 나는 어떠한 열패감도 투사하지 않은 채 이 계절의 풍경을 기록할 수 있을 것 같다. 그러면 사람들이 어디로 옮겨가든, 조용하든 시끄럽든 '너'가 있든 없든 삶은 나쁘지 않게 연속될 것이다.

- 김금희, 《사랑 밖의 모든 말들》

책방이 사라진 공간에 코난이 아닌 낯선 얼굴이 새로운 일상을 꾸려가는 날이 온다고 해도, 지난 시간 우리가 읽은 책과 끄적인 글, 사람들과 주고받은 이야기와 마음들은 사라지지 않은 채 각자의 기억 속에 하나의 풍경으로 기록되어 있을 것이다. 그 풍경들이 추억이라는 '여지'로 남아 코난과 나를 잇는 연결고리가 되어줄 거라는 생각. 신기하게도 이 문장을 되풀이해 읽는 동안 그런 믿음이 새록새록 생겨났다. 그러자 울적했던 기분이 조금 나아졌고, 어쩌면 다가올 이별을 덤덤히 맞을 수 있을 것 같다는 생각마저 들었다. 어느새 한낮의 볕으로 가득 찬 책방에서 늘 그렇듯 하얗게 웃고 있는 코난을 보니, 그런 확신이 생겼다.

지금은 기다리는 시간

무언가를 기르는 일에 도통 소질이 없다. 식물이든 동물이든. 일본어 수업을 듣던 한 학생이 스승의 날이라며 선물해준 달리아꽃은 한 달도 채 되지 않아 죽고 말았다. 부지런히 물도 주고 하루에 한 번씩 햇볕을 쬘 수 있도록 창가에 내놓는 일도 잊지 않았는데. 뭐가 문제였는지는 여전히 오리무중이다. 갈 곳 없는 강아지 멍심이를 맡았을 때도 마찬가지였다. 유독 사람의 손길을 좋아하던 멍심이는, 퇴근하고 집에 돌아오면 가족보다도 더 나를 반겨주곤 했다. 하지만 일이 바빠서 늘 집에 혼자 두는 일이 예사였고 산책 한 번 제대로 함께해주지 못했다. 미안한 마음은 거듭 쌓여가고, 멍심이도 스트레스를 받았는지 용변을 가누지 못하는 일이 잦아졌다. 결국 멍심이를 잘 보살펴줄 수 있는 가정에 보내기로 했다. 6개월 만이었다. 이별은 슬펐지만, 새로운 주인을 만난 멍심이가 행복해 보여서 조금이나마 위안이 되었다.

그러고 보니 어릴 적부터 싹이 보였다. 이웃집 할아버지가 기르라며 주신 토끼도 일주일 만에 족제비가 덥석 물어가 버렸다. 아빠가 시장에서 사다 준 병아리도 마찬가지였다. 언니랑 오빠가 기르던 병아리들은 멋진 닭으로 자랐는데 내 병아리는 사흘 만에 죽었다. 당시에는 엉엉 울었지만, 지금 생각해보면 차라리 그게 나았을지도 모른다는 생각이 든다. 내 병아리는 그나마 자연사했지만, 언니와 오빠의 병아리는 결국 한 그릇이 되어 밥상에 올랐으니까. 잘 큰 보람도 없이.

이런 경험이 되풀이되다 보니 책임을 지고 어떤 일을 맡게 되면 더럭 겁부터 난다. 다 망쳐버리면 어쩌지, 하는 생각에. 작은도서관 사서로 일한 지 3년째 되던 해, 도서관의 전반적인 운영을 도맡게 됐을 때도 그랬다. 프로그램을 기획하고 운영할 때마다 제대로 해낼 수 있을지 확신이 없었다. 마음은 시소와 같아서, 프로그램이 잘 진행되면 안도감 쪽으로 기울다가도 약간의 차질이 생기면 곧장 불안감 쪽으로 기울며 엉덩방아를 쿵 찧기 일쑤였다.

올해 초 심술궂은 듯 잔뜩 뿔이 난 모양의 바이러스가 세계를 강타하자, 도서관을 휴관하라는 공문이 내려왔다. 아무도 올 수 없는 도서관에 출근해서 문을 걸어 잠글 때마다 마음의 시소는 어김없이 불안감 쪽으로 기울며 엉덩방아를 찧어댔다. 언젠가 이 작은 공간을 영영 닫아야 할 날이 올지도 모른다는 불안감. 처음에는 바이러스가 곧 잠잠해지리라 생각했다. 휴관 공지를 올리고 안에서 문을 걸어 잠근 채 혼자 보낸 첫 달은 그럭저럭 견딜 만했다. 나는 도서관의 해묵은 먼지를 털어내고, 새로 도착한 책들을 서가에 꽂고, 올해 진행할 예정인 프로그램들을 점검했다. 봄이 오면 다시 문을 열 수 있으리라 생각하면서. 그렇게 첫 달이 지나고 봄이 왔지만, 여전히 세상은 바이러스에서 헤어나오지 못한 채였다. 벚꽃이 폈다 지고 텃밭의 잡초들이 무성히 자라났다. 도서관 안에는 다시 체념의 먼지들이 쌓여갔다.

5월이 되자 문을 열어도 된다는 공문이 내려왔다. 이렇게 공문이 반갑게 느껴지기는 처음이었다. 나는 신나게 도서관 구석구석을 물걸레로 닦아내고, 서가에 내려앉은 더께를 걷어냈다. 거의 석 달 만에 도서관 문을 열자, 기다렸다는 듯 오랜 단골 한 분이 책을 빌리러 오셨다. 앞으로 또 문을 닫게 될지 모르니 잔뜩 책을 빌려야겠다는 농담은 그저 웃어넘겼다. 지난 시간의 공백과 여전히 사라지지 않은 바이러스에 대한 염려 때문인지 도서관을 찾는 사람은 그리 많지 않았지만, 내 마음은 한결 편안해졌다. 더는 허공에서 버둥거리는 일 없이, 안도감에 무사히 착지한 채 두 발을 땅에 내려놓을 날이 머지않았다고. 그렇게 서서히 예전의 일상으로 돌아갈 수 있으리라 생각하며 룰루랄라보낸 지 두 주도 채 지나지 않은 금요일. 재휴관 공문이 내려왔다. 기한은 없었다. 별도 공지가 있을 때까지 무작정 기다릴 뿐. 내 마음은 다시 허공으로 붕 뜨며, 확진자 수를 확인할 때마다불안과 안도를 오가는 시소 타기를 반복했다. 서가에서 시들어가는 신간을 바라보면 한숨이 절로 나왔다. 끝이 보이지 않는나 홀로 시소 놀이를 언제까지 되풀이해야 하는 걸까. 벌써 봄이 지나고 여름이 찾아왔는데, 도서관은 여전히 추운 겨울에 머물러 있었다.

무기력한 시간이 이어지던 어느 날, 도서관 출입구에 툭 하고 무언가 땅에 떨어지는 소리가 들렸다. 이용객이 찾아온 건가 싶어 데스크에서 입구 쪽으로 고개를 빼꼼 내밀었더니, 커다란 상자 두 개가 보였다. 파란색 조끼가 스치듯 담장 너머로 사라졌다. 몇 달 전 신청했던 문학나눔도서였다. 상자를 열어 보니말끔한 책들이 층층이 쌓여 있었다. 맨 위에 놓인 책의 제목이눈에 들어왔다. 이담하 시인의《다음 달부터 웃을 수 있어요》라는 시집이었다. 나는 끌리듯 시집을 꺼내서 소파에 앉았다. 휘리릭 책장을 넘기다가 어느 시에서 손이 멈추었다. 그중 한 구절에 마음이 머물렀다.

마중과 배웅 사이로
허겁지겁 달려오는 시간들 지루한 연착들
모든 시간은 정해진 약속을 향해 달리고
약속을 넘어서면서부터
연착으로 놓인 차편 사이에 의자가 있다

기다리는 시간만큼 앉아 있어도 되는 의자
기다리는 것은 수행과 같아서
화장실도 안 가고 앉아 있는 의자

― 이담하, 〈기다리는 시간만큼〉 중에서

어쩌면 도서관은 지금 연착으로 놓인 차편 사이에 있는 건지도 모른다. 문 닫힌 도서관 안에서 소음을 내는 건 오직 냉장고와 선풍기뿐이고, 쥐 죽은 듯 고요한 책 사이에 혼자 앉아 있으면 시간이 정지해버린 것 같은 착각에 사로잡히기도 한다. 하지만 지금을 연착 사이에 가로놓인 상황이라 생각한다면, 일단은 기다릴 수밖에 없다. 그러다 보면 언젠가 일상으로 데려다줄 차편이 올 것이다. 다만, 기다리는 시간만큼 가만히 앉아만 있을 게 아니라 지루한 연착의 시간이 어서 지나도록 자판기에서 커피도 한 잔 뽑아 마시고 후다닥 화장실도 다녀오는 편이 좋지 않을까.

두 상자에 가득 담긴 새 책들에 하나하나 장서인을 찍고 라벨 작업을 하면서, 나는 도서 대출 서비스를 시작해야겠다고 생각했다. 기껏 들어온 새 책들이 사람의 손길 한 번 타지 못한 채 변색해가는 건 바라지 않으니까. 시립도서관처럼 온라인 예약 시스템은 없으니, 전화로 직접 예약 대출을 받기로 했다. 이렇게나마 도서관의 기능을 조금씩 회복해가다 보면, 기약 없던 연착의 시간도 어느덧 끝나 있을 테니.

어릴 적부터 무언가를 기르는 일에는 서툰 나지만, 이 작은 공간만큼은 사라지지 않도록 끝까지 지켜내고 싶다. 지금은 기다리는 시간이다.

KF94 마스크

마스크 자국이 좀처럼 사라지지 않는다. 엄마와 병원에 가는 날, 새벽 일찍 나서는 언니가 마스크 두 개를 식탁 위에 꺼내놓고 출근했다. 사람이 많이 모이는 장소에 갈 때는 꼭 KF94 마스크를 써야 한다면서. 그것만으로는 불안했는지 내게 전화를 걸어 또 한 번 신신당부했다. 꼭 식탁 위에 꺼내놓은 마스크를 쓰고 가라고. 언니의 속삭이는 목소리 뒤로 철컹철컹 전철 소리가 들렸다. 나는 건성으로 대답하며 오늘이 휴가 마지막 날이라는 사실을 떠올렸다.

도서관을 재개방한 지 한 달이 채 지나지 않아 다시 임시휴관 조치가 내려졌다. 확진자 수가 무서운 속도로 올라갔다. 뉴스를 보면 한숨만 푹푹 나왔다. 도서관 격리가 다시 시작되었다.

문을 걸어 잠그고 고요한 도서관에 앉아 과거를 회상하는 일이 잦아졌다. 서가 사이를 미로 삼아 뛰어다니던 아이들이 생각났다. 창가에 서서 아이의 하교를 기다리던 둥근 뒷모습들이 눈앞에 아른거렸다. 향긋한 커피 냄새를 풍기며 독서 모임을 준비하던 책마루 회원들의 얼굴을 하나하나 떠올려보았다. 암울한 이 시기를 다들 잘 통과하고 있을까. 다시 만날 수 있을까. 이 도서관 안에서.

곧 여름휴가였다. 상황이 이렇게 흘러갈 줄은 모르고 한 달 전에 신청한 휴가였다. 문 닫은 도서관 안에서 답답하고 불편한 마음으로 있으니 집에서 편히 쉬는 편이 더 나았다. 문을 걸어 잠그고 도서관에서 홀로 일주일을 보낸 뒤 나는 휴가를 떠났다. 다시 돌아왔을 때는 도서관 문을 열 수 있길 바라면서.

어딜 가나 마스크를 쓴 채였다. 현관문을 열고 밖으로 발을 내딛는 순간부터 마스크와 나는 한 몸이 되었다. 무의식 영역에 속해 있던 공기가 의식의 세계로 비집고 들어왔다. 집 안의 공기와 바깥의 공기를 구분하는 세상이 열렸다. 눈에 보이지 않았기에 더 겁이 났다. 뉴스에서 '무증상' '깜깜이'란 단어를 들을 때마다 움찔움찔했다.

언니가 챙겨둔 KF94 마스크를 엄마와 하나씩 나눠 쓰고 병원에 갔다. 입구에서 체온 측정과 손 소독을 하고 명부에 이름과 전화번호를 적은 뒤에야 병원 안으로 들어갈 수 있었다. 한 사람도 빠짐없이 하얗고 까맣거나 알록달록한 마스크를 쓴 상태였다. 머리 모양과 옷차림, 연령대는 제각각이었지만 하나같이 마스크로 얼굴의 절반 이상을 가린 탓인지 내 눈에는 모두 쌍둥이처럼 보였다. 설령 아는 얼굴이 내 앞을 지나간다 한들 알아채지 못할 것 같았다. 엄마의 이름이 불리기를 기다리며 대기실 앞에 앉아 허공에 둥둥 떠다니는 마스크들을 멍하니 바라보았다. 어쩌다 세상은 이렇게 바뀌어버렸을까.

휴가 기간에 시간을 내어 친구들과 바다를 보러 갔다. 차를 렌트하고, 불필요한 접촉을 피하려고 고속도로 휴게소의 우동도 과감히 포기했다. 눈이 따가울 만큼 화창한 날이었다. 차창 너머로 나른한 시골 풍경들이 휙휙 지나가고, 쪽빛 하늘 아래 펼쳐진 산들이 거대한 구름 그늘에 가려 짙푸른 음영을 드러냈다. 보조석과 뒷좌석에 앉은 친구들이 조잘조잘 떠드는 소리가 경쾌하게 울렸다. 카오디오에서는 1990년대에 유행하던 가요가 흘러나오고 있었다. 전방에서 시선을 떼지 않은 채 내가 말했다.

"지금 생각해보면, 그나마 살기 좋았던 시절이 90년대였던 것 같아."

"맞아. 지금처럼 미세먼지도 없었고. 봄과 가을이 명확히 구분되어 있었지."

보조석에 앉은 친구 E가 맞장구를 쳤다. 이에 질세라 뒷좌석에서 과자 먹기에 여념이 없던 친구 R이 말을 보탰다.

"난 2000년대 초중반까지가 딱 좋았던 것 같아. 요즘 같아서는 다시 2000년대로 돌아가서 더는 이 세상이 발전하지 않았으면 좋겠단 생각이 들어."

"지금보단 낭만이 있던 시절이었지." R의 말에 E가 신이 난 듯 떠들어댔다.

"예전에 쓰던 폴더폰이나 플립폰 기억나? 전화 걸고 문자 보내는 게 전부였지만, 그래서 더 낭만이 있었어. 문자 하나 보낼 때도 신중했고. 한창 슬라이드폰이 유행했을 때였는데, 어느 날 친구가 최신형 스카이 슬라이드폰을 들고 나타난 거야. 알록달록한 컬러 화면이랑 스카이폰 전용 멜로디가 어찌나 부럽던지. 난 모토로라에서 나온 뚱뚱한 플립폰을 쓰고 있었거든. 스카이폰으로 바꾸고 싶어서 치킨호프에서 죽어라 알바까지 했어."

"그래서, 스카이폰은 샀어?" 내가 묻자, E는 "그게, 나중에 초콜릿폰에 꽂혀서……" 하며 배시시 웃었다. 마스크에 가려 미소의 절반은 보이지 않았다.

1990년대와 2000년대의 낡은 추억들을 끄집어내며 떠들다 보니 어느새 풍경이 확연히 달라져 있었다. 빛바랜 펜션이 드문드문 보였고, 창문을 열자 어디선가 끼룩끼룩 소리가 들려왔다. 구불구불한 길을 좀 더 들어가니 시야가 확 트이며 자를 대고 그어놓은 듯한 수평선이 눈앞에 펼쳐졌다. 바다였다.

우리는 마스크를 단단히 올리고 모래사장을 어기적어기적 걸어 앞으로 나아갔다. 여름 끝의 바닷가는 한적해서, 당장이라도 마스크를 벗어 던지고 해변을 달리고 싶다는 충동에 사로잡혔다. 독일 영화 〈밴디트〉의 마지막 장면처럼. 감옥에서 결성된 여성 4인조 록밴드 밴디트는, 탈옥의 끝에 팬들을 위한 마지막 라이브공연을 펼친 뒤 부둣가를 힘차게 달려간다. 외국으로 향하는 밀항선을 타기 위해. 드럼 스틱도 기타도 마이크도 모두 내던진 채 전력 질주하는 그들을 경찰이 바짝 뒤쫓는다. 곧이어 연이은 총성이 들리고 그들의 웃음소리와 함께 엔딩 크레딧이 올라가며 영화는 끝이 난다.

현실 속의 우리는 고집스럽게 마스크를 눈 밑까지 끌어올리고 사람들이 모여 있는 해변에서 멀찍한 곳에 서서 바다를 바라봤다. 마스크를 벗어 던지고 해변을 뛰는 모습은 이제 영화에서나 볼 법한 장면이 되어버렸다. 새삼 밴디트 멤버들이 무사히 외국으로 떠났을지 궁금해졌다. 해피엔딩이었다면 좋았을 텐데. 영화의 결말을 생각하며 한참을 서서 바다 구경을 하다 차로 돌아왔다. 고속도로에 들어와서야 바다 냄새를 맡지 못했다는 사실을 깨달았다.

휴가 마지막 날, KF94 마스크에 표정을 숨긴 채 병원을 오가는 사람들을 바라본다. 진찰실의 열린 문틈으로 엄마의 모습이 보인다. 눈이 마주친 듯하여 미소를 지었지만, 마스크를 쓴 채 웃어봤자 엄마에겐 전해지지 않는 듯하다. 평소 답답한 걸 참지 못하는 엄마인데 묵묵히 KF94 마스크를 쓴 채 검사를 받고 있다. 그런 세상이 되었다.

집으로 돌아오자마자 마스크를 벗고 둘둘 말아 묶어 휴지통에 버린 뒤 손을 깨끗이 씻는다. 고개를 들어 거울을 본다. 눈 밑의 양 볼에 八(팔) 자가 선명하게 찍혀 있다. 수시로 마스크 위쪽을 꾹꾹 눌러댄 탓이다. 도무지 원래대로 돌아올 기미가 보이지 않는다. 거실로 나와 보니 피곤했는지 엄마가 소파에 기댄 채 잠들어 있다. 엄마의 얼굴에도 어김없이 팔 자가 찍혀 있다. 오늘로 여름휴가도 끝이다. 내일부터 다시 도서관에 출근하는 나날이 시작된다. 여전히 상황은 나아지지 않았다. 내일 나는 마스크를 쓰고 다시 도서관 문을 열러 간다. 스스로를 격리하기 위해. 그런 세상이다.

빗 나 가 는 예 상

노벨문학상 발표를 앞두고 있던 2020년 10월 둘째 주 끝 무렵. 여전히 문을 닫고 있는 도서관 데스크 앞에 앉아, 나는 온라인 강의를 듣고 있었다. 이달 초, 국립중앙도서관의 사서 교육 사이트에서 신청해둔 강의였다. 해마다 지역별로 작은도서관 평가가 이루어지는데, 그 세부 항목 중에는 '교육 참여 시간'이 포함되어 있었다. 해당 점수는 무려 20점! 단 1점 차이로 도서관 평가 등급이 바뀌곤 했으므로 20점은 굉장히 큰 배점이었다.

코로나 시대로 들어선 뒤 대면으로 진행되던 사서 교육이 대부분 중단되었다. 그러다 보니 자연스레 온라인 강의의 수요가 높아졌다. 온라인 강의는 매월 초 신청할 수 있고 모집 인원이 정해져 있었다. 첫날 접속하지 않으면 금세 인원이 차버렸다. 나는 매달 첫째 주 월요일이 되면 컴퓨터 앞에 앉아 마우스를 클릭할 준비를 했다. 대학생 새내기의 마음으로.

지난달에는 저녁때가 되어서야 그날이 온라인 강의 신청일이라는 걸 생각해냈다. 부랴부랴 사이트에 접속했지만 이미 모든 강의 신청이 마감된 후였다. 나는 허탈한 마음으로 알람을 맞췄다. 다음 달엔 기필코 성공하리라 굳게 마음을 다지면서. 다행히 이번 달에는 수강 신청에 성공했다.

강의를 들으면서 나는 수시로 뉴스를 체크했다. 얼마 전 친구들끼리 재미 삼아 했던 내기 때문이기도 했다. 올해 노벨문학상 수상자가 누구일지 알아맞히는 내기였다. 우리는 해외 언론이나 베팅 사이트가 내놓은 예상 후보들 가운데 수상 가능성이 높아 보이는 작가를 각자 한 명씩 골랐다. 오랜 팬으로서 무라카미 하루키를 고르고 싶은 마음을 간신히 억누른 채, 나는 조이스 캐롤 오츠를 선택했다. 어떤 확신이 있었다기보다, 왠지 미국 출신 여성 작가가 뽑힐 것 같은 예감에서였다.

사실 내 관심은 노벨문학상 발표보다 코로나19 관련 뉴스에 쏠려 있었다. 도서관을 재휴관한 지도 어느덧 두 달. 예약 대출 서비스는 계속 이어오고 있었지만, 아무래도 서가에서 직접 책을 보며 고를 수 없으니 이용률은 거의 바닥 수준이었다. 물론 좋은 점도 있었다. 뉴페이스의 이용객이 생겼다는 것. 인터넷에서 책을 검색하여 소장하고 있는 관내 도서관을 확인한 뒤 예약 대출을 신청하는 시스템이다 보니, 지혜의 집을 한 번도 이용한 적이 없었던 사람들이 종종 찾아오곤 했다. 장서가 만 권이 채 되지 않는 작은도서관이지만 지혜의 집에서만 소장하고 있는 책들은 분명 존재했다. 그중에는 사서인 나조차 잊고 지낸 책들도 더러 있었다. 그 덕분에 이따금 새로운 사람들이 도서관의 문을 가만히 두드렸다.

이번 주말 사회적 거리 두기 2단계가 1단계로 완화될 가능성이 크다는 뉴스들이 여럿 보였다. 10월 8일 현재 수도권 신규 확진자는 46명. 어제에 비하면 절반 가까이 줄어든 셈이다. 이 추세가 이어진다면 다음 주부터 1단계로 바뀔 것은 확실했다. 그렇게 된다면 다시 도서관 문을 열 수 있다. 스스로 새장 안에 들어가는 비둘기 신세에서도 이제 해방이다. 개관을 시작하면 도서관에서 온라인 강의를 듣는 건 무리겠지. 나는 조금 들뜬 마음으로 모니터 속 목소리에 집중하며 부지런히 한 챕터씩 클릭해나갔다.

나와 친구들의 예상은 모두 빗나갔다. 노벨문학상의 영광은 미국의 여성 시인 루이즈 글릭에게 돌아갔다. 예상 후보에는 없던 낯선 이름이었다. 이럴 줄 알았으면 그냥 하루키를 선택할걸. 내기에 혹한 나머지 팬으로서 의리를 저버린 스스로를 반성하면서, 나는 루이즈 글릭의 번역본이 출간되면 도서관 신간 목록에 추가해야겠다고 생각했다.

노벨문학상이 발표되고 나흘이 지난 주말, 드디어 돌아오는 주부터 사회적 거리 두기 1단계로 돌입한다는 뉴스가 떴다. 공공도서관의 문을 열 수 있게 된 것이다. 여러 날 이어진 끈질긴 편두통으로 나는 주말 내내 침대 신세를 면치 못하고 있었다. 그런데 돌아오는 화요일부터 도서관에 사람들이 오갈 수 있다니. 그토록 기다리던 소식을 들어서인지 조금씩 두통이 사라지는 느낌마저 들었다.

월요일 아침이 되었다. 나는 시립도서관 사이트에 들어가 보았다. 도서관을 다시 개관하게 되었다는 안내문이 공지되어 있으리라 예상하면서. 그런데 여전히 사이트의 첫 화면에는 '도서관 임시 휴관'에 대한 안내문이 버젓이 자리를 차지하고 있었다. 이웃 도서관 사서인 친구 단단에게 연락해보았다.

"지난 주말에 동두천 확진자가 대거 발생해서. 정부 지침은 완화되었지만 이번 주도 휴관으로 하고 상황을 더 지켜봐야 할 것 같대. 매주 어떻게 될지 모르는 상황이 참 힘 빠지지만, 그래도 힘내보자!"

또 한 번 예상이 빗나가는 순간이었다.

도서관의 한 주가 시작되는 화요일, 나는 출근하자마자 습관처럼 입구를 잠갔다. 두통은 말끔히 사라졌다. 재개관에 대한 기대감마저도. 다른 지역 도서관들은 대부분 문을 열었다. 이용자들을 위한 소규모 프로그램을 시작한 도서관도 있다고 했다. 올해 계획했다가 어그러진 프로그램들이 하나둘 떠올랐다. 일본어 강의, 색연필 에세이 교실, 사진 에세이 교실, 독립출판 강의 등등. 서가에는 사람의 손길 한 번 닿지 않은 신간이 태반이었다. 머지않아 이 책들은 신간이라는 자리에서 쓸쓸히 내려와야 한다. 그 지위를 제대로 누려보지도 못한 채.

어느덧 올해도 두어 달밖에 남지 않았다. 도서관의 일상은 여전히 멈춰 있는데 시간은 어쩜 이렇게 빨리도 흘러가는지. 거대한 블랙홀 안에 지혜의 집만 통째로 갇혀버린 느낌이다. 이 안에서는 모든 것이 정지 상태니까. 책도, 소파도, 책상도, 의자도. 그리고 (이제 예상은 언제나 빗나가기 마련이라고 체념해버린) 사서까지도. 어서 누군가 나를, 이 도서관을 블랙홀 같은 나날에서 꺼내줬으면 좋겠다. 너무도 간절히 도서관 문을 열고 싶다.

동백꽃과 함께

올겨울, 도서관에 새 식구가 들어왔다. 힌트를 주자면, 소설가 김유정의 어느 단편소설 제목으로 유명한 그것. 혹은 최근 종영한 드라마 속에서 여주인공을 연기한 공효진의 이름이기도 했던 그것. 그리고 오가와 이토가 쓴 일본 소설《츠바키 문구점》에서 '츠바키'가 뜻하는 그것. 바로 동백꽃이다. 여담이지만 사실 김유정의 단편소설 〈동백꽃〉에 나오는 꽃은 노란 생강나무꽃이다. 강원도에서는 비싼 동백기름 대신 생강나무 씨앗에서 추출한 기름을 머릿기름으로 사용했다고 한다. 그래서 생강나무꽃을 동백꽃이라 불렀다나. 몇 년 전 방문했던 김유정 문학관에서 친절한 해설사 선생님에게 전해 들은 이야기다. 어쨌든 그 동백나무가 도서관의 명당을 꿰차며 들어왔다. 오후 세 시가

넘어서야 비로소 볕이 드는 서향 창가 자리에, 짙푸른 초록과 깨끗한 빨강의 대비를 뽐내면서.

어릴 적 내가 살던 시골집에도 동백나무가 있었다. 집으로 올라가는 야트막한 언덕길 중간쯤에 자리한 채 평소에는 짙푸른 잎으로 수수한 척 위장하고 있다가 이른 봄이 되면 깜짝 놀랄 만큼 화려한 꽃망울을 터트려서 어린 내 시선을 빼앗았는데, 그러면 나는 돌담을 타고 올라가 꽃봉오리를 톡 꺾어서 세숫대야에 담긴 물 위에 배처럼 띄워놓고 놀았다. 노란 꽃술 속에 개미 한 마리를 넣어두고 동화《잔디 숲속의 이쁜이》에 나오는 개미 이쁜이라고 상상하면서. 그 시절의 기억 때문인지 어른이 된 뒤에도 나는 어쩌다 골목의 담장 너머로 빼꼼 내민 빨간 얼굴과 마주치기라도 하면 그대로 지나치지 못하고 한동안 걸음을 멈추곤 했다.

누군가 내게 사계절의 풍경을 생생하게 느낄 수 있는 장소가 초등학교라고 말한 적이 있는데, 그 말대로 파노라마처럼 차례로 계절이 지나는 모습을 도서관 창문을 통해 고스란히 지켜볼 수 있을 만큼 교정에는 나무가 많다. 아쉽게도 그중에 동백나무는 없다. 그래서 난 서가에 꽂힌, 이를테면 〈동백꽃〉이라든가

《츠바키 문구점》의 책 제목을 통해서만 땅속에 단단히 뿌리박은 채 서 있는 나무의 형상을 떠올려왔다.

그러던 어느 날, 친구가 개업한 온실에 놀러 갔다가 그 동백꽃과 마주했다. 내 키를 훌쩍 뛰어넘는 커다란 나무가 아닌, 아담한 화분에 다소곳이 담긴 자그마한 묘목에 빨간 봉오리 하나가 단아한 꽃을 피우고 있었다. 식물은 그저 감상할 줄만 아는 데다 어쩌다 키울 기회라도 생기면 어김없이 죽이고야 마는 식물 킬러인 내가, 처음으로 제대로 키워보고 싶다는 생각이 들게끔 만드는 자태였다. 게다가 동백꽃에겐 오랜 빚이 있지 않은가. 멋모르던 시절 무수히 꺾어버린 꽃봉오리들에게 사죄하는 뜻에서라도 꼭 저 동백나무 화분을 사야겠다고 나는 마음속으로 다짐했다.

코로나 상황이 좀 나아져서 드디어 몇 달 동안 닫혀 있던 도서관 문을 열게 되자, 적게나마 책을 빌리러 사람들이 다시 드나들게 되었다. 오랜 빚이 어쩌고저쩌고 호들갑을 떨었지만, 사실 재개관을 하게 된 기념으로 도서관 분위기에 변화를 주고 싶은 마음이 컸다. 추운 겨울에도 홀연히 꽃망울을 터트리는 동백나무처럼 아무쪼록 이 작은 공간이 지금의 어려운 시절을 잘 견뎌내길 바라면서. 한편으론 동백꽃의 꿀을 좋아해서 동백나무를 자주 찾아온다는 동박새처럼 많은 사람이 지혜의 집의 책을 찾았으면 하는 마음으로. 그렇게 동백나무를 도서관에 들였더니 화분 하나로 실내 분위기가 부쩍 화사해졌다.

도서관을 찾는 사람들은 하나 같이 동백꽃에 관심을 보였다. 활짝 핀 꽃 가까이에 코를 갖다 대며 냄새를 맡아보는 사람, 휴대폰을 꺼내 사진을 찍는 사람, 화분 앞에 서서 물끄러미 쳐다보기만 하는 사람 등등. 자그마한 화분 하나가, 코로나 여파로 잔뜩 위축되어 있던 도서관의 공기를 한결 부드럽게 바꿔주었다. 어릴 적에는 내 놀이 상대가 되어주며 즐거움을 선사하더니 이젠 작은 위안을 안겨주는 동백꽃을 멍하니 바라보고 있으면, 수없이 문을 닫고 열기를 반복했던 지난 시간 동안 끊임없이 나를 괴롭혀온 무력감과 허무감, 패배감이 서서히 사라지는 듯한 기분마저 들었다. 식물에게 위로를 받는 나날이 이어지고 있다.

요즘은 습관처럼 자주 헛푸념을 한다. 어쩌다 이런 시대가 되어버린 거냐고. 황급히 문을 걸어 잠가야 할 날이 언제든 올지 모른다는 생각도 늘 한다. 자고 일어나면 휴대폰을 켜서 코로나 관련 뉴스를 체크하는 일로 하루를 시작하고, 마스크를 쓰는 것에도 제법 익숙해졌다. 공공장소에서 무언가를 만질 때는 자연스레 손가락을 사용하지 않게 되었다. 엘리베이터 버튼을 누를 때는 휴대폰 모서리를 사용한다거나 문을 열 때는 팔꿈치로 미는 식이다. 그러다 다시 상황이 악화하여 급브레이크를 밟은 것처럼 일상이 멈출 때면, 나는 김성중의 소설 《이슬라》 속 상황들을 떠올린다.

갑자기 시간이 멈춰버린 세상. 이곳에서 사람들은 늙지도 죽지도 않는다. 어린아이는 어린아이인 채로 노인은 노인인 채로 임산부는 임산부인 채로 끝없는 삶을 살아야만 한다. 지독한 권태와 무력감에 발버둥 치면서, 한때 불로장생을 꿈꿨을 인간들이 이젠 죽음이 존재하던 시절을 갈망하기에 이른다. 결국 이들은 삶의 의미를 잃어버린 채 흥청망청 방탕하게 세월을 보내고, 세상은 점점 황폐해져간다. 그렇게 백 년이 지나자, 영원히 멈춰 있으리라 믿었던 시간이 거짓말처럼 다시 흐르기 시작한다.

> 우리에게 진정으로 충격적인 사건은 동결된 백 년이 아니라 그 후에 시간이 다시 흘렀다는 것이다. 그걸 알았다면 백 년을 지혜롭게 썼을 텐데 대부분 '이게 진짜야?' 하는 마음으로 탕진하면서 세월을 보낸 것이다. 부메랑처럼 되돌아온 시간의 역습, 백 년간 저질러놓은 수많은 일들······.
>
> - 김성중, 《이슬라》

도서관 문을 걸어 잠그고 그 안에서 홀로 하루를 보낼 때면 마치 나 자신이 소설 속 세상에 들어와 있는 듯한 착각이 일면서 그들처럼 끝없는 권태와 무력감에 사로잡힌다. 그럴 때마다 나는 마음속으로 되뇐다. 지금은 '정지'가 아니라 '일시 정지'인 상태라고. 《이슬라》에서도 그랬듯, "부메랑처럼" 일상의 시간은 되돌아올 거라고. 그때를 기다리며 변함없이 도서관에서의 일상을 성실하게 이어가야 한다. 서가의 먼지를 털고 신간을 구입하고 내년의 계획을 짜면서. "되돌아온 시간의 역습"에 당황하지 않도록 말이다. 여기에 하나 더 추가하자면, 모처럼 도서관에 들인 동백나무가 죽지 않도록 잘 보살필 것.

그나마 다행인 건, 다시 문을 닫을 날이 왔을 때 이 휑한 도서관에 나 혼자만은 아니라는 사실이다. 도톰하게 영근 꽃망울 하나가 곧 터지려 한다.

나만 알고 싶었던 앤의 다락방

자그마한 풍문을 들었다. 어떤 작은도서관 사서에 대해서.

소문을 전해준 사람은 함께 근무하던 작은도서관 순회사서 선생님이었다. 그는 동두천에 있는 작은도서관들을 방문해 시립도서관 도서를 단체 대출(기관 대상으로 50~300권까지 대출해주는 서비스)해주거나 정보를 전달하고 실태를 점검하는 일을 했고, 나는 그 보고를 바탕으로 통계를 잡고 결과물을 취합하는 업무를 담당했다. 정신없이 몰아치는 행정, 서무, 회계 업무에 치여 휴식은커녕 화장실 가는 시간도 아끼던 시기에 보고를 핑계로 작은도서관 소식을 듣는 것은, 나의 몇 안 되는 도서관 고유 업무 시간이자 잠시나마 숨을 고르는 힐링의 순간이었다.

일 처리가 깔끔하고 할 말은 똑 부러지게 해서 (나 혼자 멋대

로) 냉정할 거라 생각했던 순회사서 선생님은 예상과 달리 작은
도서관 사서 선생님들과 두루두루 잘 어울렸다. 보고 내용에는
작은도서관을 지키고 있는 사서 선생님들에 관한 이야기가 간
간이 섞여 있었다. 그의 입을 통해 들은 작은도서관 사서 선생
님들은 하나같이 열정적이었다. 특히 사동초등학교 지혜의 집
양지윤 선생님 이야기는 열정을 넘어 치열하다고 느껴지기까지
했다.

전달받은 보고서에는 다양한 독서문화 프로그램이 있었고,
엄선해서 구입한 도서목록이 있었고, 도서관 활성화를 위해 고
민한 흔적이 가득한 계획서가 있었다. 아무리 이용자가 적은 작
은도서관이라 해도 점심시간 교대 근무자 한 명 없이 오롯이 혼
자서, 그것도 온종일 도서관을 관리한다는 게 결코 쉬운 일이
아니다. 나 같으면 진작 지쳤거나 무기력해졌을 텐데. 관성에 젖
어 정체되고 말았을 텐데. 열악한 환경 속에서도 어떻게 그렇게
지치지 않고 열정적일 수 있을까.

사실 그때 나는 번아웃 상태였다. 도서관과 책이 좋아 공공
도서관 사서가 되었지만, 이상과는 다른 현실에 치여 방향을 잃
고 겨우 일상을 버티고 있었다. 양지윤 선생님은 나와 동갑이었
다. 모든 것에 심드렁하고 수동적인 나와 달리 적극적으로 사는
그의 소식을 접할 때마다 동경과 질투심이 차곡차곡 쌓였다. 어

느새 그와 동료 이상의 관계가 된 순회사서 선생님이 부러웠다. 그러나 그뿐이었다. 연결되고 싶다는 간절한 마음은, 쉽게 다가서지 못하는 나의 내향성을 극복하지 못했다. 무엇보다, 활기찬 에너지를 뿜어내는 그와 직접 마주하면 상대적으로 초라해질까 봐 두려웠다.

그러나 굉장히 쾌활하고 높은 텐션을 가졌을 거란 예상과 달리 실제로 만난 그는 차분하고 조심스러운 사람이었다. 동갑에 동성인데도 우리는 소개팅에 처음 나온 듯 어색한 인사를 나누고 더듬더듬 대화를 시작했다. 나는 나름 꽤 긴장한 상태였는데, 함부로 주도하지 않으면서도 편안한 분위기를 이끄는 그의 배려 덕분에 어느 순간 시간 가는 줄도 모르고 무람없이 떠들고 있었다.

우리는 그 뒤 가끔씩 만나서 서로의 근황과 고충을 털어놓았다. 사서라는 직업은 같지만 공공도서관 사서인 나와 작은도서관 사서인 그의 환경은 많이 달랐다. 병원도 내과, 안과, 치과 등 다양한 분야로 나뉘듯이 도서관에도 다양한 종류가 있다. 도서관에서 일한다 해도 도서관에 대한 모든 걸 알 수는 없다. 그는 조근조근한 목소리로 작은도서관에서 일어나는 일에 관해 들려주었다. 혼자 근무하며 힘든 일도 많지만, 혼자 근무하기에 자신만의 색깔을 담을 수 있는 지혜의 집을 애정했다. 그를 만나면 늘 위로와 자극을 동시에 받았다.

대개 나는, 어떤 대상에 관심이 가고 좋아지면, 그래서 관계를 유지하고 싶으면 가까이 접근하려는 마음을 멈추고 적당한 거리를 유지하기 위해 노력한다. 너무 좋아하면 나 혼자 독차지하고 싶은 마음에 질투와 집착에 휩싸이고, 막상 가까워지면 부담스러워 뒷걸음질 치는 이상한 습성을 깨닫고 난 뒤, 느슨하지만 길고 가는 관계를 유지하기 위한 나만의 생존 전략이다. 나에게 그는 오랫동안 알고 지내고 싶은 소중한 대상이었다. 다행히 이 전략은 잘 유지되고 있었다. 아니, 유지되고 있다고 착각했다.

《사서의 일》을 읽는 동안 오랫동안 꼭꼭 봉인해왔던 감정들이 허무하게 해제되었다. 읽는 내내 질투심이 부글부글 끓어올랐다. 이 책에서 그는 그가 만나는 사람 한 명 한 명을 향한 지극한 애정과, 호기심 가득한 눈으로 일상을 바라보는 태도를 진솔하게 드러낸다. 지혜의 집과 함께 성장하는 그의 모습은, 내가 그토록 꿈꾸고 바라던 온전한 사서의 삶이었다.

양지윤은 자신이 좋아하는 '빨강 머리 앤'과 닮았다. 살아가며 보고 듣고 겪는 모든 것에 호기심을 잃지 않는다. 오늘의 작은 실수에 어쩔 줄 몰라 하며 이불킥을 하면서도 실수하지 않는 내일이 있어 다행이라 생각하는 천진한 사람이다. 이 매력덩어리 사서 친구가 너무 부럽고 사랑스러워서, 그가 뿜어내는 청량한 에너지에 계속 물들고 싶어서, 이 자리를 빌려 거리 두기에 실패했음을 인정하고, 이왕 이렇게 된 거 앞으로 대놓고 질투심을 드러내며 끈덕지게 붙어 있겠다고 고백해야겠다.

동갑내기 사서로서 질투심을 유발할지언정, 시기하기엔 너무 다정해서 전투 의욕마저 상실하게 만드는 사람. 혼자만 알고 싶지만 그러기엔 자랑하고 싶은 게 많아서 비밀로 간직할 수 없는 사람. 그런 사람이 오늘도 지혜의 집에서 열심히 일하고 있다. 이 책을 읽고 나면 당신도 지혜의 집을 그냥 스쳐 지나가지 못할 것이다. 지혜의 집 사서가 퍼트린 호기심에 잔뜩 물들 테니까. 그의 온기로 가득 채워진 작은도서관이 한껏 궁금해질 테니까.

한때 양지윤의 다이애나가 되고 싶었지만
이제는 그저 친구가 된 것만으로도 좋은
동갑내기 도서관 사서 이주연

P.S.
결국 이렇게 될 줄 알았어. 쳇.

되돌아보면 이 책을 쓰는 기간, 코로나19라는 신종 바이러스 탓에 도서관에서 철저히 혼자인 채 보낸 나날이 많았다. 출근해서 퇴근하기 전까지 한마디도 하지 않은 날이 태반이었고, 날짜를 헷갈리는 경우가 부지기수였다. 늘 똑같은 풍경의 도서관에서는 오직 벽시계의 요란한 시침 소리와 창밖으로 보이는 게양대에서 나부끼는 태극기만이, 그래도 여전히 시간이 흐르고 있다는 걸 상기시켜줄 뿐이었다.

시도 때도 없이 찾아오는 무기력에 잠식되지 않기 위해 내가 자주 몰두한 건 사람들에 대해 생각하는 일이었다. 이 작은 공간을 찾아와준 사람들을 떠올리며 하얀 종이에 그 기억들을 한

자 한 자 기록해나갔다. 한 사람의 얼굴이 밀려왔다 떠나간 자리에는 금세 또 다른 사람이 얼굴을 내밀었다. 끊임없이 들어왔다 나가는 사람들의 물결로 기억의 모래사장은 마를 날이 없었다. 그렇게 이 시절을 보냈다.

지혜의 집 도서관에 온 지 올해로 딱 10년이 되었고 내 나이의 앞자리 숫자도 어느새 바뀌었다. 내가 막 사서의 일을 시작할 무렵 이곳을 자주 드나들던 초등학생 조카는 얼마 전 수능을 치렀다. 며칠 뒤면 성인이 될 조카를 바라보며 조금은 먼 미래를 생각해본다. 이 아이가 서른에 접어들면 또 내 나이의 앞자리 숫자도 바뀌어 있겠지. 그때도 여전히 나는 지혜의 집 사서로 살아가고 있을까. 잘 모르겠지만, 적어도 이 작은도서관이 문 닫는 일만은 없었으면 한다. 꼭 내가 아니더라도, 이 공간에서 '사서의 일'이 계속 이어졌으면 좋겠다.

네이버 카페 ♠ 지혜의집 https://cafe.naver.com/sdjihyelibrary